WITCH GAMES

LIAISON INTERDITE

SHANA LYÈS

WITCH GAMES

LIAISON INTERDITE

ROMAN

&H

HARPERCOLLINS FRANCE
83-85, boulevard Vincent-Auriol, 75646 PARIS CEDEX 13.

www.harlequin.fr

ISBN 978-2-2804-6595-3 — ISSN 2271-0256

Ce livre est dédié à mes sœurs d'âme, à celles qui m'ont vue grandir et évoluer dans l'écriture et dans la sorcellerie depuis mon plus jeune âge. À celles qui m'inspirent quotidiennement grâce à « nos conversations de filles » autour de l'amour et de la spiritualité dans la société actuelle. À Luana, Camille, Kelly, Florence, Rosalie, Chanel, Savannah, Louise… Que la Lune veille sur nous.

Baby, you're the devil I know
Better than the devil I don't
Chéri, tu es le diable que je connais,
Meilleur que celui que je ne connais pas.

Devil I Know, Allie X

Prologue

Chère Lilith, première sorcière, fausse reine de l'enfer et féministe incarnée affranchie du patriarcat, mère du Coven et de tes sorcières de filles, je t'écris en ce jour car, tu le sais, depuis plus de cinq ans, c'est mon rituel avant de reprendre les cours à la capitale, loin des règles strictes et invivables de mes parents.
Avec un peu de chance, étant donné que c'est ma dernière année à l'université et celle de mon retour de Jupiter[1]*, je n'aurai plus besoin de t'écrire par la suite.*
Pour être honnête, j'aimerais ne plus en ressentir le besoin. J'aimerais être suffisamment confiante pour ne plus avoir peur de déroger à l'une ou l'autre de mes valeurs ou à celles de mes sœurcières… mais Saturne[2] *est fortement aspecté sur ma carte du ciel et m'empêche de me libérer de ces contraintes. La rude discipline que mes Aînées m'ont inculquée*

1. Le retour de Jupiter : événement astrologique qui survient tous les douze ans et qui est censé apporter la prospérité, la chance et le bonheur dans la vie de l'individu.

2. Saturne : planète des restrictions.

m'affecte encore (plus) aujourd'hui dans chacun de mes gestes ou de mes choix.
Comme j'ai peur, un jour, de craquer et de tout envoyer valser, je préfère réitérer cette fameuse liste d'interdits, la glisser dans mon grimoire et la relire chaque matin pour être sûre de respecter ces fragiles limites que je m'impose à moi-même.
Sans surprise, tu sais déjà que le premier interdit qui figure sur ma liste est le fait de tomber amoureuse, d'un mortel ou non. Et plus particulièrement d'une personne de sexe masculin.
Ne jamais tomber amoureuse.
Tel est mon plus grand interdit.
Il n'y a qu'à voir ce que l'amour a fait de toi, ma chère diablesse, pour comprendre que la gent masculine n'est pas fréquentable. Sauf s'il s'agit d'une histoire de plaisir sexuel… Là, on peut faire une exception. Mais c'est tout. Rester plus d'une nuit dans les bras d'un bel inconnu est définitivement interdit ! Que Lucifer en soit témoin.
Ensuite, tu sais que je ne fume pas. Et d'ailleurs, fumer restera toujours sur ma liste d'interdits.
Mais, s'il te plaît, ne me prive pas des effluves alcoolisés des bières belges ! C'est une des raisons pour lesquelles j'aime tant mon pays d'adoption.
En revanche, je te prierai de m'interdire de révéler l'un ou l'autre secret de ma lignée féminine ou celui d'une de mes sœurcières lorsque nous nous retrouvons en présence de spécimens non initiés à la magie.
Aussi, je refuse de monter sur un balai volant lorsque je ne suis pas sobre.

Ou à bord de tout autre véhicule magique (ou non) qui permet de mener un individu d'un point A à un point B. Surtout qu'à part le permis balai, je n'en ai pas d'autres... Car je peine à achever mes heures d'auto-école.
Il m'est également interdit d'essayer de réconcilier mes deux meilleures amies, Sedna et Artémis, même si j'espère secrètement que l'Univers œuvre dans ce sens car j'avoue que « notre pouvoir des trois » me manque énormément... Artie est aux abonnées absentes depuis leur dispute. Bien qu'elles aient toutes les deux leurs torts. J'ai déjà essayé de leur ouvrir les yeux... Mais la dernière fois, elles m'ont transformée en citrouille alors, perso, je jette l'éponge !
Oh ! J'ai encore tellement de choses à noter sur cette liste d'interdits...
Ne jamais faire l'amour dans un lieu public, même si c'est tentant durant les soirées universitaires.
Ne jamais danser sur une table.
Ne jamais arriver en retard à un sabbat du Coven.
Ne jamais piquer des vêtements à ma colocataire, même si c'est très très tentant.
Ne jamais arriver à un examen sans avoir étudié un minimum la matière auparavant.
Ne jamais sécher les cours. Oui, je suis (un peu) une fayote.
Ne jamais parler de mes plans pour l'avenir, qui doivent définitivement rester secrets.
Ne jamais parler de mes envies, de mes désirs et de qui je suis... en dehors de mon cercle d'amis

proches. Je n'aime pas me livrer aux autres, et encore moins aux inconnu·e·s.
Ne jamais donner raison à mon beau-père et encore moins à ma mère.
Ne jamais leur avouer que je les aime quand même.
Un peu… beaucoup.
Et puis, avant toute chose : ne jamais dire jamais !
Car, ma belle Lilith, tu sais mieux que tout le monde que je brave quotidiennement tous ces interdits !
Excepté le fait de tomber amoureuse.
S'il y en a bien un que je respecterai toujours dans cette liste, c'est celui-ci.
Toi et moi, nous sommes d'accord sur ce point.
Que l'amour soit banni de ma vie. À jamais.

Sœurcièrement tienne,

Freïa

Chapitre 1

Collision

Vendredi 13 Septembre 2019

— Migraine…, murmuré-je en fronçant les sourcils et en me massant les tempes.

Je tente de faire circuler les énergies de mon crâne dans le sens des aiguilles d'une montre tout en gardant une respiration profonde et régulière. Je sens l'angoisse me gagner, petit à petit. Elle est prête à faire basculer ma rationalité du côté obscur de la force. *Je ne te laisserai pas gagner, ma petite coquine,* songé-je en resserrant la bandoulière de mon sac contre moi.

Sous l'effet d'une pulsion clairvoyante, je décide de me pincer l'avant-bras, puis de glisser ma main dans ma trousse pour saisir un petit flacon d'huile essentielle de lavande. J'entreprends de l'ouvrir pour en déposer deux gouttes sur mon poignet lorsque quelqu'un me bouscule violemment.

Et là, le pire se produit.

Le contenant d'huile essentielle tombe à terre et se brise en deux.

Je m'apprête à faire une remarque sèche au mec qui vient de permettre à mon angoisse de remonter en flèche. Mais au même moment, le train déboule dans un vacarme qui retentit dans toute la station de métro. Mes oreilles se mettent alors à bourdonner et ma vue se brouille. Je hoquette et tente de garder les yeux ouverts.

Hélas, mon esprit se déconnecte de mon corps avant même que je comprenne ce qu'il se passe.

— Eh ! Tu m'entends ? Reprends-toi !

— Je vais appeler quelqu'un…

— Est-ce qu'il y aurait un médecin parmi vous ? Cette jeune fille vient de s'évanouir…

La connexion entre mon cerveau et ma vue se rétablit et je cesse de voir de la neige défiler devant mes yeux. Les couleurs se remettent à chatoyer et la 3D se réenclenche. Je distingue alors plusieurs silhouettes agglutinées autour de moi.

— Je… vais… bien…, chuchoté-je.

— Quoi ? s'enquiert un jeune homme penché au-dessus de moi.

Je remarque qu'il soutient ma nuque d'une main tandis que l'autre est posée sur mon front. Surtout, je prends conscience que mon corps est allongé sur le sol humide et glacial.

Ce garçon a sûrement empêché l'accident – presque

mortel – qui aurait pu se produire si ma tête avait heurté le parterre.

Je tente de me relever, mais il m'en empêche et lance un regard inquiet à une femme, face à lui et accroupie à mes côtés.

— Buvez ceci, mademoiselle, me dit-elle en me tendant une bouteille de soda. Ne vous relevez pas tout de suite. Vous pourriez refaire un malaise.

— Que… s'est-il… passé ? murmuré-je en attrapant la boisson.

Un petit groupe de personnes forment un cercle autour de moi, mais certaines d'entre elles se désintéressent du spectacle dès qu'elles aperçoivent le métro entrer en gare – ou tout simplement parce qu'elles constatent que j'ai repris mes esprits.

J'ouvre délicatement la bouteille de jus pétillant et j'en bois une gorgée. Je frémis au contact des bulles sur ma langue et fais une petite grimace.

— M-merci…, dis-je tout de même en m'adressant à la femme.

— Tu as repris des couleurs, fait le jeune homme à ma gauche.

Les traits de son visage se détendent davantage, alors qu'il retire sa main de mon front et me laisse un peu plus d'espace. Cela me permet de reprendre le contrôle de mon corps petit à petit et de m'asseoir.

Je me surprends à laisser traîner mes yeux sur son visage et ses boucles noires désordonnées. Car je dois avouer que ce garçon est plutôt mignon, j'aurais pu tomber sur pire.

Dans tous les sens du terme.

Hélas, je n'ai pas le temps de m'attarder sur mes fantasmes, il faut que j'aille en cours.

— Combien est-ce que je vous dois ? demandé-je instinctivement en désignant la boisson que je continue à siroter. Je ne vais pas prendre davantage de votre temps… Merci de m'avoir aidée.

— Rien du tout ! s'exclame la dame. C'est de bon cœur. J'aurais aimé qu'on fasse de même pour moi. Souhaitez-vous qu'on appelle un de vos proches ?

Je secoue vivement la tête.

— Non… ça ira.

— Tu es sûre ? s'écrie le jeune homme en saisissant mon poignet.

Son impertinence, le fait qu'il se permette de me tutoyer et de me toucher sans me connaître, m'agace profondément.

Il essaie simplement de m'aider… passons. Il ne peut pas savoir que j'ai la faculté de me régénérer en un temps record.

C'est bien un des bénéfices d'être une fille de Lilith, *aka* une sorcière moderne qui a hérité de pouvoirs mystiques et inexplicables par la science. Même si je suis sûrement la sœurcière du cercle avec le moins de pouvoirs magiques, la plus « nulle » d'entre elles, comme j'aime tant le dire… j'ai quand même réussi à développer deux ou trois choses utiles. Dont celle-ci qui me permet de péter la forme en un rien de temps.

Mais il me semble que c'est une information que je ne peux, malheureusement, pas dévoiler à ces gentils individus qui sont venus à mon secours.

— Oui. Je me sens mieux. Vraiment…

De toute manière, je ne peux appeler personne à part

ma colocataire et meilleure amie, Sedna. Or, à cette heure, elle doit déjà être arrivée à son boulot, qui se trouve en dehors de Bruxelles. Et puis, je ne me permettrais pas de l'appeler et de la déranger alors qu'elle vient tout juste de décrocher ce nouveau poste. C'est dans ce genre de situations que je me retrouve à en vouloir à mes parents d'être partis se la couler douce en Scandinavie pendant deux mois. Pourtant, je devrais avoir l'habitude. Cela ne change rien à la façon dont j'ai grandi : toujours en mode débrouille avec des parents absents la majeure partie du temps.

— Où allez-vous, mademoiselle ? me demande la femme en esquissant un sourire.

— À l'université, campus du Solbosch.

— C'est parfait, j'y vais aussi, déclare le jeune homme en affichant un grand sourire. Je vais t'accompagner.

Il lance un regard à la femme et elle hoche la tête.

— Parfait. Je vous laisse en bonne compagnie alors.

Elle replace correctement ses lunettes sur son nez, saisit son sac à bandoulière et se redresse. Puis elle nous adresse un signe de la main avant de se diriger les escalators.

— Nous voilà tous les deux…, lâche subitement le garçon, toujours tout sourires. Tu viens ? Il faut qu'on chope la ligne 25 si on veut avoir une chance d'arriver à l'heure au cours de 10 heures. Enfin, je ne connais pas ton horaire[1], mais moi, j'ai raté le cours de 8 heures du coup…

Je le dévisage, dubitative.

Puis je lève le poignet à hauteur de mes yeux. En effet,

1. Horaire : jargon estudiantin qui désigne l'emploi du temps des élèves.

8 h 30 s'affiche en chiffres brillants sur l'écran de ma montre connectée.

Où sont passées les quarante dernières minutes ? Combien de temps suis-je restée inconsciente ?

J'avais prévu d'avoir au maximum quinze minutes de retard pour mon premier cours de l'année académique… Pas de le sécher complètement.

Et lui ? Il est resté avec moi durant tout ce temps ? me demandé-je en observant un grain de beauté sous son œil gauche, puis sa barbe de deux-trois jours qui dissimule une fossette sur son menton. *Est-ce que je lui aurais tapé dans l'œil ? Parce que ça risque d'être réciproque. Ce qui serait dangereux pour lui…*

— Peut-être que tu veux que je te laisse seule ? me demande-t-il, l'air inquiet que je ne réponde pas.

Non, je suis folle, pensé-je en secouant doucement la tête. *Il est trop tôt pour penser à ensorceler un mortel de plus. J'ai toute l'année scolaire devant moi pour choisir les âmes que je vais tourmenter.* Enfin, c'est ce que je me dis jusqu'à ce que son odeur de sauge et de pin atteigne mon nez de sorcière.

Perdue dans mes pensées contradictoires, je reste muette.

Aucun son ne sort de ma bouche, et mon visage reste impassible. Je sais pertinemment que je vais l'inquiéter à agir de la sorte, pourtant il ne semble pas s'en formaliser.

— Je t'avoue que je ne me montre pas aussi insistant en général, mais vu ce qu'il vient de se passer… Je ne suis même pas sûr que ce soit une bonne idée d'aller en cours. Tu as toujours le teint un peu pâlot…

Son paternalisme me froisse, je lui lance un regard

mauvais en tirant une nouvelle fois sur la bandoulière de mon sac.

— C'est rien, je te dis. Je suis claustrophobe. J'ai fait une crise d'angoisse, c'est tout. Ça ira mieux quand je serai dans un amphi.

— Ça, ça dépend dans quelle faculté tu es... Car si tu te retrouves dans une mini-classe...

— En effet. Foutu karma transgénérationnel..., marmonné-je, par habitude.

Car je suis une malchanceuse née – un certain vendredi 13 –, et depuis ce jour le vilain karma des sorcières qui m'ont précédée me rattrape sans cesse. Même sur les bancs de l'école.

— Quoi ?

— Rien, rien ! Je suis étudiante en communication politique, lancé-je pour faire diversion.

— Ah, sérieux ? Moi aussi.

L'air cesse de passer à travers mes poumons.

— C'est bizarre, je ne t'ai jamais vue..., continue-t-il. Pourtant, tu ne passes pas inaperçue avec tes boucles rousses.

Je tressaille.

Comment lui expliquer que, chaque jour, avant d'aller en cours, je lance un sortilège qui rend mon aura[1] presque imperceptible avant d'entrer en classe ? Sinon, les étudiants auraient déjà remarqué que quelque chose cloche avec moi. Parce qu'une aura de sorcière, c'est visible à l'œil nu, on a ce rayonnement particulier qui nous distingue de la foule et ces yeux étincelants qui changent parfois de couleur. Après tout, on est des

1. Aura : halo de lumière qui entoure le corps d'un être vivant.

descendantes de la première démone de l'histoire, Lilith, la déesse que nous prions à chaque sabbat.

Du coup, l'enchantement que j'utilise consiste à camoufler les attraits physiques qui pourraient plaire à tout être humain normalement constitué. Grâce à lui, je cache mes courbes, dont je suis si fière, mon regard noisette, ma longue chevelure rousse ondulée mais aussi toutes mes taches de rousseur. Je fais également exprès de m'habiller avec des habits très simples : jean, pull large, baskets… afin de renforcer les effets du sortilège que j'utilise.

Même si, à l'heure actuelle, je suis une des seules sorcières de mon Coven à faire autant d'efforts pour me camoufler dans la masse.

Je ne tiens pas spécialement à me faire remarquer. Tout l'inverse de Sedna. Ma meilleure amie, elle, a toujours aimé jouer de son charisme éblouissant et s'attirer les compliments des autres. Ma petite personne est plutôt du genre à tout faire pour se fondre dans la masse et passer inaperçue.

Mais maintenant, je comprends mieux pourquoi ce garçon n'arrête pas de me lorgner et d'essayer de prendre soin de moi – maintenant que j'ai fait acte de faiblesse en m'évanouissant dans ses bras. Je maudis intérieurement mon chakra du plexus solaire[1] de m'avoir fait défaut. Et je plains ce pauvre garçon qui ne va pas pouvoir me chasser de son esprit de sitôt… Avec un peu de chance, je pourrai peut-être l'inviter à boire un verre au Tavernier et lui faire tout oublier en glissant

1. Chakra du plexus solaire : centre énergétique situé au niveau de l'estomac, il est perturbé dès la moindre angoisse ou signe de stress. Il évoque la façon dont on prend sa place dans le monde, auprès des autres.

quelques gouttes de potion dans sa Tripel Karmeliet. Il n'y verra que du feu. Même si je sais pertinemment que Sedna essayera de m'en empêcher quand je lui montrerai le profil Facebook ou Tinder de ce – plutôt mignon, il faut l'avouer – camarade de classe. Elle me répétera encore que je ne sais pas m'amuser et que je suis trop à cheval sur les règles et la discipline.

Je plonge mes prunelles dans les siennes. *Des yeux noirs comme l'ébène...* , remarqué-je en m'amusant de cette information. Il porte des lentilles. Ses sourcils sont tout aussi sombres et fournis, ses cheveux sont courts, légèrement bouclés, et leur teinte offre un contraste avec sa peau pâle et laiteuse.

— Je ne viens pas souvent en cours..., dis-je pour me justifier. Je préfère bosser chez moi... avec mes synthèses.

— Ah ! Je comprends mieux. Tu habites dans le coin ?

— Oui. Ici à Montgomery... Je suis en coloc. Et toi ?

— J'ai dormi chez un pote hier soir. On a parlé de l'organisation du baptême[1] de cette année, bref ... J'habite du côté d'Ixelles, à deux pas de l'université.

Aouch. Un baptisé, pensé-je en me mordant la lèvre inférieure. Nos Aînées nous disent toujours de nous méfier des cercles étudiants. Car il s'y passe des choses étranges et pas très catholiques – même d'un point de vue sorcièresque.

— Donc c'est un hasard si on s'est rencontrés, là maintenant.

— Eh bien...

Le bruit assourdissant du métro étouffe les paroles

1. Baptême : coutume belge qui permet aux nouveaux étudiants de faire connaissance avec d'anciens élèves. Des défis alcoolisés sont régulièrement organisés au cours de ces soirées.

de mon interlocuteur. Ce dernier se contente donc de se taire en me faisant un petit sourire timide. Ce n'est que lorsque le wagon s'arrête à notre hauteur et ouvre ses portes que mon camarade reprend le fil de ses explications.

— Oui, c'est une coïncidence. Même si c'est un pote que je vois régulièrement, dit-il en se grattant la nuque.

J'évite soigneusement de poser des questions, voire de lui demander directement si ce pote n'est tout simplement pas *une* pote, et plus si affinités. Je ne le jugerais pas du tout si c'était le cas, ce n'est pas la question. En revanche, j'aimerais qu'il arrête de me fixer avec ce regard plein de curiosité et d'envie depuis notre *collision*. D'ailleurs, c'est sûrement lui le mec qui m'a bousculée, sans doute par accident, quelques secondes avant que je m'évanouisse. Il aurait quand même pu s'excuser !

Je perçois son aura troublée, oscillant entre le gris et le noir, ce qui signifie que son taux vibratoire[1] est bas et qu'il se sent coupable. Cette noirceur s'est accentuée dès qu'il a mentionné son soi-disant « pote ».

Je suis peut-être nulle en magie mais j'ai tout de même un don. Très différent de celui de mes sœurcières et de ma lignée, car je suis la seule du Coven à le posséder, mais ça reste un don. En effet, je suis la seule à percevoir les auras des êtres qui m'entourent. Et, en plus de cela, je peux les influencer. Leur couleur m'indique l'émotion dominante, qu'elle soit négative ou positive, et via un simple contact avec la personne je peux la modifier, ou du moins l'apaiser.

1. Taux vibratoire : niveau d'énergies subtiles qu'émet un corps animé ou inanimé (fréquence haute ou basse).

— Vas-y, dit-il en me faisant signe de passer devant lui.

Je me relève, grimpe dans le métro et m'installe sur le premier siège libre que je trouve. Lui reste debout, devant moi, et se tient à la barre métallique près de la porte. Il ne semble pas remettre en question le fait que cette place assise me soit accordée.

— Au fait..., commence-t-il.

— Oui ?

Il fouille dans la poche de sa veste et en sort un morceau de flacon d'huile essentielle.

— Je pense que ça t'appartient... Je... je suis désolé. Je te rembourserai.

Je lève la tête, puis je l'incline sur le côté, feignant de ne pas comprendre. J'ai décidé de ne pas lui faciliter la tâche.

— Enfin, si tu veux bien ? reprend-il.

Mon impulsivité prend soudain le dessus.

— Alors, c'est bien toi qui m'as poussée, tout à l'heure ? Tu aurais pu t'excuser, tu ne crois pas ? Pourquoi étais-tu si pressé ?

1 pour mon sang chaud de Bélier – 0 pour yeux de biche.

Il blêmit.

— J-je... je... Je suis désolé. 'Fin, tout le monde est pressé dans la capitale, non ? Si j'avais su que tu ne te sentais pas bien, j'aurais fait plus attention !

Je secoue la tête en soupirant, l'air las. Il a vraiment l'air désolé, je ne vais pas le torturer pendant des heures.

— Merci quand même de m'avoir aidée.

— C'est la moindre des choses. J'ai vraiment cru que j'allais devoir appeler les pompiers. Tu m'as foutu une de ces peurs...

— C'est ce qu'on appelle un retour de karma ! m'écrié-je en riant.

Il se détend et acquiesce.

— Je ferai plus attention la prochaine fois, promis.

— J'espère bien. Sinon, je veillerai à rester à un bon mètre de toi à chaque fois que je te croiserai sur le campus, dis-je en passant une main dans mes cheveux.

Il rougit un peu.

— Au fait… comment, tu t'appelles ?

— Freïa.

— Enchanté, moi, c'est Lionel, dit-il en me tendant la main, dévoilant ainsi un superbe tatouage sur son avant-bras. Heureux de te faire ta connaissance… grâce à un heureux hasard.

— Enchantée, répliqué-je en serrant vivement sa main.

Même si je sais très bien que le hasard n'existe pas.

Le diable essaie de me tenter. Encore. Je le sens. Ça brûle.

Il est là, sous mes pieds, prêt à châtier une des descendantes de son ancienne concubine, Lilith. Il s'est réveillé en même temps que moi ce matin et a décidé de me tendre un piège. Il a brandi sa fourche, m'a lancé un maléfice et, maintenant, il doit sûrement profiter du spectacle en mangeant des chips – goût piment rouge.

Il essaie, à nouveau, de se venger d'une des filles de Lilith.

C'est la seule explication plausible.

Car quelle fille rencontre *par hasard* un mec qui a tout pour la faire craquer, juste après avoir juré sur la tête de ses aïeuls que l'amour serait toujours en tête de sa liste d'interdits ?

Chapitre 2

Prédiction

— Oh par Lilith ! Il est Scorpion ? Tu sais ce que ça veut dire, hein ? s'écrie Sedna avec son air de séductrice.

Je lève les yeux au ciel en me servant un verre de vin blanc.

— Tu veux du rouge, je suppose ? demandé-je à ma colocataire en saisissant déjà une petite bouteille de vin bordelais.

— Yep. Tu me connais bien.

— Oui, trop bien même. C'est la raison pour laquelle je ne peux pas sortir avec un mec qui a le même signe astrologique que toi !

— Ça devrait pourtant être un argument « pour » et non « contre », rétorque-t-elle avant de déguster un petit fromage et de faire virevolter sa queue-de-cheval brune sur le côté.

Je lui apporte son verre de vin et m'installe à ses côtés.

— Comment s'est passée ta journée au boulot ? dis-je pour changer de sujet de conversation.

— Bof… ce job de rêve commence à me faire regretter

d'être sortie de l'école. Quelle idée de bosser pour un magazine féminin quand on est une fervente féministe... Je leur ai proposé de rédiger un article sur les sextoys non genrés et inclusifs. La moitié de la rédac' ne savait même pas que les stimulateurs pour hommes existaient. Pour elles, les sextoys sont d'office associés à la masturbation féminine. Rien de plus.

Je manque de pouffer de rire, mais je me contente de poser une main sur l'épaule de mon amie en guise de soutien.

Oui, son idée d'article est géniale – comme tout ce qu'elle a entrepris jusqu'à présent. Après tout, elle n'a pas été diplômée de l'université avec les félicitations du jury pour rien... Elle est talentueuse. Mais je sais mieux que quiconque que faire ses preuves dans le monde du travail est bien plus complexe qu'il n'y paraît. Et, malheureusement, aucun cours universitaire ne nous l'apprend.

— Je devrais publier l'article sur mon blog. Tu sais, rien que pour les faire rager. Genre, je leur enverrais le nombre des visites, de commentaires et tout... Ils comprendraient enfin leur erreur.

— Et si tu acceptais de suivre ce master de spécialisation qui peut t'ouvrir les portes d'un doctorat ? Au lieu de te prendre la tête pour de la presse bas de gamme ?

— Non, merci. Ce n'est pas en gardant la tête dans les bouquins que je vais militer, mais plutôt en écrivant la presse et la littérature de demain ! Et puis... je n'ai surtout pas envie de revoir la face de Mme Van de Rijf.

Là-dessus, je ne peux qu'être d'accord avec elle. Revoir sa tête ce matin même ne m'a guère enchantée.

— C'est dommage..., dis-je tout de même, pour la

taquiner. Je suis sûre que tu manques à certains élèves… et à certains professeurs également. Surtout à l'assistant du cours de marketing stratégique !

— Mouais… si tu le dis.

Tentative numéro une : échec.

— Tu sais que tu as fait des ravages durant les TD[1], belle ténébreuse.

Et là, Sedna sourit alors à pleines dents avant de boire une gorgée de son nectar rouge favori.

Tentative numéro deux : succès.

L'aura de mon amie se remet à rayonner dans les tons orange et jaunes.

— Revenons à nos moutons, enfin… à notre mouton à l'air mystérieux, fait-elle en regardant, à nouveau, les photos du profil Tinder de Lionel. Franchement, si tu ne m'avais pas raconté l'altercation de ce matin, j'aurais pu croire que c'était un des nôtres… Il dégage une *énergie* particulière. Un peu comme les garçons du Coven.

— Mais ce n'est qu'un simple mortel.

— Est-ce grave ? rétorque-t-elle en haussant les sourcils.

Sa petite pique me fait tressaillir.

Je m'en veux presque de lui avoir parlé de Lionel car je savais qu'elle m'inciterait à tenter le diable… Après tout, ce n'est pas une coïncidence que je lui tombe dessus dans le métro ce matin et que je retrouve sa bouille sur Tinder quelques heures plus tard. Et comme ma meilleure amie est une éternelle romantique, elle ne peut

1. Les tédés ou « TD » sont des soirées étudiantes organisées par les comités des universités belges. Elles sont généralement rangées dans la catégorie des « guindailles » – des soirées arrosées où il se passe beaucoup de choses, très peu catholiques.

que me pousser à engager la conversation et à revoir mon mystérieux sauveur.

Hélas, même dans le cas où j'aurais envie de passer du bon temps avec ce mec, plutôt intéressant au premier abord, elle oublie un détail très important.

— Je te rappelle que mes parents ne sont pas aussi cool que les tiens…

Mais cette réponse ne semble pas la convaincre.

Elle continue à me scruter avec un air moqueur.

— Et puis, ajouté-je, tu as de la chance d'avoir un mec assez ouvert d'esprit qui n'a pas crié « Brûlez-la » lorsqu'il a découvert que sa copine était une sorcière. Ce qui est rarissime.

À ces mots, Sedna fait la moue.

— Tu ne peux pas savoir à l'avance si un mec est digne de confiance et s'il sera capable de garder ton secret de sorcière si tu n'essayes pas…

Elle s'interrompt pour grignoter un petit fromage.

— Et je ne dirais pas que mes parents sont cool, mais plutôt *qu'ils s'en fichent*. Et les tiens sont toujours absents. Autoritaires, peut-être, mais absents. Pourquoi auraient-ils leur mot à dire sur la vie de leur fille alors qu'ils la connaissent à peine eux-mêmes ?

Je soupire profondément et reprends une gorgée de vin blanc pour tenter de noyer ma tristesse.

— Tu veux bien m'adopter, tata Sedna ?

Nous éclatons de rire à l'unisson.

Au moins, même s'il est clair comme de l'eau de roche que ni elle ni moi n'avons une famille exemplaire, nous avons au moins la chance de nous avoir l'une l'autre, depuis presque toujours. Et ça, c'est un des plus beaux cadeaux du Coven : tous les liens sont étroits et intergénérationnels entre tous les membres. Mes parents sont amis avec les parents de Sedna, comme nos grands-parents étaient déjà amis et même nos arrière-grands-parents. À l'époque, avoir des croyances qui pouvaient être qualifiées de « païennes » et posséder des dons non explicables par la science a créé entre les sorcières des liens forts et insoupçonnés qui ont perduré jusqu'à la génération actuelle.

Et ce sera bientôt à notre tour de perpétuer cet héritage.

Sedna, elle, a d'ailleurs déjà commencé à mettre la main dans le chaudron en donnant cours à des enfants récemment initiés dans notre cercle de sorcières. Tout comme d'autres amies, enfin, « sœurcières » est le mot exact.

Il n'y a que moi qui ne saute pas de joie à l'idée de passer ce flambeau. Notamment à cause des exigences de ma famille.

J'ai beau aimer de tout cœur notre Coven, que mon arrière-arrière-arrière-grand-mère a nommé « Noxa[1] », ce cercle de sorcières (et plus récemment de sorciers), qui est destiné à être un lieu sécurisant, agréable et aimant, me cause des dizaines de crises d'angoisse au quotidien. Entre autres parce que je suis l'héritière légitime de notre consœurie[2]. C'est-à-dire celle qui est censée donner l'exemple aux futures générations, comme ma mère, Dana, le fait actuellement. Notre lignée est celle qui perpétue la tradition. Chaque aînée de la famille Guinness devient sorcière-reine, tôt ou tard. Celle qui dicte nos lois, celle qui organise tous les

1. Noxa fait référence à la nuit, *nox*, en latin.

2. Consœurie : confrérie au féminin.

sabbats saisonniers et rassemble les nouvelles sorcières nées pour leur apprendre à maîtriser leurs pouvoirs magiques. Malheureusement pour mes aïeuls, je suis fille unique. Et surtout, je suis une piètre sorcière qui ne possède aucun don particulier et qui peine à manier l'un ou l'autre sortilège. Parfois, je peine même à réaliser une simple potion, seule dans la cuisine, et je dois sans cesse appeler à l'aide avant que les choses ne dégénèrent. Je ne compte plus le nombre de fois où Sedna, ou encore Artémis, mon autre meilleure copine, sont venues à ma rescousse.

Et par-dessus le marché, en dehors de cette incapacité à maîtriser ma magie, ce rôle n'est définitivement pas fait pour moi car je suis madame J'enfreins-toutes-les-règles.

Je n'ai jamais supporté la contrainte. Hélas, plus les années passent, moins j'arrive à me plier aux exigences. Au grand dam de ma mère, qui ne sait plus quoi faire de mon manque de discipline – et de mon incompétence.

Même si, la vérité, c'est qu'elle n'a jamais été réellement présente dans ma vie.

Malgré les grands principes du Coven, toutes les règles qui nous sont imposées en tant qu'héritières d'une lignée de sorcières fragilisent énormément les liens de sang. Alors que les liens amicaux, eux (du moins ceux qui sont authentiques, et non pas créés à l'aide d'un quelconque philtre), valent le coup de boire de la bave de grenouille mélangée à des poils de chat le jour de notre baptême de sorcier.

— Non mais, sans blague, Freïa ! Arrête de penser à ton nom inscrit dans le grimoire du Coven… Profite de ta jeunesse, continue Sedna en répondant à un texto sur son smartphone.

— Tu as peut-être raison. Je m'impose énormément de limites et d'interdits… Tout ça à cause de mon éducation – et de ma mère.

— Qui fiance sa fille alors qu'elle n'est même pas encore venue au monde ? !

Tel est mon tragique destin.

À l'aube de 2020, je suis une femme non libérée et fiancée à un gars que je ne connais ni de Vénus ni de Mars. Alors que les sorcières militent depuis des siècles pour leur liberté de culte et pour s'affranchir de la domination des hommes.

C'est le monde à l'envers.

— Si ça se trouve, elle a oublié ? Tu m'as dit que ça faisait des années qu'elle ne t'en avait pas reparlé…

— Parce que je lui cache mes conquêtes depuis qu'elle a osé transformer un de mes amoureux en cochon.

Sedna roule des yeux.

— Il était quand même plus mignon en cochon qu'en vrai, me lance-t-elle.

— Tu es piquante !

— Je sais, je sais.

Je ne peux m'empêcher de rire à nouveau car ce constat n'est pas tout à fait faux. Pour ma défense, j'avais seize ans à l'époque. On fait toutes des erreurs, surtout en ce qui concerne la gent masculine, qui nous horripile au plus haut point, mais qu'on finit toujours par aimer à un moment ou à un autre de notre vie – malgré nous.

Mais aujourd'hui, j'ai vingt-trois ans, soit presque dix printemps de plus qu'à cette période appelée « puberté ». Et même si courir d'amourette en amourette me plaît – en tant que bonne Bélier, cela m'apporte un divertissement non négligeable… J'avoue que je commence à ressentir, de plus en plus, cette envie *d'officialiser* une rencontre amoureuse. Même si ce constat me fait flipper au plus haut point. Moi, Freïa Guinness, en couple pendant plus d'une semaine avec un humain de type masculin ? Ce serait quand même le truc le plus inattendu de l'histoire des damnées. Mais peut-être que cette peur est due au conditionnement de mes parents. La vérité, c'est que j'ai depuis toujours relégué le sentiment amoureux à la case « interdit ».

À un tel point que j'ai arrêté depuis bien longtemps de trafiquer mon horoscope quotidien pour espérer rencontrer l'élu au coin de ma rue.

Sedna, elle, n'a pas tous ces conflits intérieurs à résoudre. Elle vit une romance presque parfaite depuis près de trois ans. Parfois quand je la vois avec Dorian, cela me rend rêveuse, mais également envieuse. Et je n'aime pas ressentir ce mélange de sentiments positifs et négatifs. Surtout envers ma meilleure amie qui est sûrement l'âme incarnée que j'apprécie le plus sur cette Terre. Depuis quelques semaines, je fais même tout pour les éviter dès que je sais qu'ils sont ensemble. Alors qu'ils sont le « couple d'amis » parfait – celui qui ne fait jamais ressentir aux autres qu'ils sont de trop ou qu'ils tiennent la chandelle. Ils savent au contraire les inclure jusqu'à faire oublier qu'ils sont, dans l'intimité, des amants passionnés et torrides. Et ça, je ne le sais que trop bien car les boules Quies ne suffisent malheureusement pas les jours où leur lit tape contre le mur de ma chambre.

— Mais quand on y pense…, dit Sedna, me tirant ainsi de mes interminables débats intérieurs. Tu n'es jamais vraiment tombée amoureuse.

— H-hum…

— Et si tes parents avaient raison et que ce « mystérieux fiancé » était réellement ton âme sœur ?

— J'ai du mal à croire qu'une personne que je ne connais pas puisse être mon âme sœur..., dis-je en prenant une gorgée de vin. C'est tellement pas naturel ! Regarde-toi... l'histoire de ta rencontre avec Dorian est beaucoup plus romantique. Pourtant, ce n'est qu'un simple humain.

Sedna grimace quand j'insiste sur le côté mortel de son amoureux.

— Pourquoi est-ce qu'ils ne te l'ont jamais présenté ? demande-t-elle.

— Parce que, selon les tirages de tarot de ma mère, je dois le rencontrer à l'aube de mes vingt-quatre ans pour que tout se déroule pour le mieux. La belle blague.

— Au moins, voyons le côté positif : le suspense prendra fin dans quelques mois.

— Et s'il ne me plaisait pas ?

— Et si je te tirais les cartes ? Pour avoir un autre avis que celui de ta mère ?

Ma meilleure amie ne me laisse pas le temps de répondre.

Elle attrape rapidement un jeu de tarot, sorti de nulle part, puis elle dispose devant nous, sur la table blanche, une dizaine de cartes noires ornées de jolis croissants de lune. Toutes les cartes sont faces cachées pour que je puisse faire rayonner mon intuition et la laisser parler à ma place – pour une fois.

Sedna profite de mon étonnement pour allumer trois chandelles près de la cheminée en vieilles pierres et nous resservir du vin. Puis, elle détache ses longues boucles brunes, qui paraissent noir de jais dans l'obscurité. Enfin, elle prend trois grandes inspirations. Je sais qu'elle pose intérieurement ses intentions, pour moi. Dans ce genre de situation, je dois avouer qu'elle dégage un charisme digne de la puissante et respectable sorcière, Karaba, du dessin animé *Kirikou*. Elle n'a rien à envier à ses aïeuls originaires du Togo et du Bénin.

— Tu sais ce qu'il te reste à faire ! déclare-t-elle sur un ton solennel.

— J'en choisis combien ? ronchonné-je.

— Trois.

— D'acc.

Je m'exécute, non sans lâcher un « putain » dans ma tignasse rousse.

Sedna, satisfaite, sourit de toutes ses dents blanches et m'éblouit avec son élégance de Scorpion, tandis que j'en profite pour boire mon verre d'une traite. Je commence à voir des étoiles, mais ce n'est pas grave. Aujourd'hui, on est vendredi, c'est mon jour : Freïa = Friday, Freitag, Vrijdag, Vendredi. Ce qui signifie que demain, on est samedi et que je pourrais faire la grasse mat' jusqu'à midi.

Mon amie retourne la première carte : l'Amoureux. Il est à l'envers.

Je retiens mon souffle, ou plutôt l'oxygène se bloque dans mes poumons et décide de ne plus circuler dans l'attente du tirage de la deuxième carte.

Cette deuxième carte se révèle être le Pendu, à l'endroit.

Cela ne me rassure pas le moins du monde.

Ces cartes de tarot ont toujours eu le don de me foutre la chocotte depuis ma tendre enfance, quand ma mère avait pris l'habitude de me tirer les cartes au moins une fois par semaine et que, à chaque fois, ces *prédictions* se révélaient être justes. C'est d'ailleurs ainsi qu'elle avait prédit le décès de Granie, ma grand-maman, autrefois.

Bref, ces cartes me font tellement flipper que j'ai toujours refusé qu'on m'apprenne à les lire malgré tous les ateliers d'initiation au tarot qui sont organisés chaque mois au sein de notre Coven par Kali, la mère de Sedna. Je me souviens même d'avoir plusieurs fois fait le cauchemar de me retrouver pendue par les pieds devant la carte du Diable. C'est dire.

Enfin, la troisième carte est celle de l'Impératrice, à l'endroit.

— On termine sur une note positive, déclare Sedna en croisant les mains sous son menton. Je dois vraiment te briefer sur tout ce qui a été tiré ?

J'opine, en me demandant si je souhaite réellement connaître la signification de tout ce bazar ou si je dois directement passer à l'étape deux du tirage.

C'est-à-dire : me dégoter une corde, la passer autour de mon cou et imiter le Pendu.

— L'Amoureux, à l'envers, indique qu'il y a un blocage, une faiblesse, une remise en question qui s'opère en ce moment même, explique mon amie en reprenant tout son sérieux. Cela crée un déséquilibre dans ta vie quotidienne et cela peut même te rendre inconstante.

— En français, ça veut simplement dire que je suis pire qu'une Balance en amour et que je suis la plus grande des indécises. Ça je le savais déjà, merci.

— Mouais… c'est à peu près ça. Mais une grande leçon de vie va sûrement arriver. Une passe inconfortable, qui te permettra de surmonter ce blocage.

Je hoche la tête.

— Le Pendu.

Je grimace instinctivement et me ressers un verre de vin.

— Il est à l'endroit. Ça signifie que tu dois te fier davantage à ton intuition, écoute-toi. Ton cœur sait ce qui est bon pour surmonter ces épreuves. Tu as peut-être la sensation d'être dans une période d'attente, mais quelque chose est en préparation. Il te faudra être prévoyante et peut-être que quelques sacrifices seront au rendez-vous également.

Sans blague.

— Enfin, la meilleure carte du jeu : l'Impératrice. C'est un peu la Queen B du tarot.

J'éclate de rire, prends mon téléphone et lance *Crazy in Love* en faisant signe à mon amie de venir se trémousser dans le salon avec moi. Je grimpe sur le canapé, shoote dans un coussin et tente un ridicule *twerk*. Sedna comprend très vite qu'elle va devoir reporter ses explications à plus tard. Car je ne suis définitivement plus en mesure d'écouter un conseil bienveillant, ni même le moindre mot sensé venant de sa bouche.

— Apparemment, l'Impératrice a décidé de reprendre le pouvoir, fait-elle, amusée, en rangeant désespérément ses cartes.

Je ris de plus belle.

Mais au même instant, je perds l'équilibre et tombe de mon podium improvisé à la manière d'une de ces nanas dignes d'apparaître dans la plus scandaleuse des téléréalités.

Heureusement pour moi, c'est mon popotin qui heurte le sol en premier et étant donné son rebondi – et le taux d'alcool que j'ai dans le sang – je ne sens rien. Mon smartphone, en revanche, s'écrase sur la table basse en bois et ne survit pas au choc. J'aperçois la fissure qui se dessine sur la vitre protectrice, mais également plus en profondeur.

Aussitôt, Sedna accourt vers moi et pose sa main sur ma tête. Son regard est inquiet et elle me parle sans que je réussisse à comprendre ce qu'elle dit.

— Ne t'inquiète pas, je vais bien, m'empressé-je de dire.

Elle ramasse mon téléphone et, en voyant son état, elle n'ose pas me le rendre. Enfin, c'est ce que j'en déduis. Sauf qu'en me penchant vers elle m'aperçois que mon écran de téléphone ne s'est pas seulement brisé, mais que l'impact a malencontreusement cliqué sur le swipe-droit de Tinder. Mille et une pensées me traversent pour annuler ce malentendu.

Hélas, Lionel m'a déjà répondu.

Serait-ce une subtile invitation au Tavernier pour me remercier de t'avoir porté secours ce matin ?

Son ton désinvolte me fait piquer un fard.

Je ne sais pas si c'est de colère ou de désir.

À vrai dire, je n'arrive plus trop à distinguer mes émotions à travers cette sensation de vertige qui me porte presque jusqu'au bord de la nausée. Je savais que je n'aurais pas dû forcer sur la dose de vin.

Vendredi, ce n'est peut-être pas tant mon jour que ça finalement, songé-je en me frappant violemment le front avec ma paume.

Chapitre 3

Invitation

— Freïa, j'y vais. Ça ira, toute seule ?

J'ouvre difficilement les yeux.

— Tu peux m'accompagner, tu sais…, reprend ma colocataire. Les parents de Dorian ne sont pas là ce week-end et il y a assez de chambres d'amis pour…

Mon mal de tête m'empêche de réagir directement.

J'essaie tant bien que mal de prendre appui sur mes paumes pour m'asseoir, mais ça me paraît être un effort quasi insurmontable.

Mon regard parcourt lentement l'environnement qui m'entoure. Je distingue d'abord le beige du papier peint des murs de ma chambre, le lustre en forme d'étoile qui est accroché au plafond, l'immense bibliothèque remplie de mangas, de livres sur les Pokémons, des pierres semi-précieuses exposées un peu partout, un immense pêle-mêle de photos scotchées au-dessus de mon bureau en bois et le vieux grimoire placé sous ma Nintendo Switch à côté d'une vieille lampe de chevet qui prend la poussière.

Dépourvue de force musculaire, je retombe au beau milieu de mes draps de lit vert foncé en clignant plusieurs fois des paupières. Je tente alors de focaliser mon esprit sur une seule chose à la fois.

— J'ai soif, chuchoté-je en plaçant une main sur mon front.

— Tiens, me dit Sedna, qui avait déjà tout prévu, en me tendant une bouteille d'eau.

Est-ce vraiment une déesse ? ne puis-je m'empêcher de penser en buvant la moitié de la bouteille d'une traite et en observant la beauté exotique de mon amie.

Elle porte une blouse en satin doré qui rehausse son teint métissé et dévoile ses épaules saillantes, tandis que ses longs cheveux sombres et frisés tombent de part et d'autre de son visage.

— Je vais demander à Dorian de monter. Je te prépare le petit déj, puis tu me diras ce qu'on fait. Si tu veux, je peux annuler mon déplacement.

— Je vais bien, t'inquiète.

— Tu ne diras pas ça quand tu verras l'état de ton fessier gauche… Sans parler de ton Iphone.

De quoi parle-t-elle ? Je comprends la moitié de ce qu'elle me raconte. Mais, peu à peu, des bribes de notre soirée d'hier me reviennent en mémoire. Du vin. Des discussions de filles. Un tirage de cartes. Des rires. Une chute.

Sedna me fait un petit signe de tête et se dirige vers la porte de ma chambre.

— Si tu as besoin de quoi que ce soit, tu cries ! glousse-t-elle avant de se diriger vers l'Interphone pour ouvrir la porte à son futur fiancé.

Je retombe sur mes couvertures et me demande quelle

araignée m'a piquée pour me mettre dans un tel état hier. OK, du sang irlandais coule dans mes veines, mais tout de même. À moins que ce soit un trait de caractère hérité de mon père, vu que je suis aux antipodes de celui de ma mère. Mais ça, je ne le saurai sûrement jamais.

Je chasse vite cette idée de ma tête.

Je me traîne tant bien que mal jusqu'à ma penderie et attrape vite fait un jogging et un T-shirt Pokémon tout en jetant un œil par la fenêtre, curieuse de voir quelle voiture Gatsby a prise aujourd'hui.

Oui, Gatsby est le surnom que je donne à Dorian. Et pour cause : il est blond, a une tête d'ange, des manières de mec bien éduqué, et sa famille se porte plutôt pas mal sur le plan financier. Si on était dans le jeu Pokémon, sur une échelle de pokédollars, ils peuvent facilement s'acheter sept bicyclettes sans devoir remuer ciel et terre pour obtenir un Bon de Commande qui vaut la modique somme de 1 000 000 $. Et, bien sûr, ce fameux Gatsby s'amuse à collectionner des voitures d'exception, toutes plus extravagantes les unes que les autres. Apparemment, être le fils d'un richissime homme d'affaires tout en étant joueur de football professionnel permet de s'assurer une sécurité financière pour les dix prochaines générations.

Aujourd'hui, il est venu kidnapper ma meilleure amie en Audi Q8 argentée. Une voiture plutôt discrète pour une fois, bien loin de la Lamborghini rouge ou de la Porsche jaune vif de son père. En même temps, si j'ai bien suivi, il l'emmène à la campagne pour le week-end.

— Par Lilith ! soufflé-je en passant devant le miroir de ma chambre.

Je fais des yeux ronds en découvrant l'hématome qui

décore ma fesse gauche puis j'enfile mon jogging avec délicatesse pour ne pas réveiller la douleur. Je me doute que, malheureusement, un sortilège ne suffira pas à faire disparaître cette vilaine ecchymose. J'essaie ensuite de dompter un peu ma crinière folle en passant des mèches de cheveux derrière mes oreilles, je place une ou deux barrettes à des endroits stratégiques et je fonce dans la cuisine rejoindre les tourtereaux.

Dorian est tout sourires, ses yeux brillent lorsqu'ils se posent sur Sedna. Selon cette dernière, ils sont verts et c'est ce qui l'a fait craquer. Je n'avais jamais fait attention à ce détail, c'est sûrement un coup de l'amour quand ça nous tombe dessus. On devient attentif à des petits détails de l'autre quand on vit dans ce sentiment d'hébétude partagée. Le jeune homme pose ses lèvres sur le front de sa dulcinée avant de s'en éloigner d'un coup en m'apercevant dans l'embrasure de la porte.

Je ne voulais pourtant pas interférer dans leur intimité. Mais je suppose que mon taux vibratoire est assez agité depuis hier et que n'importe quelle personne dotée d'un minimum de bon sens peut détecter ma présence à moins de trois mètres.

— Salut, Gatsby, fais-je en levant une main. La forme ?

— Plus que toi, apparemment, petite Mérida.

Mon surnom à moi, c'est celui de la princesse *Rebelle* de Disney. Pas des plus originaux, mais il est vrai que dans le packaging « Freïa Guinness », il y a à la fois la chevelure rousse, les origines irlandaises, le sale caractère et la famille qui décide à ma place de la personne avec laquelle je dois (ou pas) me fiancer. À l'époque, j'ai même failli attaquer les studios Pixar pour plagiat.

— Ton petit déj favori est prêt ! me dit ma coloc en

déposant sur la table une assiette garnie d'œufs et de bacon. J'ai aussi pressé des oranges si tu veux. Il faut que tu reprennes des forces !

Je me rue sur l'assiette, saisit des couverts et attaque mon petit déjeuner sans me faire prier. Quand le blanc d'œuf atterrit sur mes lèvres, j'atteins directement le *foodgasm*. Je sens que ma tête arrête de tourner et que mes joues reprennent des couleurs.

— Bois ton jus d'orange, insiste Sedna.

Je devine qu'elle y a glissé des ingrédients secrets pour m'aider à surmonter ma gueule de bois. Je la remercie silencieusement et fais l'effort de siroter la boisson, même si sa couleur me donne clairement envie de vomir tout ce que j'ai ingurgité hier et avant-hier avec ma gueule de bois carabinée.

Je n'ai jamais tenu l'alcool, et mes camarades belges se sont toujours moqués de moi à cause de cela.

— Tu viens avec nous à Lasne ? me lance Dorian avant de croquer dans un cookie.

Je secoue négativement la tête. Je sais que Dorian fait preuve de courtoisie mais qu'il préfère se retrouver seul à seule avec Sedna. Ce week-end est planifié depuis des semaines et il m'a même demandé de l'aide pour tout organiser… car il va faire sa demande de fiançailles pour l'anniversaire de leurs trois ans.

— Tu es sûre ? s'enquiert Sedna, qui ne soupçonne rien du tout malgré son don de médiumnité. Je t'assure que tu n'auras pas l'impression de tenir la chandelle. Tu pourras même en profiter pour réviser et travailler tes synthèses !

— Non.

Le ton froid que j'ai employé la surprend. Elle écarquille les yeux, se tourne vers son compagnon puis, à nouveau vers moi. *Aïe… elle devient suspicieuse*, songé-je en essayant d'éviter son regard et en engloutissant le reste de mon petit déjeuner. Dorian fait signe qu'il doit passer un appel et se dirige vers le couloir.

— Qu'est-ce que tu me caches ? chuchote aussitôt Sedna en jetant un œil vers le hall d'entrée pour être sûre que son amoureux ne va pas réapparaître.

— Rien du tout.

— Menteuse ! Je le vois quand tu mens, tu prends cet air froid et détaché qui ne correspond pas du tout à ton ascendant Verseau.

Je pose mes couverts et mon verre sur l'assiette que j'ai vidée en moins de cinq minutes. Puis je me lève et me dirige vers l'évier pour les rincer avant de glisser le tout dans le lave-vaisselle. Le regard insistant de mon amie pèse dans mon dos et je sais que je dois y faire face si je veux qu'elle abandonne tout soupçon de trahison. Je me retourne alors, les mains posées sur le rebord du plan de travail, et plonge mes yeux dans ses iris marron.

— J'ai, *pour une fois*, l'appartement pour moi toute seule donc j'aimerais en profiter, décrété-je en croisant les bras sur ma poitrine.

— Mais encore ?

Sedna se retourne pour vérifier que Dorian ne refait pas surface.

— Arrête d'être aussi soupçonneuse…

— Jamais, lâche-t-elle en fronçant les sourcils avec son air méfiant typique du signe du Scorpion.

Je soupire longuement en me demandant comment je vais réussir à faire diversion sans qu'elle utilise ses pouvoirs magiques pour prédire l'avenir.

— OK. Tu l'auras voulu : j'aimerais bien inviter un mec ce soir.

Tous les soupçons de ma colocataire semblent s'envoler d'un coup et elle se met à frapper dans ses mains, les yeux brillants d'excitation comme un émoji sur pattes.

— Oui, oui, oui, oui ! crie-t-elle en me rejoignant en deux grandes enjambées.

Son aura devient orange vif, signe que ma meilleure amie est aux anges.

— Le mystérieux sauveur ? demande-t-elle en regardant à nouveau derrière elle pour s'assurer que la voie est libre. Vos échanges par messages ont été concluants, alors ?

— Plutôt.

J'ai quelques flashs qui me reviennent et me confirment que j'ai discuté avec ledit mec jusqu'à 3 heures du matin, malgré mon écran de téléphone fêlé. Donc je suppose que les échanges se sont plutôt bien déroulés. Il y en a même quelques-uns qui me font rougir quand j'y repense, car je n'aurais jamais écrit cela en étant sobre. Du coup, cela ne devrait pas être trop compliqué de sortir avec lui ce soir et de le ramener à l'appartement. Histoire de bien prouver à ma meilleure pote que je ne lui ai rien caché jusqu'à ce qu'elle oublie tout en voyant son don Juan poser le genou à terre, un diamant dans les mains – rien que pour elle.

— Je vais aller voir au magasin si je peux faire jouer l'assurance pour l'écran de mon téléphone puis j'inviterai Lionel à boire un verre. Il est temps de libérer un peu le feu qui sommeille en moi.

— Ça, c'est le genre de plan que je kiffe, s'écrie

Sedna en me saisissant par les épaules. Promis, je ne dirai rien à Dorian !

J'opine même si je sais pertinemment que, comme tout ce que je lui confie, elle finira par le dire à son amoureux car ils sont l'équivalent d'un pack 2 en 1. Mais bon, je ne suis plus à ça près.

D'ailleurs, je lance un petit coup d'œil amical à Dorian pour lui dire qu'il peut refaire son entrée et que je lui ai sauvé la mise. Aussi vite, il revient, attrape sa valise, embarque Sedna avec lui et m'adresse un « merci » muet. Je lui réponds par un clin d'œil discret pour lui faire comprendre que c'est normal et que ça me fait plaisir. En vérité, j'espère secrètement que ce geste me vaudra un karma positif pour mon futur rencard improvisé.

Au même moment, mon smartphone vibre sur le plan de travail. Je le saisis et parviens à lire entre deux fissures :

Ça te dit qu'on finisse notre conversation d'hier soir autour d'une bière ?

Malgré moi, je ne peux m'empêcher de sourire à cette invitation.

Chapitre 4

Potion

Pour une fois, je n'arrive (presque) pas en retard à mon rendez-vous. En même temps, cela fait des mois que je n'ai plus pris un *date* au sérieux.

Je sursaute. Cette prise de conscience est dure à accepter. Pourtant, c'est le cas. Je place inconsciemment beaucoup d'espoir en cette rencontre. Est-ce que mon cœur de rebelle aurait envie de s'éprendre de ce mystérieux sauveur ? Devrais-je davantage écouter les conseils de Sedna, me détendre et arrêter de penser sans cesse aux règles du Coven ?

Je suis tentée de prendre la *potion* que j'ai glissée dans mon sac et de la jeter dans la première poubelle qui entre dans mon champ de vision. En effet, je ne suis pas venue sans arme à ce rendez-vous. J'ai concocté en secret un élixir capable d'effacer tout dérapage ou, du moins, tout souvenir d'un potentiel rapprochement entre un mortel et ma petite personne.

Non, je ne lui ferai pas perdre la mémoire, pas cette

fois-ci..., pensé-je en serrant le petit flacon entre mes doigts.

Pourtant, comme un signe du destin, je me fais héler au même moment par mon amie de longue date, Artémis Khadra, une partisane de notre lignée de sorcières. Elle est installée avec des filles de l'université à l'une des premières tables du Tavernier. Je ne pourrai donc pas faire comme si je ne l'avais pas vue.

La magnifique brune a les jambes croisées sur la table, une cigarette dans une main et une bière dans l'autre. Elle a le dos collé à celui d'une fille aux cheveux roses coupés au carré. Ses yeux noirs me reluquent de haut en bas, sans aucune gêne. Et, l'espace d'une seconde, je comprends qu'elle m'a perçue comme plus qu'une amie avant de se ressaisir – en comprenant que ce n'est *que* moi. Elle se redresse et pose ses jambes nues sur le sol.

— Tu ne m'avais pas dit que tu passais ce soir ! s'écrie-t-elle joyeusement. Sedna n'est pas avec toi ?

Aphone, je secoue la tête en rougissant. L'expression du visage de mon amie change d'un coup et son aura, teintée de mélancolie, s'assombrit.

— Dommage..., décrète-t-elle en réajustant une mèche de cheveux derrière son oreille. Tu attends quelqu'un ?

Je hoche vivement la tête, sans pouvoir m'empêcher de sourire à pleines dents.

— Hum... pas n'importe qui apparemment, fait-elle en tirant sur sa cigarette.

Elle dépose sa bière et passe une main dans sa longue chevelure épaisse dans un geste élégant attirant les regards de tous les hommes et toutes les femmes aux alentours. Dans leurs yeux, on peut lire un mélange de désir brûlant, d'envie insatiable et de convoitise exacerbée. Elle s'attire aussi bien les louanges que les foudres des êtres présents au bar ce soir. C'est souvent ce que la beauté surnaturelle et méditerranéenne d'Artémis – Artie pour les intimes – suscite chez les autres.

Tout comme Sedna, elle n'est pas du genre à essayer de masquer son aura captivante de sorcière. Elle le fait parfois en journée lorsqu'elle porte des vêtements fluides, plutôt larges, et tire ses longs cheveux en arrière pour les cacher sous un turban en soie. Mais la nuit, elle change du tout au tout et affiche fièrement sa personnalité, loin du regard de sa famille musulmane. Elle profite de son pouvoir de séduction pour attirer à elle des gens, des expériences, des connaissances.

Parfois, j'en viens à la jalouser d'être aussi décomplexée et de mettre autant en avant ses qualités de Gémeaux ascendant Sagittaire. Elle peut être un véritable aimant à êtres humains.

Je me rappelle encore comme si c'était hier de la première guindaille[1] qu'on avait faite avec elle, Sedna et moi. Cela remonte à plus de cinq ans. On venait à peine d'entrer à l'université. À la fin de la soirée, on s'était retrouvées à jouer au fameux jeu de la bouteille et à embrasser la moitié des participants présents dans la salle. D'ailleurs, c'était la première fois que j'avais embrassé une fille – et pas qu'une – puis j'avais décidé de faire d'un des garçons mon sex-friend pour quelques semaines. Tout cela s'était terminé par une cuite mémorable. Un souvenir aussi plaisant que déroutant car je n'ai jamais été aussi extravertie – et extravagante – qu'à

1. Guindaille : soirée étudiante, généralement arrosée, qui fait partie des meilleurs souvenirs de la jeunesse.

cette soirée. Sûrement l'effet des nombreuses potions que j'ai ingurgitées à cette époque.

— Je n'ai pas que des cigarettes, si tu vois ce que je veux dire, me confie-t-elle en se penchant vers moi de manière tellement aguicheuse que j'ai du mal à ne pas lorgner son décolleté.

— Si tu as besoin de te décoincer un peu ou d'aider ton copain ou ta copine à se relaxer, j'ai de quoi faire. Tu connais bien, le bon vieux sortilège de ma grand-mère.

— Ne te tracasse pas, je n'ai besoin de rien ! rétorqué-je en souriant.

— Ma chérie, ne me dis pas que tu vas encore effacer la mémoire d'un pauvre ou d'une pauvre mortelle ?

— C'est un mec, précisé-je pour lui éviter de continuer à utiliser le langage inclusif. Et je n'ai pas encore décidé, mais…

— Ne te prive pas parce que tu m'as croisée surtout. Je serai muette comme une tombe.

Remarque à ne pas prendre au sérieux, me rappelé-je en revoyant le visage inquiet de Sedna lorsqu'elle a appris qu'Artémis avait dévoilé sa relation avec Dorian – jusque-là secrète – à l'entièreté du Coven. Heureusement que ma meilleure amie a des parents tolérants qui ont eux-mêmes faits les quatre cents coups dans leur jeunesse et ne peuvent qu'approuver les faits et gestes (plutôt nobles) de leur fille. Ils ne lui en ont jamais voulu d'être tombée amoureuse d'un humain. Mais si ça n'avait pas été le cas, elle aurait très bien pu être renvoyée du cercle en un claquement de doigts.

— En plus, tu es ma seule alliée… si je veux retenter ma chance avec Sedna.

Mon âme se refroidit lorsqu'elle me désigne comme

« son alliée ». Ce n'est pas faux, mais ce n'est pas totalement vrai non plus. Artémis est censée être l'une de mes meilleures amies ; seulement, depuis quelque temps, je la tolère uniquement à petite dose, car je lui en veux toujours d'avoir fait de la peine à Sedna. Tout ça parce qu'elle était jalouse et espérait secrètement que mon amie la choisisse comme âme sœur après *l'événement.*

Une nuit au cours de laquelle toutes deux se sont confié beaucoup de choses, dont le coming-out d'Artie… L'occasion (in)espérée pour cette dernière de faire de Sedna son amante potentielle. Elle souhaitait réellement se lier à elle de manière officielle. Mais cela ne s'est pas tout à fait passé comme prévu.

Je comprends qu'Artémis se soit sentie rejetée. Mais je comprends tout autant le refus de Sedna de s'unir à l'âme la plus instable, émotionnellement parlant, de notre Coven. Et puis, à ce moment-là, elle avait déjà rencontré Dorian. Même s'ils n'étaient pas encore en couple, elle savait déjà qu'ils finiraient ensemble puisque, dès l'instant où il a posé son regard sur elle, elle a eu une vision de leur mariage. C'est dans ce genre de moment qu'être médium peut se révéler vraiment pratique, même si cela peut aussi briser des cœurs.

— Tu ferais mieux de la laisser tranquille. Tu sais comment est Sedna. Elle risque de t'en vouloir encore pour un bout de temps.

— Peut-être que sa meilleure copine pourrait arranger cela ?

Non. Jamais, songé-je en levant les yeux au ciel. *C'est un des interdits de ma liste que je compte bien respecter.*

— Bon… je dois te laisser, Artie. Je t'appelle bientôt.

— Pfff ! Tu dis ça à chaque fois, lâche-t-elle tandis

qu'une de ses amies lui attrape le bras pour attirer son attention.

— C'est toi la meuf sociable, je te rappelle. Alors décroche un peu ton portable de temps en temps ! lui rétorqué-je. Allez, à plus ! lancé-je en apercevant Lionel à l'entrée du Tavernier.

Artie me lance un regard glacial, digne d'une princesse Jasmine *très* contrariée.

— À plus, la rouquine ! grogne-t-elle avant de se détourner de moi.

Je m'empresse de rejoindre Lionel, qui discute avec un autre camarade de notre fac.

— Hey ! fait-il en souriant. Tu es déjà là ?

— Yep. Je vois que tu aimes te faire attendre…

— C'est pas moi qui suis sans cesse en retard en cours. J'pensais pas que tu serais à l'heure ce soir ! dit-il pour se défendre.

— Lio, tu me présentes ton amie ? demande son pote en lui donnant un léger coup de coude.

— Bien sûr !

Il passe un bras autour de mes épaules de manière un peu possessive. Mais ça ne me déplaît pas.

— Freïa, je te présente Cédric, mon meilleur pote de guindailles. Cédric, voici Freïa, une de nos camarades d'amphi.

— Oh ! c'est toi le pote de Lionel qui habite près de chez moi… à Montgomery ? demandé-je en faisant un petit salut de la main.

— Quoi ? Nan, ça c'est…

Lionel lui fait les gros yeux et pose furtivement un index sur sa bouche. Cédric comprend alors qu'il vient de merder et essaie de se rattraper comme il peut.

— Euh… oui, oui, c'est bien ça. Bon, je vois que la fête se passe plutôt au fond du bar, donc je vous laisse. À plus tard, Freïa ! Je suppose qu'on se reverra rapidement.

— Oui, à plus tard ! opiné-je en lançant un regard plein de sous-entendus à mon *date* du soir.

Lionel passe une main dans sa tignasse foncée, légèrement mal à l'aise, puis il me fait signe de passer devant lui.

— Choisis la table que tu veux.

— Hum… celle-là, dis-je en désignant une table dans un coin sombre, le plus loin possible de celle d'Artie et proche du bar.

— *Let's go*, acquiesce-t-il en me suivant.

Il fait mine de vouloir tirer ma chaise mais je l'interromps avant qu'il n'achève son geste.

— Merci, mais tu n'as pas besoin de faire ça.

— Ok. Désolé, fait-il en rougissant.

Je ris intérieurement et sens mon cœur se réchauffer.

Je ne peux m'empêcher de remarquer les moindres détails de son comportement. C'est drôle de voir comme il est à l'aise en société ou en présence de ses potes, avec son look de rebelle qui porte des vestes en cuir et des Dr Martens, et comme il peut vite devenir timide lorsqu'il se retrouve seul face à une fille.

— Qu'est-ce qui te ferait envie ? Je vais aller commander nos boissons pendant que tu t'installes.

— Une Liefmans on the Rocks.

— Top, c'est noté.

Je m'assieds et sens mon portable vibrer dans mon sac. Je sors le petit appareil électronique dont j'ai remplacé l'écran plus tôt dans la journée et lis :

Alors, ce petit Scorpion ? Toujours aussi craquant ?

Sedna vérifie que je ne me suis pas défilée. Je lui réponds la meilleure chose qui soit pour la rassurer.

Il ferait un merveilleux dessert !

Le temps que j'envoie mon message, l'intéressé pointe déjà le bout de sa queue.

— Tiens, dit-il. C'est pour moi bien évidemment.

— Merci.

Je pose mon portable sur la table et trinque en le regardant droit dans les yeux. Il soutient mon regard en prenant une gorgée de sa Guinness.

— Je dois t'avouer quelque chose, déclare-t-il en se frottant les mains.

— Je t'écoute.

— C'est pas très glorieux.

— Pas grave.

Je sais très bien de quoi il va me parler. Je ne suis pas dupe et, même si je suis nulle en magie, mon intuition de sorcière me permet de deviner certaines choses avant qu'on me les dise. Là, il marque clairement un point car je suis plus que ravie qu'il soit honnête avec moi.

— J'étais pas chez Cédric quand on s'est croisés hier à la gare. En fait, Cédric est un de mes colocataires.

— Ah oui ?

— Je revenais de chez une fille. J'me rappelle pas grand-chose mais je sais que je suis rentré chez elle après le TD de jeudi soir et…

Il s'interrompt un moment pour guetter ma réaction.

— Il s'est rien passé. Enfin si, on s'est embrassés mais j'étais complètement déchiré.

Il se tait et saisit sa bière pour en prendre une longue gorgée. Mes sens sont en émoi et je suis plus qu'heureuse qu'il m'ait dit la vérité aussi rapidement. Je décide de l'encourager.

— Et ? Pourquoi tu me racontes tout ça ? dis-je en posant mon menton dans la paume de ma main.

Lionel prend une grande bouffée d'oxygène et se détend un peu. Il se penche vers moi et plonge ses prunelles noires dans les miennes. J'y sombre l'espace de quelques secondes.

— Parce que j'voulais pas commencer ce rencard sur un truc malhonnête de ma part.

— C'est gentil.

Je rapproche ma main de la sienne puis je la fais bifurquer au dernier moment pour saisir son verre.

— Tu vois ce qui est écrit, ici ? dis-je en désignant l'inscription « Guinness » sur son verre.

Il hausse les sourcils et acquiesce.

— C'est mon nom de famille.

— Sérieux ? pouffe-t-il. Tu me fais marcher !

— Nan, c'est mon élixir de vérité à moi, dis-je en souriant. je te jure, regarde sur ma carte d'identité !

— Ouais, je veux bien voir ça.

Je lui rends sa boisson et chope le petit morceau de plastique dans mon sac.

— Wow, souffle-t-il. Un lien de parenté avec le fondateur de ce délicieux nectar ?

— *Nope*. Mais ça m'a déjà valu des bières gratuites, surtout au Temple Bar à Dublin. Et je sais parfaitement brasser cette bière après avoir visité une dizaine de fois le musée de la Guinness et suivi la formation spéciale au dernier étage. Je crois que je dois avoir au moins six exemplaires du « diplôme » qu'ils remettent aux participants à la fin de la visite et de la dégustation.

— J'hallucine, une vraie Irlandaise, fait Lionel, hilare, en sortant un paquet de cigarettes. Tu en veux une ?

— Je ne fume pas, merci.

Il hausse les épaules et me regarde intensément.

— Même pas occasionnellement ?

— Pourquoi j'ai la désagréable impression que tu es le genre de gars qui kifferait me voir faire des trucs « interdits » ? demandé-je en mimant les guillemets.

— Peut-être... D'ailleurs, ce n'est pas quelque chose « d'interdit » selon toi de faire un swipe-droit sur le profil Tinder d'un mec que tu as croisé le matin même ?

Je ne peux m'empêcher d'éclater de rire.

Il a visé juste. C'est comme si on se connaissait déjà, je me sens à l'aise en sa compagnie. Mes muscles se détendent, enfin tous sauf mon cœur, dont les battements s'accélèrent et tambourinent dans ma cage thoracique.

— Un point pour toi ! déclaré-je en affonnant[1] ma bière. La prochaine tournée est pour moi.

— Vendu ! Est-ce que tu serais prête à dépasser ta limite et frôler l'interdit ? me demande-t-il en me faisant un clin d'œil.

— Oh non... Tu ne peux pas me faire ça à un premier rendez-vous ! Je tiens à ma dignité ! dis-je en me prenant la tête entre les mains, comme pour disparaître.

— T'es une vraie Irlandaise ou pas ? Tu dois faire honneur à tes ancêtres ! En plus, tu vis dans l'unique

1. Affonner (belgicisme) : boire une bière d'une traite.

pays au monde qui propose pas moins de mille cinq cents bières différentes.

— Touchée ! Mais pas encore coulée, répliqué-je en souriant.

Lionel me fait un sourire ravageur, bien trop satisfait que je cède si facilement. Il réajuste sa veste noire sur ses épaules, tire une nouvelle fois sur sa cigarette et me lance un regard charmeur. Il a ce petit côté vintage qui me plaît bien. Ce mec a tout ce qu'il faut pour me séduire. Mais je ne dois pas lui avouer aussi vite.

— C'est parti. À chaque interdit bravé, on boit une gorgée. Sinon, on a droit à un gage.

— *Oh lord*, soufflé-je en fronçant les sourcils.

L'écran de mon téléphone s'allume.

Amuse-toi ! Lâche-toi, Pumpkin !

OK, Sedna. Message reçu cinq sur cinq.

Même si la seule manière de me lâcher vraiment avec un inconnu est de glisser un effaceur de mémoire dans son verre.

— Qu'est-ce que tu veux pour la prochaine tournée ?

— Une autre Guinness… avant de goûter à la vraie, ajoute-t-il d'une voix sensuelle.

Il ne perd pas le nord, pensé-je en devenant écarlate.

— Parfait, je t'apporte ça, dis-je en me dirigeant rapidement vers le bar.

Dès qu'on me sert sa boisson, j'y incorpore discrètement le contenu de ma préparation mystique du jour, même si mon cœur se serre à chaque goutte versée.

— Maudites soient les règles du Coven… et de sa

fondatrice, mon arrière-arrière-arrière-grand-mère, grommelé-je en remuant le verre de bière.

En réalité, ce que je maudis en ce moment même, ce sont les sentiments naissants au creux de mes entrailles, qui me rappellent que, même si je suis une sorcière née, mes émotions n'en sont pas moins humaines.

Chapitre 5

Liaison

J'ai à peine ouvert la porte de mon appartement que les lèvres de Lionel s'écrasent sur les miennes, dans un mélange de douceur et de brutalité.

Ça me plaît.

Trop même.

J'ai l'impression d'avoir une nuée de papillons logée au fond de mon bas-ventre tandis qu'un cocktail explosif embrase ma bouche lorsque la langue de mon partenaire entre en contact avec la mienne. Je dois le repousser pour reprendre mon souffle – *et vérifier que j'ai bien fermé la porte à clé étant donné que je suis une véritable étourdie.*

Cependant, Lionel me laisse à peine le temps de déposer mon sac par terre qu'il me saisit par les hanches, dégage ma tignasse emmêlée et dépose une pluie de baisers dans ma nuque.

— Sur ta liste d'interdits, on est au quantième ?

— Hum… au moins au treizième. Et ça tombe bien parce que c'est mon chiffre porte-bonheur.

Je me retourne et passe mes mains dans ses cheveux noirs pour reprendre mes esprits et tenter de calmer les effets de l'alcool.

Comment se fait-il que les sorcières ne soient pas immunisées contre l'alcool ? râlé-je intérieurement en me mordant l'intérieur de la joue.

Lionel remarque que je tangue et me rattrape par la taille.

— Tu es sûre que ça va ?

— Oui, oui… t'inquiète.

— Tu devrais boire un verre d'eau.

— Ça va, je te dis.

— Freïa…

Je frissonne en entendant mon prénom dans sa bouche. Lionel allume la lumière du couloir et celle du salon.

— Où est la cuisine ? Je vais te servir…

— Désolée, chuchoté-je.

— Tu t'excuseras demain quand je te raconterai notre soirée et que tu me diras que tu as tout oublié à cause de l'alcool, rétorque-t-il en me tirant par la main.

J'avoue que je ne le comprends pas. J'ai passé la soirée à le draguer et à faire des allusions sexuelles. On a blagué, bu, ri et joué à « fuis-moi, je te suis, suis-moi, je te fuis ». Et quand je décide enfin de me lancer (chaude et bouillante), il s'arrête d'un coup.

Quel mec fait ça ? « Le genre de mec bien éduqué » me répondrait Sedna. J'entends sa voix claire et distincte dans ma tête. Peut-elle arrêter de me servir les sermons de grande sœur spirituelle, surtout quand j'ai un verre dans le nez ? Apparemment, non. Et comme si Lionel l'avait entendue, il s'exécute, s'affaire dans ma cuisine et me tend un verre d'eau fraîche. Puis il m'aide à m'installer sur une des chaises de bar qui se trouvent devant le plan de travail et se plante face à moi. L'inquiétude lui fait froncer les sourcils. Une petite ridule apparaît sur son front et je trouve cela bien trop craquant.

On se regarde dans les yeux pendant quelques minutes, même si je remarque que son regard louche sur mes lèvres à plusieurs reprises. Je n'ose imaginer l'état déplorable dans lequel je suis avec mes boucles entremêlées, mes joues aussi rouges que les roses éternelles déposées près du frigo et mes yeux vides de vie.

Finalement, mon invité du soir décide de faire comme chez lui et se met à fouiller dans tous les placards de la cuisine. Je suis tellement ailleurs, dans mon brouillard d'alcool, que je ne réagis même pas lorsqu'il tombe sur des bocaux avec des choses très louches dedans. Lui-même ne semble pas choqué à la vue de petites araignées qui se trimballent dans un bocal en verre, ni devant les autres bizarreries de sorcière que Sedna et moi avons pris l'habitude de cacher pour avoir l'air d'être un minimum normales.

Après tout, c'est un peu déplacé de recevoir des invités et de leur servir du jus de limace, des yeux de souris, des cornes de bouc ou encore des tiges de fleurs séchées en apéro, non ?

— Tu veux que je cuisine quelque chose ? Des pâtes, par exemple ?

Je ne réponds pas. Je me contente de fixer l'heure affichée sur l'horloge. Il est 2 heures du matin, ce qui signifie que, dans quatre petites heures, Lionel ne se souviendra pas de moi. Ou du moins, il n'aura plus que des souvenirs flous de la soirée, mais rien qui le retiendra auprès de moi après cette nuit. Il se rappellera simplement avoir couché avec une fille de sa faculté, dont il aura oublié le prénom, l'odeur, et il pensera avoir passé avec elle une soirée peu mémorable.

Alors qu'il s'agit sûrement d'une des plus belles soirées que j'ai passées depuis des mois, en dehors de celles organisées par le Coven. J'avais presque oublié à quel point les mortels peuvent être divertissants.

Le sourire en coin ravageur de Lionel me plaisait déjà. Tout comme ses yeux sombres et son air ténébreux. Mais ce qui m'a le plus surprise ce soir est sans conteste nos conversations. On est passé du coq à l'âne, de sujets très frivoles à des discussions profondes et pleines de sens. Bref, on a parlé de tout et de rien pendant des heures. Son sens de 1a répartie et son humour m'ont scotchée. Et c'est le genre de choses qui ne m'arrive que très rarement. À part quand je suis avec ma meilleure amie *bien évidemment*. Sauf qu'avec elle il n'y a pas de tension sexuelle.

Alors que là, à cet instant précis, tous mes sens sont en ébullition. Cet homme semble dégager toutes les bonnes phéromones pour m'attirer dans ses bras sans faire le moindre effort – ou presque. J'ai envie de terminer cette soirée sur une note sensuelle, charnelle, et pas sur un vomi dans les toilettes avec mes cheveux attachés en un chignon de secours.

— Freïa ? Tu m'entends ?

— Hum ? fais-je en levant les yeux vers mon interlocuteur.

— Ça doit faire cinq minutes que je te parle et que tu as les yeux dans le vague… Tu commences à m'inquiéter.

Je pose mon verre d'eau et l'observe.

— Je vais rester, décrète-t-il. Juste pour m'assurer que tout va bien et que tu ne fais pas un coma éthylique.

J'éclate de rire.

— C'est pas drôle, se renfrogne-t-il en se servant un verre d'eau à son tour.

— Espèce d'idiot.

— Tu te fous de moi, en plus ?

Je me lève, fais le tour du plan de travail et me place derrière lui pour l'enlacer par la taille.

— J'ai envie de toi, déclaré-je de la voix la plus sensuelle possible.

Lionel ne bouge pas d'un pouce, il me laisse prendre le contrôle. J'en profite pour passer les mains sous son pull. Je sens sa peau frissonner sous mes caresses et son aura change de couleur pour virer au rouge passion. Je me hisse alors sur la pointe des pieds et dépose mes lèvres sur sa nuque, mais il se dégage brusquement de mon étreinte et m'attrape par les poignets.

Il me fait face, l'air *très* sérieux. Son regard me glace l'espace d'un instant alors qu'il était plein de désir quelques secondes auparavant.

— Qu'est-ce qu'il y a ?

— Je préfère être sage ce soir. Je n'ai pas envie de te croiser à l'université lundi et que tu ne te souviennes même pas de moi.

Je hausse les sourcils, l'air incrédule, et tente de récupérer mes mains. Mais Lionel m'empêche de faire le moindre mouvement. Il tient fermement mes avant-bras et se colle un peu plus contre moi. Mon cœur s'emballe lorsque je le vois se pencher délicatement vers moi. J'espère secrètement qu'il change d'avis et cède à mes avances. Hélas, au dernier moment, il s'éloigne et se contente de passer sa main sur ma joue, comme si j'étais une enfant.

Ce geste est la goutte de trop. Furieuse, je fais volte-face et m'enfuis dans ma chambre, en prenant bien soin de claquer bruyamment la porte derrière moi. Je ravale mes larmes de rage et me laisse tomber lourdement sur le lit avant de retirer la veste en cuir de Lionel, que je porte depuis qu'on a quitté le Tavernier, et de la balancer par terre.

Je repense alors à mes dernières conquêtes et me rends compte qu'il n'y en a pas eu tant que ça. Sedna a peut-être raison de me répéter de « plus profiter de ma jeunesse ». J'imagine que c'est en partie dû à la peur de voir, une fois de plus, mes parents débarquer à l'appartement s'ils apprenaient que j'ai (encore) dérogé à la règle de ne pas fréquenter d'êtres humains. Mais aussi parce que mon estime de moi a pris un sacré coup ces derniers temps. J'ai l'impression de ne plus être capable de plaire ni de séduire quiconque depuis que je me lance chaque matin ce maudit enchantement de dissimulateur d'aura. C'est dommage car je ne vais sûrement pas peser soixante-cinq kilos et garder mon mètre septante toute ma vie. Je ne suis même pas certaine d'avoir encore cette silhouette à en juger par les efforts que je dois faire pour rentrer dans mes pantalons.

Ce soir, pour une fois, j'avais décidé de laisser tomber mes artifices. Je me suis rendue au bar dans toute ma splendeur de sorcière et, pourtant, je viens de me faire repousser par ma conquête.

Cela ne m'était encore jamais arrivé.

Et, bien sûr, il fallait que ça tombe sur un mec qui me plaît vraiment. Ce qui arrive une fois au bout d'une lune[1]. Généralement, les êtres humains avec trop de testostérone ont le don de m'exaspérer très rapidement. Bref, c'est le comble.

Peu à peu, je commence à sombrer, rattrapée par le sommeil. Alors que des chimères s'emparent de mon esprit et que des images de la soirée se mettent à défiler devant mes yeux, je suis brutalement tirée de mes rêveries par un bruit. Il me faut quelques instants pour comprendre que j'entends frapper à la porte. Je soupire et ne réponds pas, mais Lionel ouvre quand même. Sa tête apparaît dans l'embrasure.

— Les pâtes sont prêtes.

Pas de réponse.

— J'ai trouvé un Scrabble près de la télévision aussi. Si ça te dit ?

Mon sang ne fait qu'un tour.

— Un Scrabble ? Tu joues à quoi ? fulminé-je en me redressant d'un coup.

— Au mec sympa qui essaie de te montrer qu'il ne veut pas d'un coup d'un soir, mais qu'il a envie d'établir une vraie connexion avec une nana qu'il trouve super.

Je me lève, marche vers lui d'un pas déterminé, le regarde droit dans les yeux puis je l'embrasse avec fougue et hardiesse. Je sens qu'il se retient de me rendre chacun de mes baisers et qu'il brûle d'envie de se blottir contre moi.

— Et là ? murmuré-je, à bout de souffle. Tu as toujours envie de jouer au Scrabble ?

1. « Au bout d'une lune » : expression belge qui signifie que cela arrive très, voire trop, rarement. Similaire à « la semaine des quatre jeudis » qui fait allusion à une chose qui n'arrivera jamais.

— Humm, oui. Ça nous évitera de déraper justement…, dit-il en caressant ma joue.

Décidément, il sait comment me faire sortir de mes gonds. Je n'ai qu'une envie, c'est de lui arracher son sourire narquois.

— OK. On fait un *deal*, propose-t-il. Si après avoir mangé et fait une partie de Scrabble avec moi…

— Continue, dis-je en tapant du pied sur le sol nerveusement.

— Si après tout ça, tu as encore envie de moi et que tu es sûre et certaine que ce n'est pas une erreur que tu regretteras demain… alors je te promets de te faire passer une nuit inoubliable.

— Marché conclu, dis-je aussitôt, ravie.

Il s'approche de moi, dépose un baiser sur mon front, puis un autre sur ma joue et un dernier dans le creux de ma gorge. Son parfum m'enivre. Un mélange de bois, de terre et de sauge. Mon cœur fond.

— Allez, Freïa, viens…, me susurre-t-il en m'attrapant par la taille. Je viens de te prouver que je ne mords pas.

— « Tatouage » ! m'écrié-je, l'air ahurie. Mais qui joue un tel mot sur un plateau de Scrabble ?

— Lionel Dubois, belgo-français, bientôt vingt-six ans, tatoué, percé, guitariste à ses heures perdues et futur lobbyiste pour le parti écolo.

Je me tords de rire.

— *Oh lord*. Tu n'es pas ascendant Lion pour rien !

— Il paraît. Tu sais, ma mère m'a donné mon prénom

à cause de mon heure de naissance. Elle est hyper superstitieuse et croit en plein de trucs « magiques », dit-il en mimant des guillemets.

Ce genre de coïncidence a le don de me rappeler que la fièvre spirituelle semée par mes ancêtres a également contaminée les mortels, d'une certaine manière.

— Intéressant ! commenté-je en écarquillant les yeux. Mais, en effet, tu dégages ce truc solaire et charismatique digne de ton signe ascendant. Tu attires l'attention, dans le bon sens du terme.

— Mais encore ? J'adore quand tu me balances ce genre de compliments.

— N'en fais pas trop non plus ! répliqué-je en riant. Du coup, ça ne te pose pas de problème de me montrer tes tatouages ?

— Genre là, maintenant ?

— Par exemple.

— Je peux te montrer autre chose aussi…, lâche-t-il avec un regard séducteur.

— Un vrai goujat ! rétorqué-je en écrivant le mot « goujat » sur le plateau de jeu.

— C'est toi qui as commencé je te rappelle. Mais tu as marqué des points cette fois-ci, je te l'accorde.

Je relève la tête vers lui, tout sourires. Il fronce les sourcils, s'attarde sur mes lèvres puis décide finalement de passer une mèche rebelle derrière mon oreille. De mon côté, je ne peux m'empêcher de fantasmer sur sa bouche rose et charnue, sa mâchoire bien dessinée, sa barbe de trois jours et sa fossette sur le menton. J'ai envie qu'il soit à moi, tout à moi, là, tout de suite. Surtout que le temps passe. L'horloge affiche déjà 4 heures du matin. Bientôt, cette belle soirée sera loin derrière nous.

— « Préliminaire », dit-il en plaçant les lettres et en notant son score.

— Tu le fais exprès ! hurlé-je en bondissant du canapé.

— Haha ! Ce mot ne devrait même pas exister. Qu'est-ce que ça veut dire ? Que les bisous et les caresses ne sont qu'une préparation avant de passer aux choses soi-disant « sérieuses » ? Une non-péné…

— Wow ! lâché-je, impressionnée. J'ai l'impression d'entendre ma meilleure amie.

— Sedna, c'est ça, si je me rappelle bien ?

— Oui. Elle milite à mort pour le plaisir sexuel sous toutes ses formes, l'inclusivité et l'égalité des sexes.

— J'adore.

Je reste muette en m'éloignant un peu de lui.

— Un problème ? s'enquit-il.

— Je crois bien que je suis sobre… et j'ai toujours très envie de toi.

Mon invité termine son verre d'eau et se tourne vers moi. Il pose une main sur mon front, puis sur ma nuque.

— En effet, plus de sueurs froides, pas de tremblements, ni de nausées. T'as l'air *presque* normale.

— Presque.

Lionel n'attend pas une seconde de plus pour se rapprocher de moi, m'entourer d'un bras et poser ses lèvres sur les miennes avec délicatesse.

Il recule un instant, ouvre discrètement un œil pour vérifier que je suis toujours partante et il soupire de soulagement en voyant que je lui souris.

Le consentement n'a jamais été aussi sexy.

— Bon, à moi de te montrer que je tiens toujours mes promesses…

D'un coup, il m'attrape par les hanches et me renverse

sur le canapé pour m'embrasser avec encore plus d'ardeur et de passion que tout à l'heure.

Je ne m'y attendais vraiment pas.

D'où lui vient cette soudaine énergie ? pensé-je en arrêtant de respirer lorsque qu'il plonge son regard dans le mien. Tous mes sens sont en alerte et je manque de dévoiler mes pouvoirs magiques à cause de la vague d'émotions qui m'emporte. Mais je me calme aussitôt quand il pose ses lèvres sur mon front avec douceur.

Ça faisait bien longtemps que je n'avais pas désiré si fort entrer en contact avec quelqu'un. Mon ventre se remet à me chatouiller tandis que toutes les parcelles de ma peau s'électrifient au contact de celle de Lionel. Je tente de l'embrasser mais il pose un index sur ma bouche et me repousse délicatement, non sans rester collé contre moi.

— Pas si vite, l'Irlande.

— Mais...

Il se tortille jusqu'à sortir un préservatif de la poche de son jean.

— C'est le seul que j'ai sur moi.

Je pose sur lui des yeux interrogateurs.

— Tu es sûre de vouloir l'utiliser ce soir ? ajoute-t-il. Tu ne préfères pas attendre le deuxième ou le troisième rendez-vous ?

Je sais déjà qu'il y aura d'autres *date* clandestins dans mon appart dès que Sedna ne sera pas là. Peut-être même que le prochain aura lieu chez lui, mais je n'ai pas envie d'attendre jusque-là. Ce premier rendez-vous bat définitivement tous les records de fous rires et de complicité que j'aie pu vivre jusqu'à présent.

— Je ne reviens jamais sur une décision, dis-je en

saisissant la capote. Et puis, j'en ai d'autres dans ma chambre...

— Une vraie têtue. Et qui me lance un défi, en plus de ça.

Il prend appui sur l'accoudoir du canapé et se redresse pour enlever son sweat, me dévoilant un beau spectacle : ses abdominaux, son piercing au téton droit, sa manchette sur l'avant-bras droit, un autre tatouage représentant un petit aigle en haut de son bras gauche et des épaules merveilleusement bien dessinées. J'ai envie de poser mes mains partout sur son corps et de l'explorer centimètre par centimètre.

Il perçoit mon regard de braise et passe une main sur sa ceinture mais il y découvre la mienne déjà prête à continuer son exploration.

— Je suppose que ça veut dire que tu veux voir le reste ?

En guise de réponse, je me redresse et le bombarde de baisers enflammés. Lionel prend un malin plaisir à me rendre mon affection au triple. D'abord en laissant glisser sa langue sur ma nuque, puis en passant délicatement une main sous ma blouse de mousseline noire. Il gémit de surprise en remarquant que je ne porte pas de soutien-gorge.

— Je peux ? demande-t-il avec attention.

Je hoche vivement la tête en signe d'approbation et, en deux temps trois mouvements, je me retrouve uniquement vêtue du plus beau string de ma garde-robe.

— Tu avais donc tout prévu ? dit-il d'une voix moqueuse, en tirant sur la dentelle de mon sous-vêtement.

— Bien sûr ! répliqué-je en le repoussant dans le coin du canapé.

Alors qu'il s'assied, je l'aide à se débarrasser de son jeans de son caleçon. Puis, je m'installe sur ses genoux en repoussant ma chevelure d'un geste gracieux.

— Je ne sais pas si je te l'ai déjà dit..., commence-t-il en me contemplant de haut en bas. Mais tu es vraiment... magnifique.

Il ne me laisse pas le temps de répliquer, m'attire à lui et se met à mordiller ma peau nue. Instinctivement, je l'enlace puis j'enfonce mes ongles dans ses épaules lorsqu'il se met à caresser mon entrejambe. Les joues en feu, je saisis son menton pour retrouver ses lèvres, sur lesquelles je passe doucement ma langue tandis que mes doigts dévient vers son sexe en érection. Je fais plusieurs mouvements de va-et-vient en le plaquant contre le bas de mon ventre jusqu'à ce que la tension devienne insoutenable et que Lionel enfonce un doigt en moi, puis un deuxième, tout en enroulant sa langue autour de la mienne.

Je suis aux anges face à ce mélange de tendresse et de passion.

— Attends, m'interrompt-il entre deux baisers.

Il défait l'emballage du préservatif et le glisse sur son pénis puis il relève la tête et me sourit. Je fais mine de m'installer sur lui pour prendre les rênes mais il m'en empêche, me saisit brusquement par les hanches et me renverse sur le dos.

— Tu m'as fait comprendre que c'était à moi de prendre soin de toi, non ? murmure-t-il en s'allongeant sur moi.

Cette constatation me fait rougir. Il me lance un dernier regard pour obtenir mon consentement et je lui réponds en enroulant mes jambes autour de ses hanches.

L'instant d'après, il glisse en moi et on se connecte l'un à l'autre un peu plus profondément.

Je ne peux retenir un gémissement de plaisir alors que je le sens durcir davantage en moi et qu'il accélère le mouvement. D'une main, il ceinture ma taille, de l'autre, il attrape mes poignets et les plaque derrière ma tête pour que je ne puisse plus bouger. Puis il prend entièrement possession de mon corps et dirige notre danse sensuelle.

Et je dois avouer que ce tempérament de feu me plaît. À tel point que je ne sais pas si une seule nuit sera suffisante pour réaliser tous les fantasmes qui me passent par la tête en ce moment même. Et comme s'il avait lu dans mes pensées, Lionel s'arrête un instant et chuchote à mon oreille :

— Oh ! Freïa… Ce n'est pas un prénom qui s'oublie facilement.

Puis il plonge un peu plus en moi jusqu'à me faire perdre pied. J'en frissonne de désir.

Si l'enfer a une saveur, j'espère bien que c'est celle-ci.

Chapitre 6

Conspiration

Je me réveille avec la sensation de flotter sur un nuage.

Presque au paradis.

Ou dans mon enfer à moi, caniculaire et torride. Si seulement je pouvais y amener mon beau ténébreux. Hélas, nos âmes sont destinées à ne pas se retrouver après la mort car, malgré sa bouille de *bad boy*, Lionel n'est qu'un simple être humain qui finira par monter vers les cieux un jour ou l'autre, ce qui ne sera jamais le cas des descendantes de Lilith.

Je lève délicatement la tête de son torse et plisse les yeux, éblouie par la lumière du jour.

Quelle heure est-il ?

Je jette un coup d'œil au réveil qui indique midi passé.

Comment sommes-nous arrivés jusqu'à mon lit ?

Je me rappelle alors que, après avoir débuté notre danse ensorcelante sur le canapé, on a poursuivi sur le plan de travail de la cuisine puis sous la douche pour finalement faire un dernier round dans mon lit.

Et par Lilith, que c'était bon ! me dis-je, rougissante, en me lovant davantage entre les draps.

Malheureusement, il est temps de renoncer à mon rêve d'amour éternel et de revenir à la dure réalité : j'ai administré un effaceur de mémoire à Lionel. Quand il se réveillera, ses yeux ne brilleront plus comme hier. Il aura oublié la nuit que nous venons de passer ensemble. Il se rhabillera, rentrera chez lui et nous nous recroiserons lundi comme si de rien n'était.

Mon smartphone se met à vibrer sur la table de chevet. Je tente de l'atteindre tout en m'efforçant de ne pas réveiller mon partenaire. Je l'attrape de justesse avant qu'il tombe par terre.

— Oui ? fais-je en décrochant sur FaceTime sans m'en rendre compte.

Le visage de Sedna en larmes apparaît à l'écran.

— Freïa, je te déteste ! Comment as-tu pu me cacher ça ? beugle-t-elle en brandissant son annulaire gauche devant la caméra.

Une bague en or jaune, sertie d'un diamant, fin et élégant, brille à son doigt.

— C'était ça ou Dorian m'écrasait avec sa Porsche ! répliqué-je en riant. Félicitations, ma sœurcière d'amour. Tu le mérites, *vous* le méritez. J'ai tellement hâte d'organiser ton enterrement de vie de jeune fille !

— J'en reviens pas que vous ayez été de mèche tous les deux, je suis trop chanceuse ! Je ne mérite pas une amie et un fiancé aussi incroyables ! dit-elle entre deux sanglots.

Puis, tout à coup, elle se fige, essuie ses larmes d'une main et m'observe, l'air suspicieux.

— Mais que fais-tu nue et toute décoiffée dans ton

lit ? Et c'est moi où ton taux vibratoire est très haut ? Il transperce presque mon écran !

Oups.

Je remonte la couverture pour dissimiler ma poitrine nue et essaie d'aplatir mes cheveux.

— Mais... tu n'es pas seule, n'est-ce pas ? Petite cachottière ! Alors ? Sur une échelle de un à dix ? Bon coup ou pas ?

— Euh...

— Onze sur dix, non ? intervient Lionel, qui vient juste de se réveiller.

Il se redresse rapidement, sans oublier de m'embrasser tendrement sur la joue.

— Ouuuuh, quels beaux tatouages ! s'exclame Sedna, en oubliant presque qu'elle a désormais une bague au doigt.

— Sed...

— Content que ça vous plaise les filles, répond Lionel en gonflant ses biceps et ses pectoraux.

Je rougis jusqu'aux oreilles – pour ne pas dire jusqu'aux pieds. J'ai un coup de chaud et la tête me tourne.

— Et tu as même un piercing, wow ! Je savais que ma petite Frey avait bon goût.

— Tu n'as pas idée...

— Tracasse[1], je suis fiancée maintenant ! J'ai choisi mon plat, mais ça ne veut pas dire que je ne peux plus regarder la carte.

Lionel fait son petit sourire de mauvais garçon.

— Mais vous allez arrêter, oui ? crié-je.

— Bah quoi ? s'exclament-ils en chœur.

1. Tracasse : belgicisme qui signifie « T'inquiète ».

Je me frappe le front avec la paume de la main. C'est de loin la conversation la plus embarrassante que j'aie eue de ma vie. Et, j'ai bien peur qu'aucun sortilège ni enchantement ne puisse me sortir de là.

— Félicitations, ajoute Lionel en montrant du doigt la bague de ma meilleure amie.

— Hein ? dit-elle, étonnée. Oh ! oui ! Merci beaucoup. Je suis com-blée.

— Comment a-t-il fait sa demande alors ? demandé-je, curieuse.

— En l'envoyant au septième ciel, ou presque..., répond le principal intéressé en apparaissant dans le cadre. À bord d'un hélicoptère, ce matin même, à l'aube pour voir le lever du soleil.

Il pose un baiser affectueux sur la joue de Sedna puis remarque la présence de Lionel, derrière moi.

— Oh ! Salut l'ami ! Content que tu aies tenu compagnie à notre futur témoin de mariage, ajoute-t-il en lui faisant signe.

— Oh ! on fera des soirées à quatre ? s'enquiert Sedna en prenant son fiancé dans les bras.

Non mais c'est quoi ce cinéma ? fulminé-je intérieurement, prête à mourir de honte. Mon *crush* est déjà en train de subir des situations gênantes après le tout premier *date*. C'en est trop. Beaucoup trop, il faut que je coupe court au désastre.

— À demain, Sedna ! Encore félicitations à vous deux. Bisous.

Je raccroche et balance le portable sur le lit avant de me laisser tomber lourdement. Je ne souhaite qu'une chose : mourir, là maintenant. D'une mort rapide et efficace, s'il vous plaît. Que le dieu de la Mort passe par ici. Il y a une âme qui est prête à quitter son enveloppe charnelle et à retrouver l'unicité avec les flammes de l'enfer.

Cet horrible sentiment de honte qu'on peut ressentir à divers moments sur cette terre est une véritable torture. Bien pire que tout ce que peuvent nous conter nos Aînées au Coven concernant le purgatoire et l'antre de Lucifer.

Et ça, j'en mets ma main au chaudron.

— Super ! Tu vas être témoin de mariage ! s'exclame Lionel, aussi joyeux qu'un enfant.

Je pose les mains sur mes yeux pour cacher mon visage et tente de réfléchir à une incantation qui me rendrait invisible aux yeux de ma conquête de la nuit dernière, mais rien n'y fait. Ma magie refuse de s'activer, comme à chaque fois. Mon partenaire reste là, à mes côtés, attendant une réaction de ma part. Je finis par laisser tomber mollement mes bras sur le lit et tourne la tête vers lui. Il est encore plus beau au réveil, avec ses cheveux sombres en bataille, ses cernes de la veille et son petit sourire.

— Tu sais, normalement, la première chose que je fais en me levant, c'est de fumer une clope. Mais là, j'aurais bien envie d'autre chose…

Il se colle à moi et m'embrasse tendrement. Nos jambes s'entremêlent, tandis que les mains de Lionel caressent mon corps. Je me surprends à lui rendre toute sa passion et je finis même par le chevaucher au moment où je sens une bosse dure se former sous les draps. Avant d'aller plus loin et de le laisser, à nouveau, accéder à mon intimité pour ne faire qu'un avec moi, je reprends mes esprits pour éviter qu'on ne dérape. Et sans protection cette fois-ci. Et à ça, je dis définitivement non.

— Lio…, dis-je en reprenant mon souffle.

— Oui ? dit-il en passant sa main dans ma nuque.

— Tu ne pars pas ?

— Pourquoi ? Il me semble qu'on est occupés, réplique-t-il en jaugeant ma position. Et puis, d'après ce que j'ai compris, on a encore l'appart pour nous deux jusqu'à demain, non ? À moins que tu aies envie que je m'en aille ? Moi j'ai encore envie de passer du temps avec toi. On pourrait réviser ensemble pour les cours si tu veux, ou bien aller se poser au bois de la Cambre. Enfin, après avoir terminé ce qu'on a commencé…

Il essaie à nouveau de m'embrasser. Je le stoppe net, déconcertée par sa proposition. Je passe alors en revue les ingrédients que j'ai mis dans la potion hier soir. Mais tout me semble correct : coriandre, bave de limace, jonquilles séchées et un cœur de rat.

— Attends, tu te souviens de tout ? continué-je en me redressant subitement.

— Comment ça ?

— De la soirée ?

— Bien sûr. Je tiens mieux l'alcool que vous, madame Guinness !

Puis il semble prendre peur. Son aura vire soudain au gris.

— Tu as un black-out, c'est ça ? dit-il, méfiant, en me faisant tomber à la renverse.

Je me retrouve la tête dans les oreillers tandis que mes fantasmes de sexe matinal s'évaporent au loin. Je reprends appui sur mes coudes et me tourne vers Lionel.

— Non. Non, ce n'est pas…

— Tu te souviens du Tavernier, de l'arrivée chez toi,

des pâtes, du Scrabble, du préservatif, de l'épisode de la douche ?

En voyant que je hoche vivement la tête à toutes ces affirmations, il se détend. Mais je distingue de l'incompréhension dans ses yeux.

— Alors quoi ? Il y a un truc qui ne va pas ?

— Non, j'ai juste cru… que j'avais peut-être inventé certaines choses.

— Je te rassure, tu n'as pas rêvé… Tout ça était bien réel, déclare-t-il en m'adressant un clin d'œil coquin.

Je pose une main sur sa joue puis je la passe dans ses cheveux.

Pourquoi la potion n'agit pas ? Il l'a bue pourtant. Je me revois vider le flacon dans sa bière la nuit précédente.

— Ok. Bon… Pas de problème si tu préfères que je m'en aille.

Il se lève d'un coup en emmenant les couvertures avec lui. Je me retrouve complètement nue et frigorifiée dans le lit.

— Pas besoin de m'indiquer où se trouve la douche, grogne-t-il en s'éloignant de moi.

— Attends, je…

Si seulement il savait ce que j'avais en tête. J'ai envie de rappeler Sedna, *illico presto*, pour lui demander si c'est possible qu'une potion n'ait aucun effet sur un être humain. Mais je ne peux pas le faire tant que ledit « humain » est dans la même pièce que moi, c'est certain.

Lionel interprète mon silence comme un mauvais signe. Il se tourne vers moi et me lance un regard froid.

Je frissonne en me rappelant que mon amant n'est pas un natif du Scorpion pour rien.

— Reste, murmuré-je en ramenant les genoux vers ma poitrine.

— Laisse tomber, j'ai compris.

Il secoue la tête puis sort de la pièce en fermant la porte derrière lui.

— Tu es sûre que ce n'est pas le fait de t'avoir revue ce matin dans le lit qui lui a permis de se souvenir de tout ?

— Non, Sed… J'ai déjà utilisé ce sortilège au moins cinq fois. C'est la première fois que ça ne marche pas.

La belle brune pose la main sur son menton et fronce les sourcils. Elle semble réfléchir, sans parvenir à trouver une explication. Je m'en veux un peu de ne pas la laisser profiter à deux mille pourcent de ses fiançailles, mais on est clairement face à une urgence.

Voire un cas « d'urgence urgente » comme ma meilleure copine adore dire.

Je tends une oreille vers la salle de bains pour être sûre que l'eau coule toujours et que Lionel est bel et bien sous la douche. OK. Fausse alerte.

— Je ne vois qu'une seule explication possible… en dehors du fait que tu t'es peut-être trompée d'ingrédient ou que l'un d'entre eux était périmé, même si ça m'étonnerait que de la bave de limace puisse se périmer.

— Je t'écoute. Je n'ai plus beaucoup de temps, chuchoté-je en collant davantage le portable contre mon oreille.

— Hum… Je ne vois que l'amour.

— QUOI ? hurlé-je d'un coup.

Ma meilleure amie se pince les lèvres pour éviter d'exploser de rire.

Je la maudis intérieurement en devinant qu'elle avait forcément prévu le coup. Ou du mois, *prédit* ce qui allait se passer si j'acceptais de revoir Lionel.

— Comment ça, l'amour ? dis-je, au bord de l'étouffement, en saisissant ma gorge d'une main.

— Il n'y a qu'une seule chose capable d'annuler l'effet d'un sort ou d'une potion. L'amour. C'est pour cette raison que les philtres d'amour ne sont plus utilisés depuis des décennies, Freïa. Si tu écoutais un peu les Aînées quand elles parlent…

Je me mets à me ronger les ongles et à faire les cent pas dans la chambre.

— Si la personne est déjà amoureuse avant que l'effaceur de mémoire fasse effet, ça ne fonctionne pas. Tout simplement. L'amour est la seule chose qui a le pouvoir de contrecarrer notre magie.

— Mais c'est impossible qu'il soit tombé amoureux de moi en une nuit ! m'écrié-je en tirant sur mes boucles rousses. L'amour, ça prend du temps…

— Personnellement, je suis tombé amoureux en un seul regard ! glisse Dorian, qui rit en saisissant les épaules de Sedna. Toi-même tu sais que ta meilleure amie m'a hypnotisé pour garantir l'héritage des générations futures !

— Si seulement ! Tu n'es sûrement pas le genre d'homme que j'aurais envoûté, raille-t-elle en lui tirant la langue.

— Fais attention à ce que tu dis, ma beauté, si tu ne veux pas perdre ta bague « par magie ».

— Mon chéri, sache que je vais construire mon empire, avec ou sans la fortune de ta famille !

— Bien sûr, ma chère Sedna. Déesse de l'abondance infinie. C'est bien pour cela que je t'épouse.

— Hé oh, les amis ! m'exclamé-je pour leur rappeler ma présence.

C'est bien la première fois que je me sens de trop au milieu de ces tourtereaux.

— Désolée, mon chou, dit Sedna en pâlissant.

Je fais un signe de la main pour lui dire que ce n'est pas grave.

Mais, au même instant, un éclair de génie me traverse.

— Attends ! Imaginons... Si j'essaie de convaincre Lionel qu'il doit m'oublier et que je deviens une meuf insupportable, le sort peut se déclencher à retardement ?

— Oui. C'est une théorie plausible.

— Top !

— Mais, ma biche... J'éviterais à ta place, ça va à l'encontre de la nature et...

— Merci pour tout. Bisous, Gatsby. À demain, Sed !

Je coupe la communication et sautille de joie. Je m'empresse de choper un stylo ainsi que mon journal intime, caché sous mon lit, puis je me mets à rédiger mon plan diabolique. Car je refuse de devenir une pâle copie de ma sorcière bien-aimée. Mes Aînées m'ont élevée pour que je devienne plus que ça. Mon ancêtre directe n'est pas l'ex-reine de l'enfer pour rien.

Il est temps de dévoiler ma face la plus sombre à mon amant du jour – qui semble s'être pris les pieds dans une sacrée *conspiration* magique.

Chapitre 7

Contradiction

Coucher avec Lionel Dubois était la pire idée du siècle.

Après m'avoir offert la plus torride des nuits, il est en train de me faire passer la pire des journées.

Et, en toute *contradiction*, je ne peux que me blâmer moi-même. Car, pour le bien de mon plan machiavélique, il fallait que je lui demande de passer son dimanche à mes côtés, histoire de lui montrer ma face la plus cruelle et sans cœur.

Et donc, au lieu de prendre ses affaires et de rentrer chez lui comme il l'avait proposé, il est resté à l'appartement.

Hélas, en l'espace de quelques heures, ce soi-disant « plan » pour me faire larguer s'est méchamment retourné contre moi. En effet, Lionel n'a toujours pas perdu la mémoire, bien au contraire, et il ne semble pas vouloir me lâcher la grappe non plus. J'ai eu beau tout faire pour me montrer impolie, désagréable, râleuse et refuser toutes ses propositions d'activités, il est simplement persuadé que je suis grincheuse à cause du manque de sommeil et de ma gueule de bois. Le comble c'est que, en plus de tolérer mon sale caractère et mon venin de démone, il a réussi à vider l'intégralité de mon frigo et à décharger la batterie de ma Nintendo Switch. Sans parler du fait qu'il a failli mettre le feu à mon dressing en allumant une cigarette.

Je suis persuadée qu'il le fait exprès. C'est sa rancune de Scorpion face à mon attitude qu'il a interprétée comme un rejet. J'ai bien tenté de le faire fuir de chez moi en me montrant râleuse et désagréable mais ça n'a eu aucun effet. À tel point que j'ai même pensé à lui révéler mes pouvoirs de sorcière. Sauf que ceux-ci refusent toujours de se manifester.

Je me sens aussi lamentable qu'une humaine avec deux mains gauches. Si je n'étais pas aussi nulle en magie et que je savais lancer un sortilège digne de ce nom, je ne me retrouverais pas au bord de la crise de nerfs avec un mec en caleçon dans mon canapé, alors que la nuit tombe.

— *Go home !* m'écrié-je en me postant devant lui.

Il me met tellement hors de moi que j'en perds mon français pour en revenir à la langue de mes origines irlandaises.

— Tu me gênes, rétorque-t-il en gigotant de droite à gauche pour voir le téléviseur derrière moi.

— *Take your things and get outta here !*

— Allez, je vais perdre le circuit ! dit-il sans réussir à masquer un petit sourire qui me prouve qu'il essaie juste de me provoquer.

Je croise les bras et le fixe sans ciller. On s'affronte du regard pendant de longues secondes jusqu'à ce que la course se termine. Il jette la manette de la Nintendo sur le canapé en faisant mine de soupirer.

Son aura est noire, elle vire parfois au rouge, entre détestation et désir pour moi. Mais malgré mes efforts, rien ne lui a fait perdre la mémoire. C'est définitif, quelque chose a capoté lors de la préparation de ma potion hier soir.

— S'il te plaît, Lionel... *Just go away !*

— Seulement après avoir fait une partie avec toi, me lâche-t-il en haussant un sourcil avec un air de défi.

— *No !* dis-je catégoriquement.

— Bon, Freïa, dis-moi la vérité. Tu me caches un truc, n'est-ce pas ?

— *W-wait... what ?*

Il continue à me dévisager et à observer chacun de mes mouvements. On dirait qu'il s'amuse à inspecter tous mes faits et gestes pour y déceler la moindre information sur moi.

Comment peut-il se douter de quoi que ce soit ? pensé-je en observant ses pupilles sombres se dilater.

Je reste muette face à ce constat, puis je cours jusqu'à mon smartphone pour voir si Sedna m'a répondu. À mon grand désespoir, je n'ai aucun message. J'ai demandé à ma meilleure copine de rappliquer plus tôt pour m'aider, mais elle m'a envoyée balader en me disant que je récoltais tout simplement ce que j'avais semé. Selon elle, je ferais mieux d'accepter le fait que j'ai le béguin pour un mortel qui m'en fait voir de toutes les couleurs.

Même Lucifer serait un meilleur compagnon du dimanche, songé-je au fond de moi en bouillonnant de colère.

Je tente encore une fois de lancer un sortilège en brandissant les mains devant moi, mais rien ne se produit. Mon essence magique est définitivement bloquée. Je ne sais pas si c'est à cause de la fatigue ou parce que mes émotions m'empêchent de me concentrer.

— Qu'est-ce que tu essaies de faire ? demande Lionel en me voyant, les yeux dans le vide et les mains en l'air comme une folle.

Il me jette un regard suspicieux puis il secoue la tête, l'air las, en voyant que je ne réponds pas, avant de relancer une partie de Mario Kart.

J'observe mes paumes, impuissante, et maudis mon mauvais karma qui a décidé de tout me renvoyer au triple aujourd'hui. Car c'est écrit dans les règles du Coven que tout ce qu'on fait de bien ou de mal nous revient de manière exponentielle par la suite. Soudain, je me rappelle qu'il me suffit d'un index pour exaucer mon vœu, même sans magie. Alors je cours jusqu'au hall d'entrée, ouvre le boîtier électrique des disjoncteurs et fais sauter le courant.

L'appartement se retrouve plongé dans le noir. Et dans le silence le plus complet.

— Mais qu'est-ce que tu fous ?

— *Sorry ?*

Je me retourne vers Lionel, qui m'a rejointe dans le couloir. Je distingue vaguement son visage, éclairé uniquement par son mégot embrasé.

— Je ne te comprends pas. Tu m'as demandé de passer la journée avec toi, mais tu refuses tout ce que je te propose ou même qu'on commande un simple truc à manger. Tu m'envoies chier quand je te demande de faire une partie de Mario Kart et maintenant tu fais sauter le courant ! Y a vraiment un truc qui cloche chez toi !

Je soupire, croise les bras et soutiens son regard.

— Je voulais te faire enrager pour que... pour que...

Ma voix s'éteint car des émotions contradictoires se disputent la partie. D'un côté, je veux le faire fuir et réussir à déclencher l'effet de ma potion d'amnésie, d'un autre côté, mon cœur meurt d'envie de craquer pour ce mec effronté.

Lionel s'approche doucement jusqu'à se retrouver nez à nez avec moi. Seule la lumière de sa sèche nous illumine. Il est si près que je sens son souffle sur ma peau et son regard brûlant me transpercer. Sans prévenir, il se penche davantage vers moi. Il dépose une main sur mon épaule avant de la faire glisser jusqu'au creux de mes reins et de me coller contre lui.

— Tu sais que ça m'excite quand tu me tiens tête... Je n'ai qu'une envie, c'est de te plaquer au sol et de te couvrir de baisers jusqu'à ce que tu atteignes l'orgasme en criant mon prénom.

Mon cœur fait un salto arrière à ses paroles, mais je fais comme si de rien était. Ou, du moins, j'essaye. Malheureusement, mon propre corps me joue des tours.

— Ta respiration s'accélère...

Très bien, je vais rentrer dans son jeu alors.

— Et qu'est-ce que tu aimes d'autre chez moi ?

— Beaucoup de choses..., réplique-t-il avec un soupçon de mystère.

— Vraiment ? Pourtant, en seulement vingt-quatre heures, tu as eu tout le loisir d'observer mes défauts...

— S'ils se résument à des sautes d'humeur, une tendance à jurer en anglais, un entêtement excessif et un grain de beauté sur la fesse droite, ça me va.

— Un grain de beauté sur la fesse droite ?

— Tu n'avais jamais remarqué ? me susurre-t-il en frôlant mes lèvres des siennes. Je t'avoue que je trouve ça très attirant…

Je suis troublée par ses mots et ce retournement de situation inattendu.

Ce mec est dangereux pour ma santé mentale, pensé-je en faisant un pas en arrière. Je me garde bien de lui dire que j'ai remarqué la tache de naissance sur son ventre, ou que le contact de sa peau sur la mienne me donne envie de remettre le couvert.

Mais je décide de capituler : il est temps de hisser le drapeau blanc. Je le contourne et retourne dans le salon.

— Je ne réenclencherai pas l'électricité, dis-je en sortant une boîte d'allumettes et en allumant les deux grands chandeliers fixés au-dessus de la cheminée en pierre.

— Ok. Ça me va d'être dans une ambiance intimiste, répond-il d'une voix très sexy.

Je ne relève pas.

Il se poste devant l'étagère qui déborde d'essais engagés majoritairement écrits par des autrices, doctoresses ou encore poétesses francophones et anglo-saxonnes. Il semble intrigué par tout ce qu'il y trouve et s'amuse même à feuilleter plusieurs ouvrages en veillant à les remettre soigneusement à leur place dès qu'il en a fini. Il semble être totalement passé à autre chose. D'ailleurs, son aura est apaisée, elle est dans les tons bleus et verts.

— Donc si j'ai bien compris, tu es une geek, écoféministe, qui milite pour que les protections hygiéniques soient gratuites et accessibles pour les femmes du monde entier ?

Et moi qui pensais qu'il ne ferait attention qu'à la forme de ma silhouette. Voilà maintenant qu'il me prouve qu'il s'intéresse réellement à ma personnalité. Et qu'il désire en apprendre davantage sur moi.

— Allez, on fait la paix ? me souffle-t-il en se penchant vers moi.

Je hausse les épaules.

— Tu ne lâches jamais prise, n'est-ce pas ?

— Comment ça ?

— J'ai comme l'impression que tu t'interdis d'éprouver tout sentiment. C'est pour ça que tu espérais que je m'en aille ce matin. Ça t'aurait bien arrangé que tout ça ne soit qu'un coup d'un soir, je me trompe ?

J'écarquille les yeux et me demande par quelle magie il parvient à deviner aussi facilement ce qui se passe dans ma tête. Je ne suis tout de même pas un grimoire ouvert à la page « décryptage de personnalité ». Et qu'on ne me fasse pas croire que ce garçon est réellement tombé amoureux de moi en une nuit. L'amour, ça n'existe pas.

Ou du moins, pas pour moi.

Je n'ai aucune envie d'être dominée par ce sentiment béat et ridicule. Quand je vois mes amies, et même les plus féministes d'entre elles, s'amouracher du premier type bien sapé avec un semblant de muscles et un membre en plus, ça me rend malade. Je n'ai pas besoin de cela pour enchanter mon quotidien. Moi, je suis une vraie petite sorcière. Je sais comment rendre ma vie magique. Toute seule.

Enfin, quand mes pouvoirs acceptent de fonctionner correctement.

— Alors, j'ai visé juste ? s'enquiert Lionel en me donnant un léger coup de coude.

— Hum, ronchonné-je en croisant les bras.

— Quoi ?

— Genre c'est toi, avec ton air de mauvais garçon, qui vas me donner des leçons sur l'amour ?

Lionel éclate de rire et dépose sur la table basse un des derniers livres qu'il a chopés dans la bibliothèque.

— Il y a beaucoup de choses que tu ignores sur moi…

Je le défie du regard et lui fais signe de poursuivre.

— Freïa, souffle-t-il en me regardant droit dans les yeux. Je m'appelle « Lionel Dubois ». Est-ce que c'est le nom d'un gars tatoué, fan de hard rock et fervent militant vert ?

— Non, pas vraiment…, dis-je avec un petit sourire.

— Bon, c'est vrai que toi tu portes ton nom à la perfection. Tu portes le prénom d'une déesse nordique et un nom fidèle à tes origines irlandaises, fait-il en désignant une photo de Sedna et moi sur la cheminée.

Son aura change subitement pour passer du bleu enjoué au gris terne et morose.

Mais ce qui me frappe le plus, à nouveau, ce sont ses connaissances. Je n'ai pas fait, ne serait-ce qu'une seule fois, référence aux origines de mon prénom, ni à celles de ma colocataire et, pourtant, il semble déjà connaître les vieilles légendes concernant nos noms de baptême. C'est étonnant pour un simple mortel qui ne doit sûrement pas réaliser des rituels sorciers durant les nuits de sabbats.

— Je suis l'aîné d'une fratrie de trois enfants, enchaîne-t-il en baissant les yeux. Mes parents sont agriculteurs et ont toujours souhaité que je reprenne la ferme un jour ou l'autre. Ou, du moins, le vignoble de ma mère en Alsace, si je ne veux pas rester à Gembloux, paumé en pleine campagne. Ils ont toujours été plus durs avec moi qu'avec mes petits frères à cause de cette histoire « d'héritage ».

Je l'écoute avec attention et pose une main sur son épaule pour l'encourager à continuer de me conter son histoire personnelle, dont il m'a très peu parlé hier soir, esquivant toujours le sujet grâce à des blagues et à des petites piques bien placées.

— Quand j'avais seize ans, mes parents m'interdisaient de sortir avec mes amis parce que je devais garder mes petits frères pendant qu'ils s'occupaient de la ferme. En plus, ils sont très superstitieux. Je ne pouvais pas quitter ma chambre entre minuit et 6 heures du matin, ni découcher les nuits de pleine lune. Selon eux, chaque jour a sa propre superstition, plus folles les unes que les autres ! Tu devrais les entendre...

Mon sang de sorcière ne fait qu'un tour car ces fameuses « superstitions » sont sûrement des rumeurs à propos de ma lignée et de nos anciennes pratiques, qui n'étaient pas toujours très catholiques. Notamment parce que mes ancêtres s'amusaient à invoquer des esprits, au beau milieu de la nuit, pour tourmenter les mortels et qu'elles faisaient d'étranges sacrifices lors des différentes phases de la lune.

— Un jour, continue Lionel en s'asseyant sur le canapé, j'ai pété les plombs et j'ai décidé de fuguer pour rejoindre mes potes à une soirée. Quand je suis rentré, toutes les poules avaient été tuées par un renard et mon plus petit frère s'était blessé en essayant de les protéger. Il avait entendu du bruit et était allé voir ce qui se passait. Heureusement, ce n'était rien de grave. Il a juste gardé une vilaine cicatrice sur le bras gauche Il n'avait que cinq ans à l'époque.

— À l'endroit où tu t'es fait tatouer ! dis-je en comprenant soudainement.

Lionel sourit.

Sur le haut de son biceps gauche est dessiné un petit aigle qui prend son envol. Je pensais que ça représentait juste l'idée de la liberté, mais il y a une tout autre signification derrière ce tatouage.

— Exact.

Je suis touchée de voir qu'il se confie à moi. Je baisse la garde et décide de m'installer à ses côtés, sur le canapé. J'ai presque envie de me lover contre lui mais je ne veux pas l'interrompre. Alors je maintiens une distance de sécurité entre nous et reste attentive à la suite de son histoire.

— Après cet épisode peu réjouissant, mes parents ont souhaité avoir une « vraie » discussion avec moi. Je leur ai clairement dit que je n'avais envie de reprendre ni la ferme ni le vignoble, que je voulais travailler dans la politique ou peut-être même dans le droit. Ils m'ont laissé essayer. Je me suis inscrit en droit et j'ai raté mon année… deux fois de suite. C'est grâce à ces échecs que je me suis inscrit en com' pol'[1]. Et j'adore ça, même si mes parents râlent. Tu sais, mon père se borne à dire que c'est à cause de mes blousons en cuir et de mes tatouages que j'ai raté ma vocation en droit. Tandis que ma mère, elle, est persuadée que mon envie d'étudier à la capitale n'est qu'une passade et que je vais, tôt ou tard, revenir à la raison et reprendre l'entreprise familiale.

Ses mots résonnent en moi.

1. Com' pol' : diminutif de « communication politique » utilisé par les étudiants de la faculté.

Il ne le sait pas mais c'est à peu près ce que je vis avec le lourd héritage de ma famille de sorcières. Elles aussi espèrent en secret que j'abandonne mes études pour me consacrer à l'apprentissage de la magie. Je comprends totalement ce qu'il ressent.

— Je suis l'aîné, reprend-il, je suis censé montrer l'exemple. Mes deux petits frères, eux, ils sont libres... Parfois, je les envie. On m'a tellement privé de tout que, dès que j'ai pu, j'ai fait mon baptême étudiant pour me défouler et faire toutes les guindailles les plus folles.

Une belle vengeance, en effet, même si ce n'est pas celle qui me rassure le plus. Car mes Aînées m'ont toujours dit de me méfier des baptêmes universitaires et de refuser d'y participer si on me le proposait. Après tout, je fais déjà partie d'un « cercle » avec mes sœur-cières. Pourtant, quand j'observe Lionel, il ne m'a pas l'air très effrayant ni dangereux.

Ses yeux se sont assombris au fil de son discours. Il semble éprouver de la tristesse et un sentiment d'injustice.

— Le poids de l'héritage, murmuré-je en posant la main sur sa joue.

— Désolé, je ne veux pas t'ennuyer avec mes histoires...

— Tu ne m'ennuies pas.

— Vraiment ?

— Oui, ton histoire fait étrangement écho à la mienne.

— Notre rencontre dans le métro n'est peut-être pas un hasard.

— Je ne crois pas au hasard, lui avoué-je.

En guise de réponse, il se rapproche doucement de moi en posant les yeux sur mes lèvres. Son aura devient rose, teintée de tendresse et d'affection, loin de toute la noirceur dont il a fait preuve depuis ce matin. Je sens qu'il hésite à m'embrasser mais il se retient.

— À toi de me raconter ton histoire d'expatriée.

Je souris de toutes mes dents en passant une mèche derrière mon oreille.

— Je ne suis pas une expatriée ! dis-je en riant. Mes parents le sont. Ça change tout !

— Ah bon ?

— Oui ! Ma mère est née en Irlande du Nord. Elle a quitté le pays après que mon grand-père…

Je me tais un instant. Je ne suis pas sûre d'avoir réellement envie de parler de tout ça.

— Après que mon grand-père s'est fait assassiner en 1994 lors d'un attentat. Il était républicain, ce qui veut dire qu'il était contre l'union entre le Royaume-Uni et la province de l'Irlande du Nord. Ma grand-mère a été anéantie, ma mère aussi… Elles ont décidé qu'aucune autre génération de la famille ne subirait une telle violence. Peu après ce deuil, elles ont quitté leur terre natale. Mon père, lui, a préféré rester sur place pour se battre aux côtés des nationalistes et venger la mort de mon grand-père. Il est aujourd'hui porté disparu depuis près de vingt-cinq ans.

Le son de ma voix faiblit jusqu'à ce que je me retrouve à court de mots pour exprimer ce que je ressens. Mon cœur tente de cicatriser alors que la blessure saigne toujours au creux de ma poitrine. Ce sentiment d'abandon ne m'a jamais quittée, même si je sais très bien que ce n'est pas la faute de mon père.

Car il n'était pas au courant de mon existence.

— Je suis désolé, murmure Lionel sans me quitter des yeux.

— C'est du passé. Je... Je n'ai jamais vu mon père, expliqué-je, la voix éteinte. Je ne l'ai pas connu. Quand ma mère a quitté Belfast, elle était enceinte mais ne le savait pas encore. Et... et elle est partie sans lui. Puis elle a rencontré mon beau-père et elle s'est remariée ici, en Belgique, alors que je n'avais que deux ou trois ans. Celui que je considère comme mon père aujourd'hui est en réalité mon beau-père. Un ancien Dublinois, fier de l'être. Il a endossé son rôle comme si j'étais sa fille. Je ne le remercierai jamais assez.

Lionel ne dit rien, visiblement ému par mon histoire. Je prends une profonde inspiration et esquisse un léger sourire.

— Du coup, je porte cet héritage en moi. Et ma famille veut que je réussisse ma vie à tout prix ! m'écrié-je, me laissant soudain gagner par un sentiment de colère. Je pense qu'inconsciemment ma mère espère que je lui prouve qu'elle a fait le bon choix en quittant l'Irlande et mon père. Si je dois respecter toutes ces règles depuis mon enfance, c'est aussi pour lui rendre justice.

J'ai presque envie de révéler mon secret de sorcière et de tout avouer à Lionel, mais je me retiens au dernier moment. Je décide plutôt d'aborder la deuxième raison pour laquelle mes parents sont si durs avec moi.

Je ravale des larmes naissantes et me pince les lèvres.

Lionel ne peut s'empêcher de poser une main sur ma cuisse, comme pour me montrer que je ne suis pas seule. Il reste silencieux, mais sa présence suffit à me réconforter.

— Tu sais que j'ai raté trois fois mon examen d'anglais avec Mme Van de Rijf ! lui confié-je en retrouvant un ton plus léger.

— Aïe.

— Comme tu dis. Elle est encore plus exigeante avec moi parce qu'elle sait que je suis bilingue. Elle est choquée de voir les fautes que je peux faire et les devoirs médiocres que je lui rends à la fin de chaque semestre. Je ne fais aucun effort selon elle ! Et le pire, c'est qu'elle a raison.

Je me tais et repense à l'émotion qui m'a envahie lorsque mes yeux se sont posés sur la question de mon examen de rattrapage. L'unique question à laquelle je devais répondre portait sur la guerre civile irlandaise. J'ai pris sur moi et tenté de faire de mon mieux. Mais finalement, après trente minutes et dix phrases écrites à la va-vite, je me suis résignée à rendre une copie blanche.

Le souvenir de cet événement historique est trop douloureux. Ma mémoire cellulaire[1] m'en empêche.

— En fait, je fais ces fautes parce que j'ai du mal à parler une langue qui a divisé ma famille. Je m'exprime beaucoup plus facilement en irlandais. Enfin, en gaélique, si tu préfères.

— C'est fou cette histoire, souffle Lionel en écarquillant les yeux.

— J'ai cru comprendre que c'était le moment des confessions.

Il pose son front contre le mien.

— C'est bien le cas.

Je passe mes bras autour de ses épaules. Nous demeurons là, tous les deux, durant quelques instants.

Silencieux.

1. La mémoire cellulaire, inscrite dans notre corps, est porteuse d'événements personnels, familiaux et ancestraux.

Découvrant, l'un contre l'autre, une nouvelle intimité presque plus forte que celle que nous avons partagée au cours de notre nuit torride.

— Je me sens presque comme à la maison avec toi, murmure Lionel en passant une main dans mes cheveux.

— Hum… J'avais cru le comprendre avec tout ton remue-ménage ! Mais ça risque de ne pas plaire à Sedna si tu squattes trop souvent ici !

— Son fiancé ne squatte pas lui ?

— Si. Mais surtout quand je ne suis pas là.

— T'inquiète, je leur proposerai un plan à quatre. Je suis sûr qu'ils seront partants.

J'éclate de rire, séduite par son humour piquant mais aussi par sa perspicacité. En effet, il a bien cerné les énergumènes avec qui je passe les trois quarts de mon temps.

— Tu es plein de surprises.

— Toujours.

— Tu sais quoi ?

— Non ?

Je rougis, me recule légèrement et plante mes prunelles dans les siennes.

— En fait… Tu m'impressionnes.

— J'ai bien vu que tu me matais lorsque je prenais ma douche…

Je me tords de rire à cette réplique.

— Non, vraiment ! soufflé-je entre deux rires. Tu as des idéaux bien à toi et tu es prêt à les défendre. Même si tu dois pour ça tenir tête à ta propre famille. Ça fait des années que tu vis ici, à Bruxelles, pour leur prouver qu'ils ont tort de vouloir choisir ton chemin à ta place.

— On peut dire ça oui. Tu peux me jeter des fleurs… mais pas le pot, s'il te plaît.

— Allez, un peu de sérieux !

— Tout ce que vous voudrez, madame Guinness.

— Arrête ! m'exclamé-je en riant, une fois de plus.

Il saisit un coussin et me l'envoie en pleine figure.

— Hé ! râlé-je en me frottant le nez.

— Tracasse, l'Irlande, je t'apprendrai à défendre tes idéaux.

Son aura m'indique qu'il est sérieux – et sincère.

— Mais d'abord, on fait une partie de Mario Kart ! Après on révisera ensemble ce cours d'anglais. J'ai eu dix-huit sur vingt à l'examen l'an dernier.

— Il n'y a pas qu'au lit que tu es bon alors ?

Il me lance un regard ravageur. Toutes les cellules de mon corps se liquéfient et se transforment en miel brûlant.

Je raye aussitôt de ma *to do list* l'étape « Comment se faire larguer en dix sortilèges » et la remplace par « assumer ses choix et porter fièrement ses ovaires ».

Chapitre 8

Mabon

Dimanche 22 septembre 2019

Nous n'atteignons même pas ma chambre. Je suis déjà nue, allongée sur le sol, tandis que mon partenaire a la tête nichée entre mes cuisses.

Je me sens belle, forte et puissante depuis la découverte de cette alchimie naissante entre nos deux corps. Cela faisait bien longtemps que je ne m'étais pas sentie aussi féminine, magique et vivante.

Je ne sais pas quel est le secret de mon nouvel amant mais il semble avoir un don pour trouver toutes mes zones érogènes et me donner toujours envie de plus. Ça ne m'était encore jamais arrivé. D'habitude, les aventures d'un soir me suffisent amplement.

Mais pas cette fois.

Il y a quelque chose de différent entre nous. Je n'arrive pas encore à identifier ce dont il s'agit, mais c'est bien là. À moins que ça ne soit mon imagination (ou mes hormones) qui me joue des tours.

Lionel remonte doucement le long de mon corps en embrassant mon ventre, mes seins, ma nuque et finalement mes lèvres, qui s'impatientent de retrouver les siennes. Je fais valser son caleçon et l'aide à enfiler la capote, de la façon la plus sexy qu'il puisse imaginer, en lui offrant sa gâterie favorite. Je sens son sexe durcir dans ma bouche. Je m'amuse à l'exciter en jouant avec ma langue jusqu'à ce qu'il soit au comble du plaisir et m'intime d'arrêter ce supplice.

Il se relève, un sourire aux lèvres, m'empoigne fermement, me colle contre le mur et, avant même que je comprenne ce qui m'arrive, je le sens profondément en moi. Cela me fait l'effet d'une libération totale. Je ne peux retenir un gémissement, ainsi qu'un long soupir de satisfaction. Les papillons logés dans mon bas-ventre reprennent leur envol. Je suis submergée par une vague de bonheur.

— Tu me rends dingue, hoqueté-je en passant les mains dans ses cheveux.

— Plaisir partagé, me susurre-t-il à l'oreille en ralentissant un instant.

Il me porte jusqu'à la chambre et m'allonge sur le lit, sans se détacher de moi.

Je tente d'agripper son torse mais il m'attrape fermement les mains pour les plaquer au-dessus de ma tête et m'immobiliser. Je ne peux plus rien faire, à part le laisser s'occuper de moi et de mon plaisir. Je riposte tout de même à ma manière en lui mordillant les lèvres tandis qu'il s'enfonce encore un peu plus en moi.

Je n'ai jamais autant lâché prise durant une partie de jambes en l'air.

Le septième ciel m'ouvre ses portes.

Une fois de plus, je plains mes voisins tout en remerciant les anges déchus d'avoir envoyé ma colocataire faire une course de dernière minute pour clôturer les préparatifs du sabbat de Mabon[1].

Après quelques changements de position et des baisers enflammés, Lionel se détache lentement de moi lorsqu'il sent que l'orgasme m'a transcendée, non sans garder une main posée dans le creux de mes reins. Toujours tout sourires, il promène ses doigts sur mon dos tout en me regardant me remettre, doucement, de mes émotions.

Je cesse de trembler et me love dans ses bras dans un soupir post-orgasmique. Je reprends mon souffle et glisse la main sous la couverture pour le remercier, à ma manière, de s'être si bien occupé de moi. C'est à mon tour de le voir se laisser aller et atteindre l'extase.

Je l'embrasse, ris doucement et le laisse reprendre ses esprits.

— Tu dois déjà partir ? demande-t-il alors que je me redresse.

— Oui. Réunion entre filles, dis-je même si, en vérité, ce ne sont que des sorcières et sorciers qui seront présents ce soir.

Il m'attrape le poignet avant que je m'échappe en direction de la penderie.

— Tu sais que je pourrais t'empêcher de partir ? lâche-t-il en me lançant un regard ravageur.

Il resserre son étreinte et m'attire à lui en un seul mouvement. Je suis surprise par sa force et me retrouve piégée entre ses bras.

1. Mabon : fêté lors de d'équinoxe d'automne, le Mabon est un sabbat où l'on rend hommage à la signification spirituelle de la récolte, du sacrifice et de la survie.

— Sedna me tuera si je suis encore en retard.

— Mais...

— Faut que j'aille me préparer, c'est sérieux.

Il crispe la mâchoire et me lâche d'un coup.

— OK.

Je ne réagis pas à sa pique. En une semaine, j'ai appris à ne pas me formaliser de ses changements d'humeur soudains.

— Je te laisse mon double de clés. Comme ça tu peux traîner un peu ici et rentrer quand tu veux. On ne sera pas de retour avant minuit.

Je saute du lit et entreprends de me trouver une tenue convenable pour la soirée. Ma penderie est tellement en désordre que ça me désole.

— Enfin... tu peux rester si tu préfères. Sedna ne sera pas choquée de te voir, du moment que tu prends la peine de t'habiller avant notre retour.

Pas de réponse.

Je me retourne et aperçois un Lionel endormi, serein, qui a déjà quitté son enveloppe charnelle pour rejoindre les bras de Morphée. Je l'observe un instant et ne peux m'empêcher de sourire face à sa bouille si craquante.

Sedna me lance un regard foudroyant.

Je sais, je suis en retard. Malgré tous mes efforts pour arriver à l'heure. Mais comment lui expliquer que j'ai dû me préparer une seconde fois après que Lionel s'est réveillé, m'a vue apprêtée comme jamais et a décidé de me déshabiller pour une nouvelle partie de jambes en l'air ?

Je n'ai même pas eu le temps de répliquer ! Promis. Juré.

D'ailleurs, je dois encore avoir la marque du tapis du salon imprimée dans le dos et quelques griffures sur les hanches.

Bon, OK. J'ai aussi un peu traîné sur Pokémon Go après tout ça pour me remettre de mes émotions. Et, oui, on a beaucoup (beaucoup) parlé avec Lionel. Je n'ai pas vu l'heure passer.

À vrai dire, je sais très bien que ma meilleure amie pourrait entendre tout ça et, surtout, qu'elle est la mieux placée pour me comprendre. Artémis, elle aussi, le comprendrait très bien, j'en suis sûre. En ce qui concerne nos Aînées en revanche, qui me jaugent en ce moment même d'un air terrifiant, c'est une autre histoire. Si je leur explique la raison de mon retard de près d'une heure, elles vont sûrement proposer qu'on me sacrifie en l'honneur de Mabon, le dieu celte de la fertilité masculine pour qui nous sommes toutes réunies ce soir. C'est certain. Mieux vaut qu'elles ignorent que je suis en train d'enfreindre l'une des plus grandes règles de notre Coven.

L'événement a lieu dans la grande salle de réception de la maison des parents de Sedna. C'est une immense pièce, aux murs en bois sombre presque noir, où règne une atmosphère sacrée et magique. Il n'y a aucune fenêtre apparente à part l'œil-de-bœuf situé au plafond. Un vieux lustre en cristal est suspendu au centre par une tige qui menace de rompre à tout instant. Je me demande par quel miracle il tient encore avant de réaliser que c'est sûrement grâce au sortilège d'une de mes sœurcières assises autour de la table.

Le buffet du jour est dressé dans un coin de la salle, tout le monde n'attend que le discours et le feu vert des sorcières-cheffes pour s'y précipiter. De l'autre côté de la pièce se trouve une armoire en verre dans laquelle sont exposés tous les élixirs, les potions, les plantes, les pierres, les bougies et autres offrandes que mes consœurs ont déposé à leur arrivée. Plusieurs tableaux représentant les aïeules de la famille Sika, la famille régente qui seconde les Guinness depuis des centaines d'années, sont accrochés dans le couloir de l'entrée, de part et d'autre d'une immense bibliothèque remplie de grimoires très anciens, uniquement disponibles à la lecture sur autorisation de nos guides[1].

La grande table qui est dressée pour accueillir les invités est décorée dans des tons rouges, orangés et pourpres. Des compositions de feuilles séchées, de châtaignes et de mandarines sont disposées sur l'autel[2], ainsi que des chaudrons et des fioles d'enchantements.

— Freïa, me salue froidement Kali en me faisant signe de prendre place à côté de ma meilleure amie.

Cette dame à la peau noire et aux cheveux argentés m'a toujours inspiré le respect – et la crainte, je dois l'avouer, même si elle est aussi une marraine adorable et qu'elle m'offre toujours le plus beau des cadeaux le jour de mon anniversaire.

Je m'assois en vitesse tandis qu'une vingtaine de

1. Freïa fait ici référence aux « guides spirituels », c'est-à-dire aux âmes protectrices qui sont assignées à une personne lors de sa naissance.

2. Autel : table sur laquelle on dispose des offrandes en l'honneur des divinités.

paires d'yeux se braquent sur moi. J'avais pourtant fait tout mon possible pour ne pas me faire remarquer. Mais ma marraine, grâce à son don de perception, a dû percevoir mon taux vibratoire, nettement plus élevé que d'habitude.

— Tu as ramené ton élixir d'automne et tes bougies, au moins ? me chuchote Sedna quand je m'installe à ses côtés.

Elle est vêtue d'une longue robe orange, et sa chevelure est sertie d'une couronne de fleurs magnifique.

— Oui.

— C'est plutôt un élixir du parfait amour qu'elle aurait dû nous ramener ! fait Artémis en me lançant un regard coquin et en réajustant le voile bordeaux recouvrant sa crinière.

— Mince, ça se voit tant que ça ? dis-je, soudain inquiète de mon apparence.

— Tu viens de te dénoncer toute seule, mon chou, réplique Sedna avec un sourire en coin.

Mes autres sœurcières et mes quelques frères présents, qui ont visiblement tout entendu malgré notre tentative d'être discrètes, se mettent à rire.

— Silence ! tonne Kali en croisant les bras sur son opulente poitrine et en nous toisant, l'air sévère.

Nous nous exécutons.

— Bon, puisque tu es en retard et que ta mère est absente…

— Ma mère est absente ? m'exclamé-je en parcourant la pièce du regard.

Kali réajuste son bustier doré, passe une main dans ses tresses africaines décorées de bijoux, fronce les sourcils en direction de sa fille, qui lui chuchote « Désolée, pas eu le temps de lui dire », puis elle pose à nouveau les yeux sur moi.

Elle ferme les yeux un instant et je décèle de la contrariété dans son aura qui vacille.

— Tes parents ne t'ont pas prévenue ?

Je secoue la tête. Ma marraine soupire.

— Ils ont décidé de prolonger leur voyage en Scandinavie. Ils devraient être de retour pour le nouvel an des sorcières.

Déçue par cette nouvelle, je me laisse aller contre le dossier de ma chaise et baisse les yeux. Alors, ça y est, ils ne se soucient plus de moi. Ils ne prennent même pas la peine de me prévenir de leur changement de programme. Moi qui espérais les retrouver ce soir et avoir enfin l'occasion de discuter avec mon beau-père pour lui demander des conseils concernant mes blocages énergétiques, qui entravent ma magie, et, je l'avoue, au sujet de Lionel… Il est clairement le mieux placé pour me soutenir face à l'intransigeance de ma mère. Et puis, c'est triste à dire, mais je m'entends mieux avec lui qu'avec mon Aînée.

J'ai beau essayer de me raisonner, ma peur de l'abandon refait subitement surface.

Sedna remarque ma déception et pose une main sur mon épaule en guise de soutien.

— Bien. Si tu as décidé de ne plus m'interrompre, Freïa…

— Mais…

Kali me dévisage froidement et frappe du poing sur la table. Son aura devient noire tandis que ses cheveux argentés font des étincelles. La déesse africaine qui sommeille en elle est prête à se réveiller – et à me châtier si je lui manque de respect encore une fois.

— Puisque c'est comme ça et que tu tiens tant à prendre la parole, je t'en prie. Vas-y ! Rappelle donc à nos sœurcières et à nos jeunes frères ici présentes et présents pourquoi nous sommes réunis en ce jour particulier.

Aïe. La sentence est prononcée. Bien sûr, ma marraine sait très bien que je déteste prendre la parole en public. Voyant que je ne me décide pas, Artémis m'envoie un coup de pied dans le tibia.

— Hé, ça va pas ? glapis-je en lui lançant un regard noir.

— Si tu continues, je vais vraiment plaider pour ton sacrifice. Et il aura lieu avant minuit, me lâche-t-elle, sûrement exaspérée par mes enfantillages.

— Artie ! la réprimande une dame coiffée d'un assemblage de tissus en satin pourpre qui paraît excessivement jeune grâce à ses mille et un sortilèges pour rester belle et séduisante.

Aphrodite, la mère d'Artémis, toute vêtue de rouge, se lève et me fait un geste chaleureux pour que je prenne la parole. Sa beauté vénusienne me frappe et je ne peux que me plier à ses ordres.

Je prends une profonde inspiration, époussette ma robe bordeaux en velours côtelé et retrousse les manches de ma blouse noire en dentelle. Puis je me lève, prends appui sur mes mains et monte sur la table en chêne massif. J'avance jusqu'au centre tout en m'imprégnant de l'atmosphère qui règne dans la pièce. Je joins les mains devant mon cœur et prends la peine de sourire à tous les invités, même si la présence de nouvelles recrues masculines me met quelque peu mal à l'aise. Je sais qu'ils sont tous impatients de faire ma connaissance car ils savent que je suis promise à un sorcier pour la survie de ma lignée. Chacun d'entre eux espère donc secrètement être l'heureux élu.

— Mes chères sœurs, mes chers frères, commencé-je en m'inclinant légèrement. Comme toujours, c'est un plaisir de vous retrouver pour le sabbat de Mabon.

— C'est fou ce qu'elle ressemble à sa mère ! ne peut s'empêcher de chuchoter Aphrodite à Kali tandis que celle-ci opine en souriant.

— Pour les nouvelles recrues, sachez que ce sabbat est aussi connu sous le nom de festin d'Avalon, continué-je en ignorant mes Aînées. Dans la wicca[1] c'est un sabbat mineur au cours duquel on célèbre la deuxième grande récolte de l'année. On le fête le jour de l'équinoxe d'automne, qui a généralement lieu le 21 septembre. Mais en cette année particulière, nous le fêtons le 22 septembre. C'est le moment idéal pour prendre le temps, ensemble, de se régénérer, de réciter nos formules de protection et de récolter les plantes que nous utiliserons pour décorer nos autels. Car, petit à petit, la nuit commencera à prendre le pas sur le jour et notre magie gagnera en puissance pour permettre à la nature de renaître au printemps prochain.

À ces mots, chacune de mes sœurcières et chacun de mes frères tend la main à la personne située à sa droite.

1. La wicca : aussi appelée *witchcraft*, c'est une religion ancienne fondée sur les traditions païennes. Elle comprend des éléments de croyances telles que le chamanisme, le druidisme et les mythologies gréco-romaine, slave, celtique et nordique.

Ils se retrouvent tous main dans la main, toujours captivés par mes paroles.

— Les fleurs fanent, les couronnes des arbres deviennent flamboyantes, les journées deviennent plus courtes. Que Lilith, notre déesse, notre sorcière-mère, nous protège toutes et tous, scandé-je en levant les mains vers le ciel. Que Lilith nous apporte la prospérité, de quoi nourrir nos familles, jour après jour, et qu'elle nous guide à travers les ténèbres dans lesquelles nous vivons quotidiennement.

Je joins les mains au-dessus de ma tête. Une boule de lumière se forme entre mes paumes et inonde la pièce de bienveillance et de gratitude.

— Et ce soir, en cette dernière longue journée d'automne, je vous convie toutes et tous à une promenade dans la forêt.

Je me tais, un instant, pour sourire à nouveau à mes sœurs et à mes frères du soir. Puis je laisse doucement retomber mes bras, dans une petite danse gracieuse.

— Prenez chacune et chacun un panier en osier avec de quoi préparer vos incantations et sortilèges, mais servez-vous également au buffet qui a été soigneusement préparé par nos chères sœurcières Kali et Aphrodite, terminé-je en les désignant, le plus élégamment possible, de la main.

Surprise de l'aisance avec laquelle j'ai réussi à prendre la parole, je fais une dernière révérence et quitte la table gracieusement sous les applaudissements de mes sœurs et frères de cœur. De l'autre côté de la pièce, mes Aînées me gratifient d'immenses sourires, tandis que ma marraine me fait l'honneur de me serrer dans ses bras.

Je ne sais par quel miracle, mais je suis assise au milieu d'une clairière du bois de la Cambre, entre Sedna et Artémis alors que ces deux-là ne s'adressent plus la parole depuis des mois.

Les couronnes des arbres alentour sont flamboyantes, presque autant que ma chevelure rousse ; les feuilles mortes et brunies forment des tapis sur lesquels on aurait envie de s'étendre et les rayons du soleil couchant se reflètent sur le lac à quelques mètres de nous.

Mes deux meilleures copines ne se sont même pas disputées depuis le début de la soirée. C'est un véritable exploit. Cela dit, chacune veille soigneusement à ne pas s'adresser directement à l'autre et à se servir de moi comme intermédiaire pour transmettre leurs questions et réflexions. Ces deux déesses n'ont toujours pas enterré la hache de guerre.

Je grignote un morceau de *carrot cake* tout en leur servant du thé à la cannelle. Je tente de me faire toute petite pour les inciter à parler toutes les deux.

Mais rien n'y fait.

— Alors, ta formule magique du soir sera dédiée à ton nouveau *crush* ? lance Artémis qui fait mine de se faire bronzer, alors que le soleil se couche et qu'elle a déjà un teint naturellement hâlé.

— C'est peine perdue. Ma magie ne fonctionne pas sur lui. Sinon, il aurait déjà oublié mon existence…

— Ce *fail* semble bien t'arranger finalement ! glisse Sedna, qui griffonne ses intentions du jour dans son carnet de rituels.

— Mais…

— En plus, c'est trop mignon comme il te regarde… Il est déjà sous le charme ! Même si tu lui souffles le chaud et le froid et que tu lui en fais clairement baver.

— Wow ! Qu'est-ce que tu lui as fait au lit ? fait Artémis en se détournant du soleil pour fouiller dans son panier.

— Rien, je…

Au même instant, la sonnerie de mon portable retentit.

— Je parie que c'est lui ! lance aussitôt Sedna qui colle des feuilles d'arbre dans son carnet.

Ma meilleure amie ferme les yeux et s'installe en tailleur pour finaliser son sortilège.

— Tu paries quoi ? dit Artémis en la dévisageant.

— Que tu ne m'adresseras plus la parole jusqu'à Samhain si j'ai raison, rétorque-t-elle en gardant tout son calme et son sérieux.

— Hum. Si tu le dis.

Je sors mon smartphone de mon sac et déverrouille l'écran.

Il fait froid dans le lit sans toi. Tu rentres bientôt ?

Je rougis jusqu'aux oreilles et cache mon visage d'une main.

— J'ai gagné, dit fièrement Sedna en rouvrant les yeux. Artémis, on ne t'a jamais dit de ne pas faire de pari avec une médium ?

Elle déchire une feuille de son carnet, inscrit quelque chose dessus puis la jette dans le feu du chaudron que j'ai placé entre nous trois pour faire nos offrandes aux déesses de la Lune.

Artémis devient rouge de colère. Elle se lève d'un bond, shoote dans le récipient de sa potion et part sans doute à la recherche d'autres sœurcières avec qui passer le reste de sa soirée. Je vois son aura changer de couleur pour devenir d'un noir profond, ce qui signifie qu'elle se sent trahie, mais aussi très seule. La seule chose que je peux lui souhaiter, c'est de trouver du réconfort auprès d'autres amies. Et surtout de réussir à faire la paix avec son ancien amour de jeunesse.

— Tu es dure avec elle, dis-je à Sedna en faisant fondre une pierre de cornaline dans notre chaudron.

— Oh… C'est rien comparé à ce qu'elle m'a fait subir.

— Tu ne lui as jamais vraiment laissé sa chance non plus.

— À quoi bon ? Elle n'aurait jamais porté ses ovaires et eu le courage de faire son coming-out devant sa famille musulmane.

— Parce que tu aurais accepté de te mettre en couple avec elle si elle t'avait promis d'officialiser votre relation ?

— Oui… Puis je l'aurais quittée le jour où je serai tombée amoureuse de Dorian ! Artémis ne devait être que le premier amour de ma vie, rien de plus. Elle aura toujours cette place spéciale… mais ça ne fonctionnera jamais entre nous. Même les astres le disent, on est incompatibles !

— Tu es dure, répété-je en secouant la tête. Les sentiments, ça ne se contrôle pas.

— Tiens donc ! Ma petite Frey est experte en sentiments amoureux maintenant ?

Je ne réponds pas. Je n'ai pas envie de m'aventurer sur ce terrain. Et puis, je sais que discuter avec Sedna est une bataille perdue d'avance. Surtout lorsqu'il s'agit d'Artémis. Malgré son grand cœur, c'est une rancunière née. Ce n'est que quand elle aura décidé de pardonner son ex-amoureuse qu'elle redeviendra sensée. Une vraie bête à pic, une « scorpionne », à l'image de son signe astrologique.

— Allez, dépêche-toi de finir ton incantation, dit-elle avant de manger un quartier de mandarine. Tu pourras peut-être rejoindre ton « bel-ami » avant le coucher du soleil.

Je lui lance une pomme de pin en riant mais je ne peux empêcher le feu de me monter aux joues.

— C'est la première fois que je suis dans un état aussi... inexplicable, avoué-je.

— Ah, l'amour... Tu l'as dit toi-même : ça ne prévient pas quand ça débarque ! dit-elle en tirant une carte de son oracle.

Sur cette dernière, les deux moitiés du signe du Gémeaux s'entrelacent sous une pleine lune rose. Une grande flèche les transperce de part et d'autre.

— Ne laisse pas le mauvais karma te rattraper. Insuffle davantage d'amour dans ta situation présente. Et débarrasse-toi de tes peurs, ma belle sœurcière, conclut Sedna.

Elle se penche vers moi, pose un baiser sur ma joue puis se lève et part à la rencontre de nos autres consœurs et confrères qui ont élu domicile dans le bois.

Je me retrouve alors seule, face à mes démons intérieurs.

On dirait bien que je ne peux plus nier l'évidence.

De nouveaux sentiments naissent dans mon cœur, malgré moi.

Chapitre 9

Fusion

Dimanche 13 octobre 2019

> *« Les descendantes de la famille Guinness ne pourront fréquenter des mortels. Elles devront s'unir à de puissants sorciers afin de conserver un sang pur, car elles incarnent la puissance féminine dans toute sa splendeur. Au sein de cette matriarchie, c'est le nom Guinness, et non celui du père, qui sera donné aux prochaines nées. La seule exception sera faite si un garçon naît dans la famille. Chaque aînée de la sororité sera, par tradition, héritière du titre de sorcière-reine et aura pour devoir de perpétuer les lois enchanteresses de notre communauté. Elle s'assurera que les générations futures endossent leur rôle et... »*

Je soupire de lassitude en refermant vivement le grimoire. Cette histoire d'héritage m'angoisse. Encore plus depuis que je commence à m'attacher à un simple mortel. J'ai l'impression de m'enfoncer dans des abysses.

Voilà plusieurs semaines que je fréquente Lionel, de très (voire de trop) près. À tel point que je me demande si nos corps ne vont pas finir par fusionner pour ne faire plus qu'un. Même si, selon les dires de Sedna, ce n'est plus possible depuis que Zeus a maudit les êtres humains par peur de l'étendue de nos pouvoirs si on fonctionnait en binôme. Et je comprends très bien pourquoi, car j'ai déjà le loisir d'observer au quotidien, dans chacun de mes mouvements, la force supplémentaire que me procure une relation amoureuse et charnelle. Et il m'est aisé d'imaginer que, si je fonctionnais bel et bien en duo avec mon partenaire, on pourrait facilement gagner un quatre cents mètres, traverser le désert sans s'hydrater (ou presque) pendant des jours entiers ou même soulever un massif montagneux s'il le fallait.

OK. Peut-être que j'exagère un peu. Même la plus puissante des sorcières ne peut pas faire ça.

— Tu es bien rêveuse, ma petite Frey, remarque Sedna qui cesse de faire défiler les robes de mariées sur son *board* Pinterest.

— Moui…, avoué-je en faisant la moue.

— Ça fait un mois.

— Hein ?

— Que je n'ai pas mes règles, dit-elle rapidement avant de se pincer les lèvres.

Je tressaille.

— Ce n'est rien, reprend-elle, sûrement une fausse alerte…

— Tu es sûre ?

— Oui, ça arrive. Enfin, je prie pour que ce soit un

simple retard. Dans ma vision, je n'étais pas enceinte à mon mariage. Ça n'a pas de sens.

J'opine en lançant tout de même un regard inquiet à ma meilleure amie. C'est vrai que son teint est un peu pâlot – enfin, pour quelqu'un qui a une peau de métisse – et qu'elle est moins énergique que d'habitude. Maintenant que j'y pense, certains aliments lui donnent aussi la nausée et elle ne boit plus de jus d'orange depuis environ deux semaines alors que c'est sa boisson préférée avec le chaï latte.

— Dorian a beau avoir ses manières d'enfant de bonne famille, je suis sûre qu'il est ton âme sœur. Et il sera un papa fabuleux, déclaré-je pour la rassurer.

— Freïa, tu t'entends ?

— Oui... Je... je suis assez romantique en ce moment.

— Pitié, si tu continues, je vais faire une crise d'angoisse ! J'ai une carrière qui passe avant toutes ces bêtises ! Entre l'enseignement de la magie aux nouvelles recrues du Coven et mon job de journaliste, je n'aurai pas le temps de préparer la popote pour bébé.

— Ne t'inquiète pas, je suis bientôt diplômée et j'endosserai mon rôle de marraine avec plaisir !

Sedna me lance un regard assassin.

— Arrête, tu vas me porter la poisse ! N'essaie même pas de m'imaginer enceinte. Ce sera ta faute si je ne rentre plus dans mes jeans taille 38 après...

Je me mets à rire doucement tout en acquiesçant, même si je ne peux m'empêcher d'imaginer la jolie maman, douce et aimante, qu'elle ferait, avec un ravissant bébé aux cheveux bouclés.

— Ça fait aussi un mois que tu fréquentes M. Dubois,

dit-elle pour changer de sujet. Vous avez prévu quelque chose ce soir ? Tu veux que je te laisse l'appartement ?

— C'est gentil de proposer, Sed. Mais je pense qu'il a réservé une table au restau.

— Dans quel quartier ?

— Châtelain.

— C'est lui qui t'invite, j'espère ?

— Sed… C'est pas parce que tu as un an de plus que tu dois jouer les mamans poules avec moi.

Ma coloc s'installe sur une chaise de la cuisine, à côté de moi. Elle me fixe un long moment, qui me met mal à l'aise, avant de reprendre la parole.

— Je veux simplement que tu sois heureuse. Et qu'on te rende heureuse…

Cette soudaine déclaration me met les larmes aux yeux. Je ne m'y attendais pas du tout. Même si elle est très passionnée et plutôt chaleureuse, Sedna cache généralement son affection derrière un franc sarcasme et beaucoup d'humour noir.

Alors ces quelques mots me vont droit au cœur.

Son aura rayonne et ses yeux brillent d'émotion.

— Moi aussi… pour toi, répliqué-je en souriant.

Ce sont les seuls mots que j'arrive à exprimer sans éclater en sanglots.

Elle a raison, je mérite d'être heureuse. Comme je ne l'ai jamais été avant. Même si l'affection que je ressens pour Lionel me fait extrêmement peur. Et que je ne sais toujours pas si je suis prête à me laisser aller et à vivre cette aventure qu'on appelle « l'amour ».

— Tu devrais en profiter. Tu sais, de toutes ces émotions… Elles sont puissantes lors des six premiers mois ! me dit mon amie comme si elle avait lu dans mes pensées. Tu es constamment envahie par ce sentiment d'euphorie, tu maigris grâce à l'excitation… et au sport de chambre. Tu penses sans cesse à l'autre et tu rêves de sentir son odeur à chaque instant.

— Ça sent le vécu, dis-je avec un petit sourire. Tu en es à quelle phase toi, maintenant ?

— La phase critique, soi-disant. Tu as déjà dû entendre l'adage qui dit « L'amour dure trois ans ». Ça fait trois ans qu'on est ensemble avec Do. Apparemment, c'est le moment où la passion retombe et où la routine s'installe.

— C'est pas ce que le lit de ta chambre avait l'air de dire hier soir, rétorqué-je en faisant défiler, à mon tour, des robes de mariées et de demoiselles d'honneur sur l'Ipad.

Sedna éclate de rire en me donnant une légère tape dans le dos.

— Tu es bête ! s'exclame-t-elle en se pliant en deux. La passion, ça s'entretient. Même si aujourd'hui c'est différent.

— Comment ça ?

— En vérité, je préfère notre relation actuelle.

Je dépose la tablette et observe mon amie, pensive, désireuse d'en savoir plus.

— Au tout début d'une relation, tu te méfies sans cesse de l'autre, tu restes prudent. Mais à un moment donné, le voile de l'incertitude se lève. Tu acceptes de donner à l'autre la clé de ton cœur et le pouvoir de te faire du mal, s'il le souhaite. C'est puissant. Inconfortable au début. Mais quand l'être aimé parvient à te prouver qu'il ne te fera aucun mal, alors même qu'il connaît tes plus grandes faiblesses, c'est magique. Une douce harmonie s'installe dans le couple.

Je suis totalement captivée par ses paroles. À tel point que mes yeux ne quittent pas ses lèvres. Je dois bien admettre qu'elle ne fait pas de la prose quotidiennement pour rien. Et je comprends mieux sa déception quand on ne lui laisse pas rédiger un billet d'humeur pour sa chronique.

— Je me rappelle encore à quel point j'étais terrorisée de dévoiler à Dorian ma véritable nature... et notre secret concernant la sorcellerie. Je lui ai caché pendant près d'un an ! Jusqu'à ce qu'Artie mette en péril notre relation. Finalement, c'est grâce à sa trahison que mon couple est passé au stade supérieur. Le jour où j'ai tout avoué à Dorian, j'ai compris que ma vision deviendrait réalité. Il s'est montré si compréhensif et ouvert d'esprit... Les sentiments que je ressentais déjà pour lui se sont intensifiés à ce moment-là. Cette bague n'est que l'objet matériel symbolisant une promesse qu'on s'est faite depuis longtemps...

Sedna fait tourner la bague de fiançailles autour de son annulaire et sourit. Je me doute qu'elle ne me confie pas tout ça pour rien.

— Profite à fond, Frey. Ne te cache pas. Sois toi-même ! Et si tu ne te sens pas prête, ce n'est pas grave. Mais si cette relation compte vraiment pour toi, ne laisse pas la peur t'empêcher de la vivre et suis ton cœur.

— Merci, ma biche..., dis-je dans un souffle, en sentant l'émotion me gagner.

Elle se tourne vers moi et passe une main dans ma tignasse rousse, qu'elle aime tant.

— Tu sais, dis-je tout à coup, ça m'étonne. J'ai croisé Artie plusieurs fois au Tavernier depuis le sabbat de Mabon.

Sedna se raidit en entendant le nom de son ancienne copine.

— J'ai vraiment eu peur qu'elle cafte et qu'elle raconte tout aux autres pour Lionel et moi, comme elle l'a fait avec toi…

Les yeux bruns de Sedna s'assombrissent, tout comme son aura. Elle est prête à revêtir son armure de grande sœur spirituelle pour me protéger des embûches qui se pourraient se dresser entre mon crush et moi.

— Bizarrement, elle ne dit rien ! Pourtant j'étais sûre qu'elle me ferait une remarque à propos de Lionel. Mais, à chaque fois, elle me parle juste de toi.

Sedna se détourne et cache son joli minois derrière ses frisettes.

— Je pense qu'elle s'en veut… Tu devrais lui parler.

— Impossible.

— Sed…

— Quoi ? Je devrais peut-être lui proposer d'être ma demoiselle d'honneur aussi ?

— Même si tu n'as plus les mêmes sentiments, tu ne me feras pas croire que tu ne ressens plus rien pour elle ! Je te connais trop pour ça.

Mon amie se contente de secouer la tête.

— Tu sais que je l'ai revue, il y a près de deux mois ?

— Tu me l'as caché ? dis-je, offusquée.

Sedna me lance un regard triste.

— Oui. Parce que repenser à ce moment ne fait que rouvrir la plaie. Je me sentais honteuse d'en parler… et d'avoir cru que ce serait une bonne chose de la revoir.

Je pose une main sur la sienne.

— Artie était complètement soûle…, reprend Sedna. Comme à son habitude depuis qu'on a dix-sept ans.

Elle m'avait donné rendez-vous chez elle, à son kot[1]. J'y suis allée. J'avais l'intention de lui dire que je voulais la garder comme amie et qu'on fasse table rase du passé. Mais tout ce qu'elle a fait, c'est m'embrasser et filmer le tout…

— Quoi ? m'écrié-je.

— Je te jure. Elle m'a menacée d'envoyer la vidéo à Dorian.

— Tu as réagi comment ?

— Je lui ai dit de le faire. Et elle l'a fait.

— Oh.

Je comprends mieux pourquoi les deux amoureux étaient distants l'été dernier. Dorian n'a pas donné signe de vie pendant plus d'une semaine. Chose qui ne lui ressemble guère, vu qu'il est totalement accro à ma meilleure amie. Puis il est finalement réapparu dix jours plus tard avec un bouquet de roses blanches à la main. Sedna était absente. Je l'ai accueilli, et c'est là qu'il m'a demandé ma bénédiction, en tant que future sorcière-reine et meilleure amie de sa dulcinée, et de l'aide pour organiser leur week-end de fiançailles.

— C'est à ce moment que tu lui as tout dit, dis-je en comprenant ce fameux revirement de situation.

— Bien sûr. Il a eu un peu de mal à encaisser le coup parce qu'il fallait qu'il se fasse à l'idée qu'il sortait d'un, avec une sorcière et, de deux, une sorcière avec des penchants bisexuels. J'aurais dû tout lui dire depuis le début.

1. Kot : studio ou appartement étudiant dans lequel le ou la locataire étudie généralement en dehors des heures de cours, mais où il peut se passer mille et une autres choses. On dit souvent que ce qu'il se passe au kot reste au kot.

— Mais tout est bien qui finit bien, dis-je à mon amie en posant ma tête sur son épaule.

Sedna opine en posant sa tête sur la mienne.

— Malgré ses airs de Gatsby, il faut avouer qu'il a choisi une femme peu conventionnelle, lâché-je.

Nous nous redressons et éclatons de rire.

Au même moment, la sonnerie d'une notification sur mon smartphone nous distrait.

J'attrape le petit appareil et lis :

Changement de programme : je t'emmène à Gembloux ce soir.

— Pourquoi ? demande ma coloc, qui est également penchée au-dessus de l'écran de mon téléphone.

Comme si Lionel l'avait entendue, il m'envoie un second message :

J'ai envie de te présenter à mes parents… Si tu es OK ? Je viens te chercher à 5 heures.

Chapitre 10

Présentations

Panique à bord.

J'ai déversé la totalité de mon dressing et de celui de Sedna sur mon lit. Je ne trouve rien qui me plaît.

— Calme-toi, Frey ! me lance Sedna en passant la tête dans ma chambre.

Mais rien n'y fait, l'angoisse me gagne. Mon chakra du plexus solaire se bloque, tout comme ma respiration.

— Mais Sed… C'est totalement imprévu ! Pourquoi est-ce qu'il veut me présenter à ses mortels de parents ?

— C'est un truc que les humains aiment bien faire quand une personne leur plaît. J'ai déjà rencontré à plusieurs reprises les parents de mes anciens petits copains.

Je continue à entasser les vêtements sur le lit, tandis que mes pensées s'obscurcissent davantage.

— Mais c'est interdit ! Tu connais les règles du Coven. On n'est pas censé les fréquenter.

Mon amie croise les bras en s'appuyant contre le chambranle de la porte.

— Roh ! Encore tes interdits là ! Arrête un peu de penser à ce foutu grimoire. Avoue que tu l'aimes bien ton mouton noir. Laisse-toi aller, tu verras où ça te mènera.

— Je sais que ça a fonctionné pour toi, Sed. Mais moi, je suis une Guinness ! répliqué-je en la fusillant du regard. Je suis censée montrer l'exemple. Et j-je… Je ne peux pas me permettre de lui avouer mon secret… j-je… je…

Je commence à suffoquer.

Bien que je l'aie vexée, au vu de son aura qui a vrillé, ma colocataire perçoit tout de suite ma détresse et prend sur elle pour me venir en aide. Elle avance vers moi et me donne une légère tape sur la joue puis me pince l'avant-bras.

— Reste parmi les vivants, s'il te plaît. Ton petit copain ne te pardonnera pas de lui faire faux bond pour un tel événement.

— T-tu as… raison.

— Comme toujours. Allez, assieds-toi. Respire et explique à tata Sedna ce qui te fait si peur.

Tout en soupirant longuement, je m'installe sur une pile de robes et prends le temps de me masser les tempes tandis que Sedna allume de l'encens, aère la pièce et lance une musique douce sur son portable. Une chanson celtique, calme et apaisante, que ma mère me chantait lorsque j'étais enfant. Je me mets à fredonner la mélodie. Cette chanson a le don de m'apaiser en un temps record. Et Sedna le sait très bien.

Je remercie une fois de plus les étoiles de m'avoir envoyé un ange gardien comme meilleure amie.

Je reprends mon souffle, cesse de chanter et ouvre les yeux.

— Tu as raison, je crois… Je crois que j'aime bien Lionel. Un peu plus que ça même.

— Ah, quand même ! Il était temps que tu te l'avoues !

Cette prise de conscience me fait frissonner. En effet, il a beau me rendre folle, me faire sortir de mes gonds dès qu'il en a l'occasion et me taquiner à chaque fois qu'on se voit, il y a quelque chose dans son regard qui me touche et qui fait que je me suis attachée à lui, malgré moi.

— Mais si ses parents ne m'aiment pas ? Et puis, en allant à ce dîner je m'implique encore davantage dans la relation… alors qu'elle ne pourra pas durer !

— Je suis sûre que tu n'es pas la première fille qu'ils vont rencontrer. Et l'amour, c'est imprévisible. On ne sait jamais si ça va durer.

— Mais si je fais du mal à Lionel ? dis-je, au bord de l'étouffement, en imaginant mon crush malheureux, après avoir eu le cœur brisé. Je ne peux pas me projeter sur le long terme avec lui… Tu le sais aussi bien que moi !

— Tu n'es pas obligée de te projeter tout de suite. Vis au jour le jour. Cette relation est une expérience de vie comme une autre !

— Et si… Et si je gaffe ? Et si ses parents comprennent que je suis une sorcière et décident de me brûler sur un bûcher ?

— Tu recommences avec tes « et si ? ». Sois un peu positive et arrête d'imaginer les pires scénarios !

Je la regarde, dubitative.

— Dis-toi plutôt : je vais plaire à mes beaux-parents, à leurs yeux, je serai une fille normale qui a tout ce qu'il faut pour convenir à leur fils. Je vais me régaler d'un repas local et typique. Ce sera l'occasion d'officialiser ma relation… et tout ira bien ! Oh ! et le petit bonus : je vais tomber dans la boue et devenir copine avec les animaux de la ferme.

Je ris, de manière un peu crispée, mais je ris quand même.

— J'ai besoin de ta force, déclaré-je.

— Je serai avec toi par la pensée, promis.

— Vraiment ?

— Oui ! Promis, promis ! Je ne testerai pas mes nouvelles bougies de massage sur mon homme tant que tu ne m'auras pas confirmé par texto que tout se passe bien.

Je soupire profondément.

Je n'ai jamais rencontré les parents de mes petits copains. Je n'en ai jamais eu l'occasion. D'habitude, mes parents gâchent tout avant même que j'aie le temps de tester diverses positions avec mes amants. Et, oui, une fois ils ont débarqué alors que j'étais au lit avec un garçon. C'est celui qui a fini transformé en petit cochon. De toute façon, même si j'en avais eu l'occasion avant aujourd'hui, j'aurais sûrement fui car je n'aurais jamais osé braver l'interdiction de s'unir à un mortel. Sans parler du fait que je suis déjà « fiancée » à un autre sorcier.

Pourtant, avec Lionel, c'est différent. Je suis de plus en plus curieuse de voir ce que peut donner une relation presque normale. Et puis, pour une fois, mes parents ne sont pas à craindre. Alors autant profiter du fait qu'ils ont décidé de prolonger leur voyage en Scandinavie de quelques semaines. Selon Kali, ma marraine, ils auraient même parlé d'aller visiter le Danemark avant de rentrer pour Samhain, le 31 octobre. Leur présence est indispensable puisque ma mère est l'organisatrice de cette cérémonie au cours de laquelle je vais être nommée digne héritière de la lignée des Guinness pour mon vingt-quatrième anniversaire – et mon deuxième retour de Jupiter – qui aura lieu au printemps prochain. Déjà qu'ils ont raté le sabbat de Mabon la semaine dernière... Heureusement que Kali, la mère de Sedna, a pris le relais et qu'elle a enchanté notre passage de l'été vers l'automne.

Enfin, si je suis les conseils de ma meilleure amie et que je me focalise sur le positif, tous ces changements de dernières minutes me permettent de passer un peu plus de temps que prévu avec mon mouton noir, sans avoir à gérer tout de suite la crise familiale.

— Oh ! j'avais oublié ! s'exclame soudain Sedna. J'ai reçu un colis en retard pour la cérémonie de l'équinoxe d'automne.

Elle court jusqu'à sa chambre et en revient avec une boîte blanche décorée de belles dorures. Elle l'ouvre et en sort une magnifique robe bustier en jean, moulante et qui s'arrête juste en dessous du genou, la longueur idéale.

— Tu peux la porter ce soir ! Il ne fait pas encore trop froid. Je l'imagine bien avec un sous-pull blanc, un béret et des bottines en cuir brun pour protéger tes gambettes de la boue.

— Elle est parfaite !

Je lui arrache presque le sublime morceau de tissu des mains, le place devant ma silhouette pour voir si la taille conviendrait et je me regarde dans le grand miroir de la penderie.

— Tu veux que je fasse une story Instagram ? lâche Sedna.

— Tu devrais être influenceuse à temps plein, meuf ! Si tu peux défendre tes idéaux et recevoir d'aussi beaux cadeaux, c'est le rêve !

— Mouais. C'est une nouvelle marque française de vêtements en jean qui souhaite donner une image plus féministe et plus inclusive à leur collection grâce à des modèles de tous horizons. Du coup, ils m'ont choisie pour incarner la *working girl* afro des temps modernes. Ils m'ont aussi envoyé une pochette avec l'inscription « *I'm not bossy, I'm the boss* », si tu la veux.

— *Of course, darling.*

— Je te déconseille de la prendre ce soir pour la première rencontre avec tes beaux-parents. En revanche, elle sera parfaite pour le prochain rendez-vous avec ton mouton noir, histoire de lui rappeler qui domine dans votre couple.

Nous nous lançons un regard complice.

— Wow, tout est vert par ici ! m'exclamé-je en collant mon nez contre la vitre de la voiture.

Lionel rit et pose une main sur ma cuisse, entre affection et possessivité. Ces dernières semaines, j'ai appris à aimer ces petites marques d'attention qui trahissent ses sentiments. Mon presque petit copain n'est peut-être pas très bavard mais il compense en se montrant très démonstratif. Autant au lit qu'en dehors.

— Tu peux baisser la fenêtre, si tu veux.

Je me recule de dix centimètres et m'exécute. Puis je passe la tête dehors et savoure l'odeur de l'herbe ainsi que la sensation du vent qui fouette ma longue crinière rebelle.

Mon amoureux en profite pour augmenter le son de la chanson *Satisfaction* des Rolling Stones.

— Je ne suis pas sûr que porter des bas avec des bottines était une bonne idée, lâche-t-il, me sortant ainsi de mes pensées.

— Pourquoi ?

— Je ne sais pas si mes parents auront le temps de te voir habillée, explique-t-il en jouant avec le bord de mon bas qui s'arrête à mi-cuisse.

J'avoue que j'ai opté pour une tenue présentable, mais aussi sexy du point de vue d'un humain aux alentours de vingt-cinq ans avec les hormones en furie.

— J'ai envie de m'arrêter à la prochaine intersection et de…

— Concentre-toi sur la route, Lio, s'il te plaît.

— Je pourrais t'aider à te détendre, ajoute-t-il avec un petit sourire coquin.

Ça, je l'avais compris. Mais rien d'autre à part une séance d'acupuncture ou un bain fleuri aux huiles essentielles et au quartz ne pourrait avoir cet effet sur moi à cet instant précis – et encore.

Je savais que j'aurais dû me préparer une potion relaxante. Ou tout simplement prendre une bouteille d'eau remplie de vodka pour noyer mon anxiété une bonne fois pour toutes.

— Je peux m'arrêter cinq minutes si tu veux.

— Non, t'inquiète.

— J'ai pas envie que tu fasses encore un malaise comme l'autre jour…

— Lio, stop.

Il se tait.

— Plus tu vas parler de mon angoisse, plus mon corps va, inconsciemment, se mettre en état d'hyper-anxiété.

— OK, désolé.

— C'est rien.

— C'est juste que j'aimerais savoir quoi faire quand tu te sens mal. Surtout si on passe de plus en plus de temps ensemble. Je n'ai pas envie de me faire couper la tête par ta meilleure amie si elle apprend qu'il t'est arrivé quelque chose en ma présence.

Je souris et passe une main dans ses cheveux d'un noir de jais.

— Je te rassure, Sedna est ravie que je passe plus de temps avec toi.

— Elle m'a quand même envoyé un message il y a cinq minutes pour me rappeler de prendre des préservatifs.

Je ne peux m'empêcher de rire.

— On peut changer de contraception, si tu veux, dis-je.

— Non, ça me va du moment que c'est en latex végétal et vegan.

J'éclate de rire.

— Tu sais, je suis stressé aussi… On peut parler d'autre chose que de la visite chez mes parents.

Je ferme la fenêtre et regarde droit devant moi. Des champs s'étendent à perte de vue.

— Pourquoi tu tiens à me les présenter, si ça te stresse ? lui demandé-je tout de même.

Lionel appuie davantage sur l'accélérateur.

— Je crois que ça doit faire six mois que je ne les ai pas vus. J'rentre quasi jamais les week-ends. Je me sens bien dans mon kot à Bruxelles avec mes colocs et tout. C'est devenu mon vrai chez moi.

Il marque une pause.

— Je me suis dit que, si je leur rendais visite en leur apportant une bonne nouvelle et de quoi les rassurer sur ma vie amoureuse, ce serait sympa.

Il s'arrête à un « cédez le passage », tourne la tête à droite puis à gauche et redémarre en trombe avant qu'un tracteur passe devant nous.

La chanson *Crazy* d'Aerosmith bat son plein dans la petite Renault Zoe. Car oui, même sa voiture est écologique et, apparemment, c'est un des rares cadeaux que ses parents lui ont offerts en près de vingt-six ans d'existence.

— Et puis, ça fait déjà un mois qu'on se fréquente.

Il se tait.

De mon point de vue de sorcière, c'est long et court à la fois. Long parce que je n'ai jamais eu de relations de plus de trois semaines avec un mortel, mais court parce que je ne m'attendais pas à rencontrer ses parents si vite. Cela m'intrigue, j'ai l'impression que ça signifie que notre relation est importante à ses yeux.

— Et ? demandé-je en tortillant le bas de ma robe.

Mon cœur s'emballe. Cette fois-ci, ce n'est pas dû à l'anxiété mais bel et bien l'effet d'un sentiment nouveau, bien plus plaisant.

— J'ai envie que tu découvres une autre partie de ma vie. Ce n'est sûrement pas la plus glorieuse, tu verras que mes parents sont complètement fous et *très* superstitieux… Mais c'est important pour moi.

Je ne réponds pas.

— J'ai pas envie de te faire paniquer.

C'est raté, mais en même temps son aveu fait fondre mon cœur.

Il est en train d'essayer de dire, avec ses mots, qu'il souhaite officialiser notre relation.

J'en ai presque le souffle coupé.

Parce que, d'une part, je trouve ça adorable, et d'autre part, je me culpabilise encore plus quand je pense au secret que je lui cache. Cette relation n'a pas d'avenir, elle aurait même dû ne jamais exister. Ou alors, elle aurait dû rester légère et sans attaches. Mais mon amant d'un soir s'est infiltré, peu à peu, dans mon cœur.

Pourtant, je sais très bien que cette relation a une date de péremption. Je dois rencontrer ma soi-disant « âme sœur », *aka* mon futur mari, dans exactement six mois. Il va bien falloir que je trouve un moyen de rompre avec Lionel, à un moment ou à un autre, pour éviter de lui révéler tous mes secrets de sorcière héritière.

Mais c'est plus facile à dire qu'à faire... pensé-je en sentant mon ventre se nouer à l'idée de mettre fin à cette relation.

— Merci, murmuré-je simplement après avoir repris mes esprits.

Lionel se tourne vers moi et me fait son sourire ravageur. Les traits de son visage se détendent. Puis il se contemple un instant dans le rétroviseur pour vérifier que sa barbe est bien rasée.

Depuis qu'on s'est rencontrés, c'est la première fois que je le vois la peau nue. Bien que je sois fan de sa barbe de trois jours, je dois avouer que ça le rajeunit un peu et que ça ne lui va pas trop mal. Il a même fait l'effort de mettre une chemise et de se parfumer. Tous ces détails me confirment que me présenter à ses parents est quelque chose d'important à ses yeux.

Mais je dois me détendre. C'est une simple convention de mortels, rien d'autre.

— Au moins, je leur présente une fille « presque » normale, dit-il pour me charrier, comme mon entourage a l'habitude de le faire.

— Presque normale, confirmé-je en riant.

Même si, en vérité, mon anxiété reprend de plus belle.

Si seulement il savait tout ce que je lui cache, songé-je en dissimulant mon visage derrière ma crinière. Ce n'est pas comme s'il pouvait dire : « Hey, 'man, 'pa, voici ma copine ! C'est une sorcière dont la famille s'est exilée pour fuir les tensions politiques (et ésotériques) d'Irlande. Elle fait partie d'un Coven, nan, je vous assure que ce n'est pas une secte, mais un truc cool qui permet aux jeunes filles et aux jeunes garçons d'exploiter leur potentiel inné. »

Personne ne peut se permettre de faire de telles présentations, si ?

Pourtant, je commence à ressentir le besoin de lui dire la vérité. De lui expliquer pourquoi je peux un jour me montrer affectueuse et attentionnée et, le lendemain, devenir anxieuse et presque paranoïaque. Pourquoi malheureusement, notre relation devra s'arrêter tôt ou tard.

Mon secret me brûle les entrailles.

Je sens que je dois lui en parler.

Peu importe les conséquences.

— En fait, je dois te dire quel…

Lionel écrase la pédale de frein et écarquille les yeux.

Je suis projetée en avant et ma tête manque de percuter le tableau de bord. La ceinture de sécurité me retient et il me faut quelques secondes pour reprendre mes esprits. Je lance un regard à Lionel, dont le visage s'est décomposé, puis j'observe la route.

Il a failli écraser un lapin.

— C'était moins une…, souffle-t-il en blêmissant. D'où est-ce qu'il sort celui-là ?

Sûrement une farce de Lucifer, pensé-je en soupirant.

C'est un signe pour me faire comprendre que je dois me taire. Et que je ne peux pas me permettre de révéler l'existence du Coven.

— La route était déserte, dit Lionel, effaré. Il est apparu d'un coup. J'comprends pas… Tu n'as rien, Frey ?

Je secoue vivement la tête en signe de négation.

— OK. Je n'ai plus qu'à me garer, on est arrivés.

— Oh…

J'observe les alentours et je remarque qu'on est effectivement face à une imposante ferme moderne. Dans le jardin, quelques moutons lèvent la tête et nous observent. Plus loin, un cheval broute et nous regarde avec intérêt. De l'autre côté du champ, des vaches se rassemblent au son d'une clochette que secoue un homme quinquagénaire.

Le père de Lionel, je présume en souriant légèrement.

La bâtisse semble moins modeste que je ne le pensais, elle est très grande et bien entretenue. Une immense étendue d'herbe, qui ne se compte pas en mètres carrés mais plutôt en hectares, s'étend à l'arrière de la maison. Le détail que mon amoureux a omis de préciser, c'est que ses parents possèdent effectivement une ferme gigantesque et un vignoble en Alsace, mais qu'ils ont aussi *a priori* acquis une sacrée fortune. Je ne peux m'empêcher de m'extasier en découvrant la ravissante terrasse, visible de la route, décorée de grandes plantes colorées. Mes yeux louchent sur la véranda et la piscine, dont le bleu nacré tranche radicalement avec le reste du décor verdoyant.

En même temps, j'aurais pu deviner que Lionel venait d'une famille aisée. Déjà, grâce à son nom de famille, à son comportement chevaleresque et très respectueux, mais aussi en voyant la voiture citadine et *très* récente qu'il conduit.

Lionel ne me laisse pas le temps de m'extasier davantage et m'ouvre déjà la portière de la voiture.

— Tu sais que je déteste la galanterie ! chuchoté-je en fronçant les sourcils.

— Oui, mais tu comprendras mieux pourquoi je le fais quand tu feras la connaissance de ma famille.

Je plisse les yeux, sceptique, mais j'accepte le bras qu'il m'offre et marche avec lui jusqu'à la porte d'entrée.

Avant même qu'il pose le doigt sur la sonnette, la porte s'ouvre, et une dame au chignon brun grisonnant sort et nous accueille chaleureusement. Enfin, jusqu'à ce qu'elle pose les yeux sur ma chevelure flamboyante. Elle cesse alors de sourire, prend un air sérieux et jauge son fils. Puis elle réajuste les lunettes sur son nez et me détaille de haut en bas.

— Oh ! ça alors… Tu nous as ramené une fille du diable.

Je manque de défaillir.

— Enfin, je suppose que c'est une coloration, conclut-elle en haussant les épaules. Entrez, le gibier va refroidir.

Elle tourne les talons et nous fait signe de la suivre. Je lance un regard furtif à mon amoureux car je sais qu'il est végétarien, mais il se contente de m'accorder un sourire figé en s'inclinant pour me laisser passer devant.

Je serre fort le quartz rose que j'ai glissé dans mon sac à main avant de partir, puis envoie un texto à Sedna.

Lucifer 1 – Freïa 0.

Chapitre 11

Complications

— Rappelez-moi comment vous vous êtes rencontrés ? fait Béatrice, la mère de Lionel, en resservant une part de gigot de sanglier à son aîné, alors qu'elle sait qu'il n'y touchera pas plus que lors du premier round.

— Dans le métro. On est dans la même fac, répond Lionel qui tente de manger ses légumes le plus lentement possible pour arriver à un semblant de sentiment de satiété.

— Étonnant qu'une aussi belle jeune fille s'intéresse à la politique, déclare Jean-Philippe, son père, en engloutissant une grosse bouchée de marcassin.

Sa remarque me fait l'effet d'une bombe, mais je tente de rester calme. Lionel devine aussitôt que le sang me monte à la tête. Il passe discrètement sa main dans le bas de mon dos et me frôle le pied. Ce léger contact m'aide à garder un minimum de courtoisie.

— J'aimerais suivre un master spécialisé en études de genre l'année prochaine, expliqué-je en tentant de garder le sourire le plus sincère que je peux.

— Ah… Tout ce qu'on demande de faire aux femmes de nos jours ! lâche Jean-Philippe, comme si ça le désolait presque.

— Je ne comprends pas non plus, ajoute Béatrice. J'ai été mère au foyer et cela m'a plutôt bien réussi.

— C'est ça qui est beau, aujourd'hui, les femmes peuvent enfin choisir leur voie : faire des études, s'expatrier, avoir une carrière professionnelle ou bien rester à la maison. Elles peuvent même cumuler plusieurs de ces activités. D'ailleurs, on ne compte plus les vertus et les bénéfices de la présence des femmes dans la sphère professionnelle.

— Intéressant, dit Béatrice d'un air snob.

— Je comprends mieux pourquoi tu as retenu l'attention de mon fils… avec d'aussi belles paroles. Tu as le jargon politique, dit Jean-Philippe, moqueur, en s'essuyant délicatement les lèvres avec une serviette.

Je mords dans une patate pour m'empêcher de répliquer.

Heureusement pour moi, je ne suis pas végétarienne – *heureusement, vu tous les animaux sacrifiés par mes ancêtres* –, et les différents plats que la mère de Lionel a préparés sont délicieux. Assez pour me dire que le trajet de quarante minutes en voiture en valait la peine.

Bon, d'accord, je l'avoue. La sublime vue de la véranda sur la piscine et les terrains agricoles avec le soleil couchant en prime, ce n'est pas mal non plus. Cette belle maison de campagne mériterait une excellente note sur un site de réservation pour des séjours en pleine nature.

— Papa, est-ce que je peux quitter la table ? demande Gabriel, le benjamin de la famille Dubois, âgé de treize ans.

— Oui, ta mère t'appellera pour le dessert. Pas trop d'écran, d'accord ?

Le blondinet s'incline puis il vient près de moi, me fait une bise sur la joue et chuchote quelque chose à son grand-frère.

— Ta copine est très gentille. Si jamais elle a des petites sœurs, elle pourra venir avec elles la prochaine fois ?

Lionel opine et fait un grand sourire à son cadet.

Au moins un membre de la famille dont j'ai gagné les faveurs.

— Tu viendras jouer à Pokémon Go avec moi après ? lance-t-il à mon intention.

— Gabi, je ne pense pas que...

— Bien sûr ! dis-je en arborant mon plus beau sourire. D'ailleurs, j'ai un Mewtwo. Si tu veux, on fera des échanges. Je suis sûre qu'il doit y avoir plein de Pokémons rares dans le coin.

— *Yes !* fait Gabriel avant de s'enfuir dans sa chambre.

Un silence s'installe à table.

— Où est Daniel ? s'enquiert Lionel, qui se résout à ne plus toucher à son assiette.

— Il nous rejoindra plus tard. Il est chez sa copine, Géraldine.

— Tu te souviens d'elle ? interroge sa mère. La fille du pasteur, enfin la cadette. Pas Isaline, l'aînée avec qui tu as fricoté.

Je lance un regard interrogateur à mon partenaire, mais il ne relève pas.

— C'est vraiment devenu une belle jeune femme, continue Béatrice. Elle travaille chez le fleuriste du coin maintenant, rue de la Place. Tu vois ?

— Tu me montreras une photo, Lio, hein ? le taquiné-je.

— C'est dommage que votre histoire n'ait pas marché, ajoute Béatrice. Parce que des filles comme Isaline, ça ne court pas les rues.

Lionel pousse un soupir quasi inaudible.

— Oh ! je pense qu'elle ne s'intéresserait plus à Lionel aujourd'hui si elle le voyait avec ses tatouages et ses jeans troués, marmonne Jean-Philippe en terminant son assiette. Ça ne vous dérange pas, Freïa ?

— Eh bien, personnellement, je trouve que le tatouage est un art. J'en ai quelques-uns aussi, plutôt discrets, pas d'aussi belles pièces que celles de votre fils.

Je remonte légèrement la manche de mon pull blanc et dévoile le chiffre treize écrit en fines lettres gothiques sur mon poignet droit.

— Par tous les saints ! s'écrie Béatrice. Je sens que je vais m'évanouir !

Je ne comprends pas sa réaction.

— Ma mère est une superstitieuse dans l'âme, me murmure Lionel en levant les yeux au ciel.

— Oups, dis-je en m'empressant de cacher mon tatouage.

— Pourquoi le chiffre treize ? m'interroge son père en fronçant les sourcils et en croisant les bras sur sa poitrine. On ne t'a jamais dit que ça porte malheur ?

— Hum... je suis née un vendredi 13. Et ma mère m'a toujours dit que j'étais son plus grand porte-bonheur.

Lionel se tourne vers moi, étonné. C'est vrai que je n'avais pas encore eu l'occasion de lui raconter cette histoire.

— Oh ! mon Dieu ! s'exclame Béatrice. Pauvre enfant. Si seulement on lui avait dit la vérité dès le départ...

Je me renfrogne. De quel droit se permet-elle de

me juger, moi ou ma famille ? C'est vrai que je suis maladroite et que j'ai souvent, très souvent, la poisse. Mais selon les coutumes dans lesquelles on m'a élevée, ce chiffre est un véritable porte-bonheur. D'ailleurs, chaque vendredi 13 il est conseillé de faire des offrandes à Dame Nature. Ou plutôt, à la Déesse Freyja, dont j'ai reçu le prénom.

Béatrice pose une main sur son cœur et utilise un mouchoir en tissu en guise d'éventail. J'ai l'impression d'être face à une peinture du XVIIIe siècle représentant une femme qui suffoque dans son corset. On dirait clairement que les parents de mon prétendant viennent tout droit d'une autre époque. Très lointaine. Et très arriérée. Du genre à croire que la Terre est plate.

— Heureusement que le roux n'est pas ta vraie couleur de cheveux, lâche-t-elle dans un faible souffle.

Je garde le silence.

— N'est-ce pas ? C'est bien une coloration ?

Lionel en est à sa troisième cigarette en moins de quinze minutes. Il fait les cent pas dans le jardin et ne m'accorde pas un seul regard.

— J'en reviens pas, répète-t-il pour la dixième fois.

On dirait un vrai Lion en cage. Son prénom ne lui a jamais autant collé à la peau qu'en ce moment même, tout comme son signe ascendant.

— Ils ont osé, ajoute-t-il avant de rejoindre le fond du jardin pour s'isoler.

Je comprends qu'il a besoin d'espace et décide de le laisser seul.

Je m'assieds sur la terrasse pour contempler le soleil qui se couche, à côté de Gabriel, qui tente de faire éclore un de ses œufs sur Pokémon Go.

— Mon frère est gentil avec toi ? me demande-t-il en gardant les yeux rivés sur son smartphone.

— Bien sûr. Pourquoi cette question ?

— Parce que nos parents nous ont toujours dit de nous méfier des sorcières.

Mon sang se glace.

— C-com… comment ça ? bégayé-je en faisant des yeux ronds.

— Oui, mon père dit qu'un jour une sorcière a failli lui arracher le cœur pour en faire une offrande lors du sabbat de Samhain.

— Haha, quelle drôle d'histoire… Je suis sûre qu'il vous raconte ça pour vous faire peur, n'est-ce pas ?

— Moui… sans doute. Mais je ne pense pas qu'il mente. Papa dit toujours la vérité.

Nerveuse, je passe une main dans ma tignasse rousse.

— Et tu crois aux sorcières ? Un grand garçon comme toi ?

— Oui. Mais je ne pense pas qu'elles sont toutes méchantes, comme c'est faux de croire que toutes les fées sont gentilles.

La maturité de cet enfant me frappe.

— Mon grand frère me manque, me confie subitement Gabriel. Je sais qu'il ne s'entend pas très bien avec papa et maman. Mais tu pourrais lui demander de venir me voir plus souvent quand il ne travaille pas ?

— J'essaierai de lui en toucher un mot.

— Tu pourras lui lancer un sortilège si jamais il ne t'écoute pas ?

— Je…

— Promis, je garderai ton secret, chuchote-t-il en me faisant un clin d'œil.

Je ne sais que répondre.

Comment cet enfant de treize ans a-t-il réussi à me percer à jour ? Comment a-t-il perçu ma véritable nature alors que je ne porte pas la croix du Coven sur mon visage ? Quelle est cette étrange famille ? Entre une mère qui pense que ma couleur de cheveux équivaut à un pacte avec le diable, un père qui raconte d'affreuses histoires à ses fils avant de les border et un enfant qui semble doué d'étranges capacités. D'ailleurs, je me rends compte que Gabriel n'est pas le seul à lire en moi comme dans un livre ouvert. Lionel aussi a cette faculté. Et il me semble que Jean-Philippe a clairement fait exprès de me taquiner tout au long de la soirée sur mes idéaux féministes… Car il savait que ça risquait de me faire sortir de mes gonds.

OK, depuis que je fréquente Lionel, j'ai arrêté de lancer ce fameux sortilège pour me « banaliser » chaque matin. Je ne dissimule plus mon aura magique et mystérieuse, mais tout de même. Personne n'avait remarqué de changement. Hormis Sedna, à qui rien n'échappe. À la fac, j'ai bien fait de nouvelles rencontres – notamment grâce au cercle d'amis de Lionel. Mais aucun professeur ni aucun élève ne m'a dit quoi que ce soit d'étrange. C'est vrai qu'on me laisse plus souvent le privilège de m'asseoir où je veux, de passer devant quelqu'un lorsque je suis pressée à la cantine et que j'ai eu droit à quelques verres gratuits au Tavernier – uniquement parce que j'ai mentionné mon nom de famille. Mais c'est tout. Rien de plus à signaler.

— Oui ! s'écrie Gabriel. J'ai attrapé un Bulbizarre !

Je me tourne vers lui et le regarde du coin de l'œil.

Que cache la famille Dubois ?

À cette réflexion, je me rends compte que c'est l'hôpital qui se fout de la charité. C'est moi qui cache le plus grand des secrets à Lionel depuis que je sors avec lui, et me voilà en train de lui chercher des poux. Comme si je cherchais à me rassurer en ayant la preuve que lui non plus n'est pas complètement honnête avec moi. Du genre : « Si Lionel me cache quelque chose, alors on est quittes ? »

— Montre-moi ton nouveau Pokémon ! beugle un adolescent aux cheveux bruns.

Il court vers nous et se penche au-dessus du téléphone de Gabriel.

— Mouais. Il n'est que niveau cinq. C'est même pas un Florizarre. Il vaut rien. Appelle-moi si tu captures un Mew, niveau quarante-neuf.

— T'es méchant, Daniel ! Au lieu de m'embêter, dis bonjour à notre invitée ! dit Gabriel en me désignant d'un geste de la main.

Le fameux Daniel me reluque de la tête au pied et passe une main dans ses cheveux bruns. Puis il me fait face et m'offre sa main. Enfin, après que son petit frère lui a donné une tape sur le bras.

— Salut, je m'appelle Daniel. Je suppose que tu es la copine chelou de Lionel.

J'accepte sa main et la serre vigoureusement.

— En même temps, vu que mon frère est lui-même chelou, ça m'étonne pas ! J'sais pas pourquoi mes darons sont en train de se prendre la tête à ton sujet. Tu es quand même jolie, ils devraient être contents.

J'ai une envie folle d'étriper cet ado et d'en faire un épouvantail à planter dans le champ. Mais je me contente d'esquisser un demi-sourire tout en soutenant son regard.

— Hey, Dan ! lance Lionel en remarquant que son frère nous a rejoints.

Il jette sa cigarette par terre et l'écrase avec sa chaussure. Puis, en se rendant compte de son geste, il ramasse le mégot et le met à la poubelle avant de se diriger vers nous.

— Tope-la ! dit-il en brandissant sa main vers Daniel.

Sauf que ce dernier reste stoïque et se contente de le toiser avec arrogance.

— Tu viens de fumer, ne me touche pas.

À ces mots, j'ai un flash. Chose qui ne m'arrive que très rarement car mon principal don n'est ni la médiumnité, comme certaines de mes sœurcières, ni la clairvoyance malgré ma Lune en Poissons[1]. En revanche, j'ai une intuition très développée. Et, dans ce cas-ci, la réplique de Daniel sonne tellement faux que ça m'explose au visage. Soudain, une vision m'apparaît, dans laquelle je vois Daniel au milieu d'un groupe de garçons plus âgés. Il leur donne de l'argent et, en échange, il reçoit un sachet contenant de l'herbe, mais pas celle du jardin. Après ça, il se roule un joint et en offre un à l'un de ses potes.

1. Pour rappel, Freïa est Bélier ascendant Verseau lunaire Poissons. Les personnes qui ont une Lune en Poissons sont réputées pour être très intuitives, sensibles, et parfois même posséder des capacités médiumniques.

Je sors de mon état second, furieuse et prête à réprimander cet ado inconscient.

— C'est toi qui dis ça ? rétorqué-je en braquant un regard sévère sur Daniel. Tu devrais nous montrer le contenu de ta poche gauche.

Il devient alors blanc comme un linge.

— De quoi parles-tu, Frey ? s'enquiert Lionel en fronçant les sourcils.

— Regarde par toi-même.

— Ta copine est folle ! crie Daniel en posant fermement la main sur sa poche.

Gabriel me dévisage, me conseillant silencieusement de me taire.

Mais je ne l'écoute pas. Mon impulsivité de Bélier prend le dessus. Les joues rouges, je passe une main dans mon dos et lève l'index vers le haut. Ni vu ni connu.

Un petit sortilège ne fait pas de mal, hein ?

Le sachet de cannabis apparaît et tombe, comme par magie, de la poche du jean de Daniel.

— Qu'est-ce que c'est que ça ? fait Lionel, bouche bée, en s'accroupissant pour saisir le paquet.

Daniel passe du blanc au rouge pivoine.

— Sorcière ! hurle-t-il en me pointant du doigt. De toute manière, tu es le dernier à pouvoir me faire la leçon, Lio ! Tu sais très bien à quel point on se fait chier dans ce bled paumé. C'est pas pour rien que tu t'es barré du jour au lendemain et qu'on te voit plus !

Sur ces paroles, le garçon fait volte-face et se rue dans la maison.

— Tu n'aurais pas dû faire ça, me chuchote Gabriel. Ça va éveiller les soupçons. Mon père ne va pas aimer.

Puis il rentre lui aussi.

Lionel se relève, dépité.

— Je suis désolé pour tout ça, murmure-t-il, le regard fuyant.

Je veux répliquer mais, au même moment, Jean-Philippe apparaît sur le perron. Il s'adosse à la porte et croise les bras sur son torse en toisant sévèrement son fils.

— Lionel Pierre Philippe Dubois, énonce-t-il. J'ai deux mots à te dire.

— Mais papa…

— Ta demoiselle se passera bien de toi deux minutes.

Je n'ai jamais vu Lionel aussi vulnérable et fragile. L'air las, il m'accorde un dernier regard avant de rejoindre son père en traînant les pieds.

Mon smartphone se met à vibrer.

Alors, comment ça se passe ? Papa et maman Dubois sont déjà sous le charme ?

Sedna est à mille lieues de savoir ce qu'il se passe en ce moment.

Je n'ai pas le cœur de lui répondre. Je me tourne vers l'horizon, face au soleil couchant, et prie silencieusement pour que les déesses me viennent en aide.

Chapitre 12

Addiction

Cela fait vingt minutes qu'on a repris la route.

Lionel est aussi froid que la glace et aussi piquant que le blizzard. Bien loin de sa chaleur habituelle, il ne m'octroie aucune taquinerie. Son aura est aussi noire que les ténèbres qui le consument de l'intérieur en ce moment même.

Je lui ai demandé à plusieurs reprises de me raconter ce qu'il s'est passé avec son père, mais il refuse d'en parler. Il est resté muet depuis qu'on a quitté la maison de ses parents, sur une note plus que négative. Après cette soirée, j'ai décidé d'accorder la note de huit sur dix pour le repas – j'émets une réserve sur le fait qu'il n'y avait pas d'option végétarienne –, je mets un six sur dix pour la décoration, et j'opte clairement pour un zéro pointé pour l'ambiance. Et encore… si on part du principe qu'on ne peut pas mettre de note négative.

Enfin, si j'étais réellement dans *Un dîner presque parfait*, les choses seraient beaucoup plus simples. Je me dirais juste que j'ai passé une soirée avec des hôtes très marginaux et on en resterait là.

En réalité, je n'ai qu'une envie. Ouvrir la portière de la voiture et me jeter par-dessus bord.

Sorcière.

Ce mot tourne en boucle dans ma tête.

J'appuie sur le bouton « play » de la radio puis je tourne le volume au maximum pour que *Smells Like Teen Spirit* de Nirvana réchauffe mon cœur.

Mais rien n'y fait.

Tout à coup, Lionel actionne le clignotant droit, prend la sortie d'autoroute et cherche une place pour se garer sur l'aire. Une fois la voiture à l'arrêt, il coupe la musique et balance la carte SD sur un des sièges arrière.

— Lio..., dis-je en posant mes yeux sur lui.

Il a l'air rongé par un mélange de tristesse et de rage. Son aura s'assombrit davantage et devient de plus en plus opaque.

J'en frissonne.

— Je voulais attendre d'être arrivé pour qu'on parle mais j'en suis incapable, déclare-t-il.

Il se prend la tête entre les mains.

Je ne sais pas quoi faire. Je ne suis pas la personne la plus douée face à ce genre de situations. D'ailleurs, je ne suis même pas sûre d'être capable de gérer une vraie relation de couple. Ni même de vouloir poursuivre cette relation, vu les événements de ce soir. Et Lionel ? Souhaite-t-il continuer à fréquenter une fille qui ne plaît pas à ses parents ? A-t-il des soupçons concernant mon secret ? Comment réagirait-il si je lui avouais tout ? M'aimerait-il toujours ?

Je suis prise d'incertitudes.

Mais, en même temps, je l'ai désiré si fort. Et je le désire toujours autant.

— Lio, répété-je en posant une main sur son épaule. Je n'ai pas encore le permis, mais… tu veux que je prenne le volant pour rentrer ?

Ma main tremble légèrement, mais une faible lumière émane de ma paume et se diffuse à travers l'épaule de mon amoureux. Cela ne dure qu'un quart de seconde, Lionel n'a même pas le temps de voir que je modifie son humeur.

Soulagée, je vois que mon enchantement fonctionne. Pour une fois, ma magie ne m'a pas joué des tours.

— Ça va mieux ? demandé-je, incertaine, en remarquant qu'il ne relève pas les yeux.

— Et toi ? Tu préfères sûrement qu'on rentre chacun de notre côté ce soir ? dit-il en en se tournant vers moi, le regard triste.

Il sourit faiblement.

— Si tu veux, oui.

— Et toi, c'est ce que tu veux ?

Je ne réponds pas.

Mes yeux se perdent dans le vague et je tourne la tête vers la vitre.

Comment lui dire que, même si notre rupture n'a pas lieu aujourd'hui, elle arrivera un jour ou l'autre ? Ses parents me détestent déjà parce que je suis l'incarnation de leurs pires cauchemars superstitieux, mais les miens ne toléreront pas que je fréquente un mortel de trop près.

— Si tu veux en rester là, je comprendrai, ajoute-t-il.

À ces mots, je comprends qu'il propose de rompre mais qu'il me laisse la responsabilité de le faire.

— Je suis vraiment désolé, j'aurais aimé que ça se passe autrement, ajoute-t-il.

Malgré moi, mes yeux s'emplissent de larmes. Apparemment, je suis plus sensible que je ne le pensais.

— Tu n'avais pas à subir ça et, franchement, tu as tous les droits de détester ma famille. Et de ne plus avoir envie de me revoir.

Je serre les poings.

Lionel avance une main vers moi et dégage une mèche de cheveux qui tombent devant mes yeux.

— Tu pleures ? fait-il avec étonnement.

— *What do you expect ?* explosé-je. D'abord, je me fais insulter par tes parents puis tu me quittes sur une *fucking* aire d'autoroute.

Surpris, il se renfonce dans son siège. Il m'observe en silence quelques secondes et finit par sortir de la voiture. Je l'imite, bien décidée à poursuivre cette conversation.

— J'ai besoin de fumer une clope.

Il s'assied sur un banc, sort son paquet puis approche le briquet de sa cigarette. Une flamme jaillit dans la nuit noire. Il tire sur sa clope puis souffle la fumée vers le haut. Son aura retrouve aussitôt une teinte plus chaude, comme si exhaler cette fumée lui permettait de se délester de toute la charge négative accumulée.

— Passe m'en une ! dis-je en m'installant à côté de lui.

Lionel écarquille les yeux.

— *I'm serious*. File-moi une cigarette !

Il s'exécute et m'aide à l'allumer. J'essaie de faire ma rebelle, mais deux secondes plus tard je me mets à tousser comme la débutante que je suis. Mon partenaire se retient de rire devant mon amateurisme mais il ne parvient pas à camoufler son rictus.

— Tu ne veux pas qu'on arrête de se voir ? me demande-t-il après quelques minutes de silence.

— Je ne sais pas, dis-je en toute franchise. Tu sais que quand on s'est rencontrés je ne cherchais rien de sérieux. Un mec avec qui m'amuser, ça m'allait très bien.

Mais les choses ont évolué très vite, songé-je en marquant une pause.

— D'un côté, ma tête me dit que c'est une mauvaise idée, de l'autre, mon cœur veut continuer à faire des soirées « Révisions, Mario Kart, Sexe » avec toi. J'ai l'impression qu'on partage un truc chouette, toi et moi. On est loin d'être un couple normal et mignon. D'ailleurs, est-ce qu'on est réellement un couple ? m'exclamé-je, m'apercevant qu'on n'a jamais vraiment utilisé ce mot pour qualifier notre relation.

— À toi de me le dire.

J'hésite à tout lui révéler, à lui dire qu'éprouver des sentiments pour un mortel de genre masculin, voire en tomber amoureuse, est le premier interdit de ma liste de « parfaite petite sorcière ». Il pourrait trouver cela puéril que je lui dise que « je refuse de tomber amoureuse ». Alors qu'à mes yeux c'est très symbolique. Mes ancêtres ont été condamnées par des hommes. D'une certaine manière, ma mémoire cellulaire me le rappelle sans cesse. Même si, certains soirs, comme aujourd'hui, j'ai envie de faire table rase de ce passé, d'arrêter de les mépriser ou de les tourmenter au quotidien.

Enfin, j'ai plus particulièrement envie d'arrêter de tourmenter Lionel Dubois, *aka* mon mouton noir, avec ses yeux de biche et ses beaux idéaux.

— Qu'est-ce qui t'aiderait à trancher ? demande-t-il après un long silence.

— Deux choses.

— Je t'écoute.

— Primo, je veux savoir ce que ton père t'a dit avant qu'on reprenne la route et, deuxio, j'ai besoin de savoir ce que *toi* tu veux.

Lionel soupire et lève le regard vers le ciel. Il s'adosse contre le banc et contemple les étoiles qui brillent.

— Regarde, on voit Vénus, dit-il en pointant ce que le commun des mortels appelle généralement « l'étoile du Berger ».

Je jette un rapide coup d'œil puis je le fixe à nouveau, bien décidée à ne pas changer de sujet. Son petit jeu ne prendra pas cette fois. Il ne pourra pas éviter éternellement cette discussion.

— Tu es vraiment bornée, dit-il avec un petit sourire.

Je ne cille pas.

— J'aurais préféré que tu me demandes de te dire les choses dans un autre ordre car le premier sujet risque de ne pas te plaire. Mais puisque tu insistes…

Il reprend une dernière bouffée de tabac puis éteint le mégot en l'écrasant sur le banc sur lequel nous sommes installés.

— Bon… J'sais même pas par où commencer. Mais une chose est certaine, je pense que je ne reparlerai plus à mes parents avant la fin de mes études. Et même après, ce sera uniquement en cas de force majeure.

Il se tait un instant et se tourne vers moi pour voir si je l'écoute toujours aussi attentivement.

— Je t'avais prévenue que mes parents étaient *très* superstitieux. C'en est même maladif. T'as bien vu la réaction de ma mère pour des futilités.

Je n'aurais peut-être pas qualifié ma couleur de cheveux et mon jour de naissance de « futilités », mais si c'est sa manière de me dire qu'il trouve le comportement de

Béatroce (le nouveau surnom dont je l'ai affublée) déplacé, j'accepte.

— Quand mon père m'a appelé tout à l'heure, j'ai cru qu'il allait me passer un savon pour l'histoire des joints de Daniel. Et déjà ça… Je sais bien que je suis l'aîné, mais j'peux pas toujours être responsable des erreurs de mes frères… Bref, je m'éloigne du sujet principal.

Je ne peux pas lui en vouloir de réagir comme ça, quand je vois tous les interdits qui lui ont été imposés durant son adolescence. Sans parler de toutes les choses que ses parents ont tenté de lui mettre dans le crâne. Alors que son frère de dix-sept ans a tous les droits, lui. Je comprends tout à fait qu'il trouve la situation injuste.

Je retiens mon souffle en attendant patiemment qu'il reprenne la parole.

— Mon père est persuadé que tu es une descendante des… sorcières.

La tête me tourne.

Je ne vois pas que les étoiles dans le ciel.

C'est la chose que je redoutais le plus.

Entendre le mot *sorcière* dans la bouche du mec avec qui je passe un peu trop de temps en ce moment. Et auquel je commence un peu « trop » à m'attacher.

Je regrette de ne pas avoir eu le cran de lui dire la vérité avant qu'il l'apprenne par quelqu'un d'autre. Je me sens nulle. Où est donc passé mon caractère de tête brûlée habituel ? Je maudis ma dominante Saturnienne[1] et son emprise sur ma spontanéité.

— Ça va ? s'enquiert Lionel en posant une main sur

1. Sur son thème natal, la planète dominante de Freïa est Saturne, la planète de la discipline et des restrictions, qui vient régulièrement atténuer sa fougue de Bélier.

mon avant-bras. Tu es sûre que tu ne veux pas que je t'épargne la fumée dont tu ne profites pas ? ajoute-t-il en désignant la cigarette qui se consume dans ma main, inutilement.

— Oh…

— Tu dois penser que mes parents sont totalement fous.

En fait, non.

C'est tout le contraire.

Plutôt perspicaces et clairvoyants. Malgré leur manque de politesse et leur côté vieux jeu.

— Et encore, ce n'est pas le pire, ajoute-t-il d'un ton désespéré.

— Tu parles de l'histoire que ton père vous raconte chaque année pour Halloween ?

— Comment tu sais ? fait Lionel, bouche bée.

— Gabriel me l'a racontée.

— Ah…

— Pourquoi ton père est-il persuadé que les sorcières existent ? Et pourquoi raconte-t-il des histoires aussi affreuses ?

— Apparemment, dans sa jeunesse, sa famille aurait participé à des traques de « sorcières », dit-il en mimant des guillemets. Il nous a raconté qu'un jour ils ont commencé à perdre des bêtes dans le troupeau, elles mouraient de manière assez subite et inexpliquée, terrassées par d'étranges maladies. Les plantations dépérissaient elles aussi, sans qu'ils parviennent à trouver d'explication rationnelle. Pendant des mois, ils ont vécu dans une véritable misère. Ses parents, mes grands-parents, ont failli vendre la ferme. Jusqu'à ce que ma mère arrive dans la vie de mon père, dans toute

« sa splendeur alsacienne », avec une exploitation de vignes à gérer.

Heureusement qu'il fait nuit, sinon Lionel aurait eu l'occasion de me voir passer par toutes les couleurs existantes sur le globe terrestre. Je sais très bien que toutes les histoires que son père lui a racontées sont bien réelles et que certaines de mes Aînées – et leur magie – en sont la cause directe. Mais je préfère lui laisser croire que ce ne sont que des inventions.

— Je pense qu'il a été traumatisé par cette époque. Et comme il était ado, il s'est inventé cette histoire de sorcières. Il ne manque jamais de nous la rappeler quand le mois d'octobre arrive.

Abasourdie par ses confidences, je reste silencieuse.

— Désolé. J'pensais pas qu'ils se permettraient d'être aussi désagréable avec toi, mon frère encore moins. La dernière fois que je les ai vus, ça avait été une simple visite de courtoisie. J'ai cru, à tort, que les choses avaient changé ou qu'ils feraient un effort, mais…

— Et si ton père avait raison ? dis-je subitement en le regardant droit dans les yeux.

En guise de réponse, Lionel éclate de rire. Je me sens ridicule face à son hilarité.

— Frey, sérieusement… Ne me dis pas que tu crois à ces histoires ?

— Et toi, tu n'y as jamais cru ?

— Hum… quand j'avais cinq ans peut-être. Notamment parce qu'une fois mon oncle s'était déguisé en vieille sorcière pour nous effrayer, mes cousins et moi. Mais je n'y crois plus depuis qu'il nous a avoué que c'était lui. Par contre, si tu parles de la traque aux sorcières qui remonte au Moyen Âge, ça j'y crois. Même si on sait aujourd'hui que ce n'était qu'un prétexte de plus pour faire du mal aux femmes, du moins à celles qui étaient un peu trop futées...

Je ne dis rien.

— C'est débile. Qui pourrait croire que la magie existe de nos jours ?

— OK. Admettons que ce soit *débile*, répété-je en comprenant que je ne pourrais pas lui révéler ma vraie nature ce soir, mais si tu mettais ta rationalité de côté deux minutes, est-ce que ça changerait quelque chose pour toi que je sois bel et bien une sorcière ?

Lionel sourit, il se rapproche de moi et dégage les mèches de cheveux qui tombent devant mon visage. Il fait glisser ses doigts sur ma nuque, jusqu'à mes épaules, puis sur mes bras, pour finalement prendre mes mains avec une extrême douceur.

— Freïa, bien sûr que tu es une sorcière, puisque tu m'as ensorcelé.

Mon cœur s'emballe d'un coup et mes joues s'empourprent. Je crois que c'est la première vraie déclaration qu'il me fait depuis qu'on est ensemble. Il évite toujours soigneusement de dire ce qu'il pense ou ce qu'il ressent pour moi, préférant me taquiner et adopter un comportement détaché.

Il se penche davantage vers moi. Ses lèvres ne sont plus qu'à quelques centimètres des miennes. Son parfum, un fin mélange de bois brûlé, de sauge et de patchouli, m'enivre totalement.

— Ce qui me permet d'en venir au deuxième sujet que tu voulais aborder.

Il lâche une de mes mains pour venir caresser ma joue, puis mon nez et ma bouche. Je me demande par quelle magie un contact si léger peut me mettre dans un état pareil. Ma respiration est saccadée et chaque parcelle de mon corps est en alerte, sans parler de mon bas-ventre qui est en feu.

Lionel plonge ses prunelles noires dans les miennes.

— Si tu n'as pas encore compris ce que je voulais…

— Tes derniers signaux étaient assez contradictoires ! dis-je en essayant de me ressaisir du mieux que je peux.

— Je le reconnais. Mais c'est parce que cette soirée était un désastre ! Après ça, je me suis dit que tu devais me détester et que tu n'aurais sûrement plus envie de me voir.

— C'est faux, rétorqué-je. J'ai toujours envie de te voir… sous toutes les coutures.

Lionel me fait son fameux sourire ravageur, celui qui m'énerve tant car je ne peux pas y résister.

— Mais seulement si c'est réciproque. Je pensais que l'avis de tes parents serait important à tes yeux. Mais peut-être que c'est moi qui espérais que tu voudrais rompre parce que…

— Parce que ?

Parce que je suis vraiment une sorcière et que mon secret te brisera le cœur d'une manière ou d'une autre. Parce qu'il faut que je regarde la réalité en face… Et toi aussi, pensé-je, en pinçant les lèvres.

Malheureusement, ce sont d'autres mots qui sortent de ma bouche, sincères eux aussi, mais occultant une partie de la vérité.

— Parce que j'ai peur. Avec toi, je ressens des choses que je n'ai jamais ressenties avant. Ça m'effraie. C'est ça la vraie raison qui pourrait me faire fuir. Ce sont ces sentiments sur lesquels je n'ai aucun contrôle et qui grandissent à mesure que je passe du temps avec toi.

Mon amoureux m'enlace la taille. Je sens que je vais bientôt perdre la raison et que je ne pourrais pas être tenue pour seule responsable des conséquences que cela va engendrer.

— Est-ce que c'est si déplaisant que ça de ne pas avoir le contrôle et de se laisser aller ? me susurre-t-il au creux de l'oreille.

— On dirait que tu as plus d'expérience que moi en la matière.

Il se recule un peu pour me regarder dans les yeux, à nouveau.

— Tu te trompes. C'est nouveau aussi pour moi. Mais tu me donnes l'envie et la force d'affronter mes peurs et de les dépasser.

L'air se bloque dans mes poumons.

— Donc pour répondre à ta question… Je ne suis pas prêt à te laisser partir si vite.

À ces mots, je ne peux m'empêcher de lui sauter dessus et de tenter de l'ensorceler davantage avec mes baisers passionnés. Heureusement pour moi, mon amoureux me le rend bien. Et après les montagnes russes émotionnelles de ce soir, c'est la seule chose qui parvient à m'apaiser. J'en oublie même le fait qu'on se trouve dans un lieu public et que d'autres voitures pourraient se garer près de nous.

Tout ce que je sais, c'est que je brave un interdit de plus.

Et que j'adore ça.

Je suis devenue complètement accro à nos petits jeux

de séduction. Ils me donnent la sensation d'être une femme sauvage et libérée.

Désormais, je peux rayer de ma liste « ne pas faire l'amour dans un lieu public » et ajouter « plus particulièrement sur une aire d'autoroute ».

Les étoiles en sont témoin.

Chapitre 13

Improvisation

À moitié endormie, je tends péniblement le bras vers la table de chevet pour éteindre l'alarme de mon téléphone. Je suis à deux doigts d'une crise de panique en voyant tous les appels manqués et les messages reçus.

Sedna va me tuer, pensé-je en plaquant une main sur mon front. *Ou penser que je lui ai fait faux bond.*

Pourtant, j'ai encore envie de traîner dans les bras de Lionel car ce week-end passé ensemble m'a paru trop court. On a eu la maison de maître – qu'il loue avec ses cinq meilleurs copains – pour nous tout seuls et on a pu en profiter de toutes les manières possibles. Ce qui est rare, car habituellement c'est plutôt lui qui squatte mon appartement de cent mètres carrés situé dans un beau quartier de Bruxelles et en partie payé chaque mois par mes parents. Ici, ils ont tous des petites chambres et doivent se partager l'eau chaude quotidienne entre deux salles de bain et une cuisine. Même si mes parents sont absents la plupart du temps, ils s'assurent au moins de mon confort. Contrairement à ceux de Lionel qui sont bien présents mais ne l'aident pas financièrement. Ils estiment que, comme c'est lui qui a décidé de partir s'installer dans la capitale, il doit assumer seul ses dépenses en cumulant plusieurs jobs étudiants pendant les vacances scolaires d'été.

Après la soirée horrible qu'on a passée chez ses parents, nous retrouver seuls dans notre cocon, à discuter de tout et de rien, à geeker et à réviser, nous a fait le plus grand bien. Et puis, ça m'a mis du baume au cœur de découvrir, encore, une autre facette de sa personne.

— Reste encore… s'il te plaît, murmure Lionel, la tête enfouie dans ma chevelure.

Nos bras et nos jambes sont entremêlées. Dans cette position, il m'est totalement impossible de me lever si mon amoureux ne desserre pas son étreinte.

Il pose un baiser au creux de ma nuque puis fait courir sa langue sur mon épaule. Je frissonne de plaisir. Mon corps se se laisse aller à ce moment de sensualité mais ma tête, elle, reste ancrée dans la réalité.

— Je ne peux pas. J'ai déjà repoussé le réveil deux fois.

— Tu sais ce qu'on dit, « Jamais deux sans trois » !

— Très drôle ! Sedna va finir par croire que tu m'as kidnappée. Elle m'a déjà appelé trois fois et envoyé une tonne de messages. C'est son jour de congé, on avait prévu de faire un brunch entre filles avant que j'aille en cours cette aprèm.

— Tu veux vraiment aller à l'univ[1] ?

— Tu me demandes de sécher les cours, maintenant ?

— C'est sur ta liste d'interdits, non ?

— En effet.

1. Univ ou unif (belgicisme) : abréviation très courante du mot « université » qui s'utilise dans le jargon étudiant.

Il m'embrasse tendrement.

— Tu as une très mauvaise influence sur moi, déclaré-je en le repoussant.

— *Dixit* la meuf qui ne venait jamais en cours pour bosser seule dans son coin et étudier des synthèses chopées sur Facebook !

Je secoue la tête.

C'est faux. Je n'ai jamais séché un seul cours. Je suis souvent en retard, ça oui. Mais je ne peux pas lui dire que, durant toute notre première année de master, je me camouflais à l'aide d'une incantation spéciale.

À moins que…

— Sauf si tu m'as menti.

Je me fige. Une de fois de plus, il semble lire dans mes pensées.

— Si tu veux tout savoir, j'utilisais un sortilège pour me camoufler et paraître quasi invisible, ou du moins extrêmement banale aux yeux des autres élèves.

— Je vois. Comme une vraie petite sorcière !

Lionel se met à rire. Je sais pertinemment qu'il se fout de moi et ne croit pas un mot de ce que je viens de lui dire.

— Au fait, c'est quoi ton enchantement spécial septième ciel ? Il me plaît beaucoup, je veux bien la recette. Et j'ai très envie de le tester à nouveau, là, tout de suite.

La sonnerie de mon smartphone retentit. J'en profite pour donner un coup de coude à Lionel, m'extirper du lit, traverser sa minuscule chambre et décrocher.

— Enfiiiiiiiiiiiin ! glapit Sedna à l'autre bout du fil.

— *Sorry.*

— Je n'ai pas lancé de FaceTime cette fois car je sais très bien pourquoi tu ne me réponds pas, Frey ! Tu pourrais au moins me prévenir si tu préfères annuler notre rendez-vous de ce midi ? Tu sais que j'ai pris un jour de congé juste pour toi en plus. Je t'avoue qu'un lundi de grasse mat' m'aurait bien plu !

— Non, Sed… Je…

— Sed, quelle bonne surprise ! nous interrompt Lionel en me prenant le téléphone des mains. Alors comme ça, tu te permets de me *voler* ma copine de si bonne heure ?

— Lionel Dubois, répond sèchement Sedna, ça va faire trois jours que tu es en compagnie de ma meilleure amie. J'aimerais te *l'emprunter* ce midi pour aborder avec elle des sujets top secrets.

— Du genre ?

— Du genre la taille de ton pé…

— OK, OK, Sed, la coupé-je avant qu'elle aille plus loin, je suis à l'appartement dans trente minutes. Je prendrai une douche express et je serai toute à toi. Bisous, je t'aime.

Je coupe la communication et me tourne vers Lionel. Sa bouille au réveil me donne envie de fondre.

— Urgence de filles, tu ne peux pas comprendre.

— Vous parlez vraiment de sexe, alors ? fait-il en m'attrapant par les hanches pour m'attirer à lui.

— Entre autres, oui. De ça, et des prochains sorts qu'on va lancer à nos petits copains, dis-je d'un ton moqueur.

— Je vais finir par te prendre au mot.

Si seulement, pensé-je en passant une main dans sa chevelure d'ébène.

— Oh ! que Lilith soit louée ! s'écrie Sedna en essayant tant bien que mal de siroter sa limonade et de se calmer.

Heureusement que tu as pu te tirer de là avant de te prendre une fourche en plein cœur. Ou pire, de finir brûlée sur un bûcher.

— Très drôle.

— Et moi qui pensais que ces histoires de traques de sorcières étaient du passé. Qui aurait cru qu'on pouvait encore trouver des chasseurs de sorcières en pleine campagne belge ?

— On n'en est pas sûres, marmonné-je en coupant ma patate douce en deux.

— Eh bien, je vais mener l'enquête pour en avoir le cœur net.

On est installées chez G-Spud, dans le quartier du Châtelain, un bel endroit qui propose des repas sains, locaux et à prix abordables – pour mon portefeuille et moi-même, qui attendons des *news* de mes parents perdus au fin fond de la Laponie. Ces derniers sont trop occupés à faire des *selfies* devant des chalets enneigés pour penser à envoyer de l'argent à leur fille. L'intérieur du restaurant est très lumineux, et tout est en bois clair, sauf les murs qui sont blancs, comme les tables.

Je jette un regard à travers l'immense baie vitrée, à côté de laquelle nous sommes assises. Une fine pluie tombe aujourd'hui malgré le ciel bleu.

On va sûrement avoir un bel arc-en-ciel, me dis-je, réjouie, en souriant.

Selon les légendes irlandaises, un chaudron rempli d'or se trouve au pied de chaque arc-en-ciel. Quand j'étais petite, j'ai fait de nombreux caprices pour aller chercher ce fameux trésor. Mais mes parents ont toujours refusé, soi-disant par peur d'y croiser le vilain Leprechaun.

— Je n'en reviens pas que tu aies fait l'amour sur une aire d'autoroute, lâche Sedna.

— Chut ! dis-je pour la faire taire en devenant aussi rouge que la tomate que mon amie dévore. Moins fort. C'est pas un scoop gratuit à balancer dans ton magazine féminin !

— Pourquoi pas ? Dix bonnes raisons de faire l'amour dans un lieu public. Ça claque, non ?

Je me demande encore pourquoi je raconte tout à ma meilleure amie, mais elle est la seule personne à qui je peux parler de choses aussi intimes sans craindre d'être jugée. Elle a toujours des petites blagues bien placées mais elle me donne à chaque fois des conseils précieux. C'est bien une chose que je ne peux pas lui retirer.

— Je vais voir Dorian au foot ce soir, tu veux venir avec moi ?

— Hum…

— Tu peux ramener ton chippendale, si tu veux. Aucun souci !

— Sedna ! la grondé-je.

— Bah quoi ? Brun, grand, des abdominaux en béton et des tatouages…

Je fais la moue.

— Je te taquine, ma chérie. Je l'aime bien ton petit copain. Vraiment.

Je rougis à l'appellation « petit copain ». C'est la première fois qu'elle le nomme de cette manière. Moi-même, je n'arrive pas encore à l'appeler comme ça.

— Je voulais pas te mettre la pression, ajoute aussitôt Sedna en voyant mon désarroi. Mais il t'a quand même présentée à ses parents. Alors même si, pour l'instant, vous jouez aux ados qui découvrent les plaisirs charnels, il faut bien reconnaître qu'il y a un vrai lien qui se tisse entre vous.

— C'était vraiment pas prévu, murmuré-je en posant ma fourchette pour boire une gorgée de soda. Moi qui pensais qu'avec son air de mauvais garçon je n'avais rien à craindre… En plus, c'est un baptisé[1]. Qui aurait cru qu'il serait intéressé par une relation « sérieuse ».

Mon amie grimace.

— Oh ! Arrête avec tes préjugés ! Si tu sors couverte, tu n'as rien à craindre, ma chérie. Vous devriez aller faire des tests sanguins pour les IST.

— Sed ! m'écrié-je en lui balançant un morceau de salade.

Elle éclate de rire et se plie en deux, les larmes aux yeux.

— Je plaisante, Frey. Je t'ennuie, mais c'est normal ce que tu ressens. Ne viens pas ce soir, me dit-elle après réflexion. Passe du temps avec Lionel, essaie de discuter avec lui et de lui faire part de ce que tu ressens. Ça t'aidera peut-être.

Je pose mon verre, surprise par le conseil de ma colocataire. Je sais très bien que Sedna n'aime pas être séparée de moi plus de quarante-huit heures. Elle et moi, on fait la paire. Depuis toujours.

— Que me vaut cet honneur ?

Sedna tente de cacher un petit sourire tout en jouant machinalement avec sa bague de fiançailles.

— Tu as eu une vision ? demandé-je, suspicieuse.

— Tu me revaudras ça une prochaine fois ! dit-elle avant de terminer sa limonade.

1. Freïa fait ici référence au baptême universitaire, c'est-à-dire le bizutage.

— Sed ! Qu'as-tu vu ?

Mais elle se contente de sourire puis elle se met à pianoter sur son téléphone en m'ignorant royalement.

Au même instant, j'aperçois Artémis entrer avec une fille aux cheveux roses, celle qui ne la lâche pas d'une semelle ces derniers temps. J'en ai conclu que c'était sa dernière conquête en date. La Maghrébine rayonne avec sa classe innée, son smoking beige *oversize* et sa longue chevelure, qu'elle a couverte d'un épais turban doré.

Cela me rappelle que la croiser en journée et en soirée donne l'impression d'avoir affaire à deux personnes totalement différentes. Ce n'est pas pour rien que son signe astrologique est Gémeaux. Elle joue ses deux rôles à la perfection : la jeune femme prude et de bonne tenue lorsque le soleil brille et la meuf délurée, sans aucune limite, dès que la nuit l'emporte.

— Ne te retourne pas, chuchoté-je à Sedna.

Bien évidemment, elle fait tout le contraire. Lorsqu'elle aperçoit son ancienne copine, elle blêmit et pose son verre.

— Je file aux toilettes, déclare-t-elle.

Mais elle n'en a pas le temps.

— Hey, les filles ! s'exclame Artie en s'asseyant à la table voisine. Vous êtes là depuis longtemps ?

— On allait justement partir, répond Sedna en rangeant ses affaires et en me lançant un regard plein de sous-entendus. Je règle l'addition, Frey. Tu me rejoins dehors ?

Elle repousse ses frisettes brunes derrière ses épaules d'un geste élégant, attrape son sac à main de luxe et se sauve en direction de la réception pour payer notre repas.

— Félicitations pour tes fiançailles, Sed, marmonne

Artie en passant un bras sous celui de sa nouvelle petite amie.

— *I can't do this anymore, please. Just let me breathe,* grommelé-je en faisant la moue.

— *Can you explain to me the Civil War which happened in the USA ?*

— *No more question. I just want a beer, now.*

— *OK, darling. But can we continue to speak english ? I'm so in love with your accent.*

Je lève les yeux au ciel, pose mes mains sur la table pour me lever et quitter cet enfer anglo-saxon dans lequel je suis plongée.

— C'est dommage. Je comprends mieux pourquoi Mme Van de Rijf t'en veut autant. Ton accent est parfait, tu parles super bien. Une vraie bilingue. Mais tu ne fais aucun effort pour retenir les événements historiques. Cette prof veut que tu parles anglais, oui, mais aussi que tu connaisses l'histoire des pays où cette langue est parlée.

— Je préférerais discuter de littérature anglaise plutôt que des élections présidentielles aux États-Unis..., dis-je pour ma défense.

Lionel regarde l'heure sur l'horloge du salon. Ça fait déjà plus de deux heures qu'on bosse, deux heures qu'on discute du prochain blocus[1], de nos projets

1. Blocus : un mot qui rime avec enfer sur terre pour les étudiants et désigne les deux semaines de préparation avant les examens. Elles ont lieu deux fois par an en Belgique, voire trois pour ceux qui ont droit à une session de rattrapage au mois d'août.

post-diplomation[1] et de ce fameux cours d'anglais que je dois (encore) réviser.

En revanche, impossible d'aborder des sujets délicats tels que notre relation, nos sentiments naissants ou encore les dix appels manqués de sa mère que le téléphone de Lionel a enregistrés depuis le week-end dernier. On se contente de tourner autour du pot, de se lancer des regards à la dérobée et de bégayer dès qu'on se frôle l'un et l'autre. Je n'arrive pas à mettre le sujet sur la table, peut-être parce que je n'ai jamais eu de relation sérieuse auparavant. Et je sais que lui non plus. Hormis cette fille dont ses parents ont brièvement parlé lors de notre dîner.

D'ailleurs, est-ce qu'on peut vraiment dire que notre relation est sérieuse ? me demandé-je en regardant Lionel se lever pour s'éloigner et vérifier les notifications sur son portable.

Malgré la vision que Sedna a eue quelques heures auparavant, rien ne semble vouloir se dénouer entre Lionel et moi. Bien au contraire.

— Il est déjà tard. Tu es sûre que tu veux que je reste ?

— Évidemment. Sed s'est arrangée avec Dorian. Promis, elle ne viendra pas nous faire une surprise en pleine nuit.

Lionel semble ennuyé par ma réponse. Il se gratte la nuque et fuit mon regard. Son aura devient grise, me confirmant qu'il a besoin d'espace. Je soupire en me vautrant sur ma chaise. C'est définitif, aujourd'hui n'est

1. Diplomation : terme utilisé en Belgique et au Québec pour désigner la cérémonie de remise de diplômes.

pas le jour où nous parviendrons à avoir une conversation sérieuse et posée concernant notre relation.

— Bien sûr, si tu veux y aller, il n'y a pas d'obligation. Je me disais que tu serais plus à l'aise ici que dans ton kot avec tes cinq colocs.

Je pose les yeux sur mon amoureux, posté près de la fenêtre entrouverte. Il tire sur son énième cigarette de la journée, tandis que son aura vrille. Il y a clairement quelque chose qui le préoccupe mais il n'a pas l'air de vouloir en parler. Pourtant, je craque. Je ne supporte plus cette tension palpable entre nous.

— Tu as un problème, hein ? demandé-je en mettant directement les pieds dans le plat.

— Non, j'ai... J'ai juste besoin de réfléchir un peu... au calme, lâche-t-il en haussant les épaules.

À cette réplique, mes poils se hérissent et mon amour-propre en prend un coup. Apparemment, il est encore trop sobre à cette heure pour me faire des confidences sur ce qu'il ressent.

— OK. On se voit plus tard alors, dis-je en me dirigeant vers la bibliothèque.

— Attends, dit-il en changeant d'avis.

Cependant, je ne l'écoute plus. Je range mes bouquins d'histoire anglo-saxonne en ravalant ma frustration comme je le peux – pour éviter de lui envoyer une citrouille dans la figure.

— S'il te plaît..., insiste-t-il en attrapant mon poignet pour m'immobiliser. J'aimerais qu'on discute de...

Mais il est interrompu par la sonnette de l'Interphone qui retentit. Je n'ai même pas le temps d'aller voir qui sonne à cette heure-ci alors que je n'ai pas commandé de plat à emporter qu'on frappe déjà à la porte. Et il n'y a que deux êtres sur terre capables de faire ce tour de magie.

Impossible, me dis-je en pâlissant.

J'avance au ralenti dans le couloir en redoutant le pire, puis j'ouvre la porte.

— *Surprise, little Pumpkin !* crient mes parents en chœur.

Ils me serrent dans leurs bras avant même que je puisse réagir.

J'entends Lionel s'approcher doucement derrière moi.

— *Oh ! who is that ?* demande mon beau-père en me lâchant pour regarder l'intrus avec étonnement.

Je rougis jusqu'aux oreilles, recule de deux grands pas et tends les bras vers Lionel.

Maman, papa, c'est mon petit copain, un humain tout ce qu'il y a de plus normal. Enfin, pas vraiment. Je soupçonne son père d'être un ancien chasseur de sorcières. Mais, lui, c'est un garçon très gentil. Il n'a rien à voir avec tout ça. D'ailleurs, il ne croit même pas en la magie, pensé-je. Non, peut-être pas.

Lionel m'a présentée à ses parents comme étant sa copine. Malheureusement je me rends compte que je ne peux pas lui rendre la pareille. Sinon, ce n'est pas en mignon petit cochon qu'il sera transformé mais en agneau à sacrifier pour le sabbat de Samhain.

Il ne me reste qu'une option : *l'improvisation.*

— C'est Lionel, un camarade de classe. Il m'aide à réviser pour certains cours.

— Exact, confirme-t-il en me jetant un regard glacial, puis en souriant à mes parents. D'ailleurs, j'allais partir, ajoute-t-il après quelques secondes. Content de vous avoir rencontrés. À plus, Frey !

Il attrape son sac à dos, abandonne la moitié de ses syllabi[1] sur la table du salon et sort sans m'accorder un seul regard.

Et là, je comprends que j'ai merdé.

1. Syllabus (syllabi au pluriel) : livres et supports de cours de l'enseignement supérieur et universitaire.

Chapitre 14

Déception

Mon premier réflexe a été d'envoyer un texto notifiant « URGENCE » à Sedna.

Mon amie a aussitôt abandonné son ballon d'or pour me rejoindre aussi vite que possible, en utilisant non pas un balai volant mais de la poudre de fée noire. Ou un truc qui y ressemble en tout cas. J'ai toujours été nulle en magie. Je ne sais pas par quel miracle mon âme a atterri dans la famille qui se trouve être la légitime héritière de notre Coven. Je connais certaines incantations et je sais préparer quelques rituels de Nouvelle et Pleine Lune mais je n'ai pas de don de médiumnité comme Sedna, ou de talent pour la préparation des philtres et des potions comme Artémis, et j'ai encore moins hérité de la capacité de métamorphose de ma mère, Dana. D'ailleurs, elle porte très bien son prénom, celui de la déesse mère des dieux et patronne des magiciens.

Même à quarante-cinq ans, elle a toujours cette classe indéniable, avec ses cheveux auburn raides et coupés au carré, bien loin de ma tignasse volcanique et désordonnée, ses superbes yeux bleus qui semblent tout savoir, cette bouche en cœur qui s'arrondit quand elle parle et qui émet des sons plus que mélodieux. Son accent irlandais ne l'a jamais quittée – alors que nous vivons en Belgique depuis près de vingt-cinq ans. Elle est aussi restée très mince, au fil des années, mais c'est sûrement parce qu'elle fait très attention à sa ligne. C'est bien pour ça qu'elle me regarde toujours avec des yeux accusateurs quand je m'enfile une boîte entière de pralines.

Mon beau-père, que je considère depuis toujours comme mon père, se prénomme Angus. Lui n'est pas originaire de l'Irlande du Nord, mais de Dublin. Il a quitté le pays parce qu'il a reçu une offre d'emploi à Bruxelles à l'ambassade d'Irlande. À l'origine, il ne faisait pas partie d'un Coven, mais sa propre mère est une sorcière et il a toujours été bercé par notre culture. Il connaissait déjà certains sorts et enchantements de base, puis il a rencontré ma mère, et son intérêt pour la magie a grandi en même temps que son amour pour elle. Il m'a toujours considérée comme sa propre fille, bien que je ne porte pas son nom. À ses yeux, les liens les plus forts sont ceux qui se construisent au fil du temps et non les liens de sang.

Il me regarde d'un œil suspicieux depuis que Lionel est parti. Encore plus depuis que j'ai proposé d'inviter Sedna à notre repas de « retrouvailles ». Il me lance plein de regards étranges derrière ses lunettes à monture dorée. Puis il fait comme si de rien n'était, en passant une main dans ses boucles brunes tirant vers le gris.

— Tu as l'air déçue de nous voir arriver si tôt, ma

fille, lâche-t-il finalement en faisant défiler la liste des restaurants sur l'Ipad.

— Euh… C'est juste que je suis surprise. Si j'avais su que vous rentriez plus tôt que le nouvel an des sorcières, j'aurais préparé un repas avec Sed et on vous aurait accueillis comme il se doit. Ça nous aurait évité de commander à emporter.

— Hum hum.

— Et puis, c'est bientôt le blocus d'automne.

— Ils ne l'ont pas reporté ? s'enquiert ma mère qui ne cesse de se pencher sur la carte digitale du restaurant Burger 66.

Je ne sais même pas pourquoi j'ai menti sur ce sujet à ma mère, qui est professeur et enseigne dans le supérieur, en dehors de son rôle de reine du Coven. En effet, le blocus d'automne a été décalé cette année, mais cela ne m'empêche pas d'être une bonne élève et d'étudier régulièrement.

— Euh… C'est possible, mais vous savez bien que je dois encore repasser cet examen d'anglais. Je veux vraiment le réussir donc je m'y prends le plus tôt possible.

— *Of course, Pumpkin.*

— Tu pourrais retourner en Irlande, me suggère une fois de plus mon beau-père. Tu n'y as passé qu'un an avant de commencer tes études, ce n'est pas beaucoup. On aurait pu t'inscrire à la fac là-bas et tu aurais logé dans ma famille à Dublin. C'est important de comprendre d'où tu viens, surtout avec ton rôle dans le Coven.

— Oui, mais…

— C'est toujours possible, non ? me coupe-t-il. Il me semble que tu as la possibilité de partir avec Erasmus au second semestre ? Dans le cadre d'un stage, c'est bien cela ? En plus, avec tous les contacts que j'ai là-bas dans le domaine de la communication politique…

— Angus a raison, Pumpkin. Tu pourrais même trouver un travail là-bas après ton stage de fin d'études !

Une fois de plus, je ne peux pas en placer une avec ces deux-là. Ils ne me voient qu'à travers leurs lunettes roses et se permettent de décider à ma place sans même prendre en compte mes aspirations ou mes besoins actuels.

— Maman, papa. Merci pour vos conseils… mais ils viennent d'ouvrir un nouveau master en études de genres dans ma fac. Je pensais m'y inscrire l'année prochaine. Je suis convaincue que ça serait un plus pour ma formation.

— Oh ! Très juste ! Le féminisme, opine mon beau-père en cliquant sur le bouton « passer la commande ». Tu sais qu'en Écosse les protections hygiéniques sont enfin gratuites. Le prochain pays à suivre l'exemple pourrait bien être l'Irlande, surtout si tu y ajoutes ta petite pierre.

Je soupire, pas totalement convaincue par leur bienveillance qui ne sert qu'à cacher leur sombre conspiration : tout faire pour que je concilie un boulot dans la politique avec un futur job dans la magie, tout en me mariant avec un sorcier que je n'ai jamais vu de ma vie.

Leur attitude hyper protectrice envers moi a le don de me lasser très vite. Je ne suis plus une enfant chétive à qui il faut tout expliquer. Je suis majeure et vaccinée tout de même.

La porte d'entrée claque et Sedna fait son apparition. Elle dépose son sac, qui vaut deux fois plus que tous les meubles de notre appartement réunis, puis elle accroche sa veste tout aussi clinquante sur le portemanteau. Enfin, elle nous rejoint dans le salon, tout sourires, et salue vivement mes parents.

— Dana, Angus, je suis si heureuse de vous voir ! Ça fait au moins trois mois que vous avez disparu !

Un mois de plus n'aurait pas été de trop, pensé-je en entortillant une mèche de cheveux autour de mon index.

Sedna me lance un regard ennuyé tout en enlaçant ma mère, l'air de dire : « Désolée de ne pas avoir eu de vision concernant cette visite surprise, j'espère que tu n'étais pas jambes et langues emmêlées avec Lionel. » Je la rassure par un sourire. Elle comprend que la situation n'est pas si catastrophique et se détend rapidement.

— J'ai déjà commandé pour toi, Sed, dis-je en récupérant la tablette que mon beau-père me tend. De toute manière, on a opté pour un burger classique ce soir. Pour fêter dignement le retour de Mme et M. Guinness-O'Connell[1].

— Oui, le livreur sera là dans vingt minutes, ajoute ma mère, qui semble plus affamée que d'habitude. On n'a rien mangé depuis le vol de ce matin.

— Super ! Je vais mettre la table, s'écrie joyeusement Sedna. Vous venez avec moi, Dana ? J'ai plein de choses à vous raconter concernant le Coven et plein de questions à vous poser au sujet de l'apprentissage de nos jeunes sœurcières avant de vous rendre mon rapport écrit au plus vite.

— *With pleasure !* s'écrie ma mère, les yeux brillants d'excitation.

Elles s'éloignent toutes deux en direction de la cuisine.

1. Le Coven étant une matriarchie, il convient de citer le nom de la femme avant celui de son mari.

C'est dans ce genre de moment que j'ai envie de sauter sur ma meilleure amie pour lui dire à quel point je l'aime. En l'espace d'un instant, elle parvient à détendre l'atmosphère et à me tirer des pires situations. Enfin, elle m'a soulagée d'une partie des problèmes seulement, car mon beau-père semble prêt à reprendre la conversation.

— Et donc, il me semble que tu as fait une rencontre intéressante, dit-il en sirotant son verre d'eau, le regard fixe et résolu.

Je me fais toute petite sur ma chaise et détourne les yeux. Mon beau-père a le don de me faire redevenir une petite fille en deux secondes top chrono. J'ai vingt-trois ans mais, en sa présence, le deux disparaît pour ne laisser place qu'aux trois ans d'âge mental. J'éprouve malgré tout une immense gratitude de l'avoir dans ma vie.

— Je pense que ta mère est trop fatiguée pour percevoir l'agitation qu'il y a dans ton cœur en ce moment, mais moi je le vois quand un homme chamboule ma Pumpkin.

Je deviens rouge comme une pivoine.

— Est-ce que je dois demander à ta mère de le transformer en petit cochon lui aussi ? Quoique… Un petit mouton noir lui irait mieux. Ça se voit que c'est un rebelle.

— Papa…

Il sourit de toutes ses dents, conscient d'avoir vu juste.

— Tu n'es quand même pas amoureuse de ce garçon ? me demande-t-il en baissant le volume de sa voix.

— Je ne sais pas. De toute manière, ça n'a pas d'importance puisque toi et maman avez tout planifié pour que je rencontre bientôt mon « âme sœur ».

— En effet. Nous l'avons vu, lui, et ses parents, en

Suède, avant de faire un crochet par la Norvège puis le Danemark. D'où la prolongation de notre voyage. Il sera présent pour Samhain, tu vas enfin le rencontrer.

Cette déclaration me fait l'effet d'une bombe.

— C'est une blague ? parviens-je à chuchoter en lançant un regard furtif vers la cuisine pour voir si maman ne nous écoute pas.

Heureusement pour moi, elle est absorbée par les paroles de ma meilleure amie.

— Non, lâche-t-il dans un soupir en se grattant l'oreille, l'air ennuyé. Et je pense que ta mère serait très déçue de savoir que tu es tombée amoureuse de quelqu'un d'autre après tout le périple que nous venons faire.

Je fais la moue. Mais un détail ne m'a pas échappé. Je le connais trop bien : quelque chose ne va pas lorsque son aura s'agite comme ça.

— Que penses-tu de lui ? Comment s'appelle-t-il ?

— Tu prendras connaissance de son nom bien assez vite. Et pour ce que je pense de lui…

Il marque une pause et son regard se perd un instant dans le vide.

— J'avais un meilleur souvenir de ses parents durant ma jeunesse. À l'origine, ce sont des sorciers-alliés, mais je trouve que nos pratiques de la magie se sont éloignées, sans parler de nos valeurs. Quant à lui, pour tout te dire, il ne m'a pas fait très bonne impression. Je ne saurais pas t'expliquer pourquoi. Mais ta mère l'adore déjà, donc je n'ai pas osé la contrarier.

— Papa… Tu ne me rassures pas.

Un natif des Poissons qui me dit que quelqu'un ne lui plaît pas, ce n'est pas bon signe. Mon beau-père a le flair pour sentir les bonnes et les mauvaises énergies, notamment celles que dégagent les individus. C'est un véritable homme d'intuition. Le Coven a même déclaré que c'était son don de sorcier.

— Ne te tracasse pas, je serai toujours là si quelque chose se passe mal.

Je ne réponds pas.

— Parle-moi un peu plus de ton ami, poursuit-il. Si les choses ne se déroulent pas comme prévu avec ton jumeau astral suédois, je pourrais peut-être plaider en faveur de ton nouvel *amoureux*.

À ces mots, il me fait un petit clin d'œil.

Pour ma part, je comprends mieux maintenant pourquoi Sedna ne m'a pas fait part de ses visions concernant ma relation avec Lionel.

Le destin n'est pas encore écrit.

Deux chemins s'ouvrent à moi.

Hélas, ma tête et mon cœur sont loin d'être en accord.

Chapitre 15

Confessions

Lundi 21 octobre 2019

Cela fait une semaine que mes parents sont de retour à Bruxelles. Et une semaine que Lionel n'est pas venu en cours. Il ne répond ni à mes appels, ni à mes messages. J'ai même supplié Sedna de le contacter à ma place, mais elle a refusé et m'a sommée de prendre mes responsabilités. Je la cite : « Il t'a officiellement présentée à ses parents. Et toi, tu lui as montré que tu étais incapable de lui rendre la pareille. Il est peut-être temps de lui dire la vérité. »

Pour me rendre les choses encore plus difficiles, elle a décidé de passer la semaine chez son fiancé et de me laisser seule face à ma conscience. Et je dois avouer que ça s'est avéré plutôt efficace.

Ça m'apprendra à jouer avec le feu… et avec les sentiments des autres, songé-je en sonnant à la porte de la grande maison de maître. Il est temps que j'arrête de croire que tout le monde sera toujours là pour moi – notamment pour ramasser les pots cassés à ma place.

Cédric, le meilleur pote de Lionel, ouvre la porte. Je vois tout de suite qu'il a très peu dormi. Son teint est un peu pâlot, il a des poches sous les yeux, les cheveux gras saupoudrés d'une poudre blanche indéterminée et il porte ses lunettes de travers.

Sans parler de son odeur qui ne peut venir que d'un endroit : le TD[1].

— Il est pas là, grogne-t-il en me dévisageant de haut en bas.

Je perçois à son aura rouge teinté de mauve qu'il ment.

— Je sais qu'il est là.

— Il est pas dispo.

— Cédric ! m'emporté-je. Allez, quoi ! Laisse-moi entrer ! Je suis pas une inconnue !

— Mouais. Bon, tu l'auras voulu. Je pense que Lio est avec une fille.

Mon sang de Bélier ne fait qu'un tour. Je pousse violemment mon camarade de classe, encore trop embrumé par l'alcool pour comprendre ce qui lui arrive, et je me rue dans l'escalier à toute vitesse. Cédric reprend ses esprits et se met à crier que c'est une violation de domicile et qu'il pourrait appeler les flics. Mais je m'en contrefiche. Je continue à marteler les marches en bois sombre, un seul objectif en tête. J'emprunte le couloir du deuxième étage, bouscule au passage l'un des colocataires, qui sort de la salle de bains au même moment, et j'enfonce

1. Pour rappel, à Bruxelles les « tédés/TD » sont des soirées réservées aux étudiants de l'université. Elles ont lieu sous de grands chapiteaux. À Liège, ces soirées sont appelées « chapis ».

la porte de la chambre de Lionel sans prendre la peine de frapper.

Il est couché par terre, dans un amas de couvertures. Une bière est renversée à quelques centimètres de lui, il porte comme unique vêtement sa toge[1]de baptisé, et sa penne[2] (tant adorée) gît à quelques centimètres de sa tête.

Je scrute la pièce avec attention, telle une furie, mais je remarque aussi vite qu'à part son bordel (encore plus impressionnant que d'habitude) il n'y a rien de spécial.

Et, surtout, il n'y a pas de fille.

— Espèce de tarée ! crie Cédric qui a, enfin, réussi à monter les escaliers.

Il trébuche, se cogne contre la bibliothèque qui longe le couloir et renverse une rangée de figurines tirées de sagas célèbres, ainsi que des livres et des CD. En se relevant, il déplace un tableau et manque de faire tomber une lampe. Je profite de cet instant de faiblesse pour fermer la porte de la chambre de Lionel. Je tourne la clé pour empêcher Cédric d'interférer, à nouveau, dans mes histoires de cœur.

— C'était moins une, dis-je dans un soupir en relâchant la clenche.

Je me retourne doucement, dépose mon sac sur le petit bureau noir de la pièce puis je m'approche de Lionel et m'accroupis à côté de lui. Malgré son état comateux, il a toujours sa bouille d'ange quand il dort. Cette fameuse bouille qui fait accélérer les pulsations de mon cœur.

J'hésite à le réveiller.

1. La toge : habit de cérémonie du baptême universitaire, généralement porté lors des guindailles.

2. La penne : coiffe spéciale ressemblant à une énorme casquette customisée. Elle fait partie des traditions du folklore estudiantin.

— Non, je t'embrasserai pas, ronchonne Lionel dans son sommeil en remuant.

Je sursaute de surprise. Je ne l'avais encore jamais entendu parler dans son sommeil.

— Non, j'ai dit… Il y a déjà une fille… Si, elle existe vraiment ! continue-t-il.

Je le secoue doucement.

— Elle s'appelle Freïa.

Cette dernière phrase me fait tomber sur les fesses et j'abandonne l'idée de le réveiller après cette soudaine déclaration.

— Qu'est-ce que tu fais là ? s'écrie Lionel qui vient d'émerger.

Il se lève tout en agrippant les couvertures pour se couvrir, comme si je ne l'avais jamais vu en tenue d'Adam auparavant. Je m'assois sur son lit et souris en le regardant se débattre avec une pile de vêtements pour attraper un T-shirt et un caleçon.

— J'avais pourtant dit à Cédric que, si tu venais, il ne devait pas te laisser entrer.

Ah. Je comprends mieux maintenant.

— Allez, bouge de là, fait-il en m'attrapant le bras pour me faire descendre de son lit.

Je ne peux m'empêcher d'éclater de rire.

— Je n'ai pas envie de te voir ! lance-t-il face à mon hilarité.

— Oh. Pourtant, c'est toi qui m'as appelée dans ton sommeil.

Lionel me lâche d'un coup. Ses yeux noirs fuient les miens, ses joues s'empourprent et il a un mouvement de recul.

— Tu as parlé dans ton sommeil, expliqué-je en m'asseyant en tailleur sur le lit.

— Putain… on m'a déjà dit que je faisais ça quand j'avais trop bu.

Je rigole, une fois de plus.

— Ce n'est pas drôle ! déclare-t-il en s'installant sur sa chaise de bureau.

Il lui fait faire trois tours puis il s'arrête et soupire profondément.

— Cédric n'a pas voulu me faire entrer. C'est moi qui ai forcé le passage.

Lionel fait à nouveau pivoter la chaise pour me faire face.

— OK. Ça me rassure de ne pas avoir été trahi par mon meilleur pote, marmonne-t-il dans sa barbe.

Il me dévisage un instant puis il se lève et se met à faire les cent pas. Son aura oscille entre le noir et le rouge. Il est visiblement très en colère contre moi. J'entreprends donc d'apaiser ses émotions à l'aide de mes pouvoirs. Dès qu'il est assez proche de moi, je lui agrippe le bras et tente de créer un petit halo lumineux. Mais il se dégage aussi vite de mon étreinte et me fait retomber sur le lit d'un mouvement brusque.

— Qu'est-ce que tu me veux ? demande-t-il d'un ton agressif.

— Rien…, répliqué-je, blessée par son geste.

— Pourquoi t'es là, alors ? Fous-moi la paix !

Il s'arrête, se plante devant moi et me lance un regard

foudroyant en croisant les bras sur son torse. À croire que c'est d'une autre Freïa qu'il parlait dans son sommeil.

— Tu m'ignores depuis des jours, Lio ! m'écrié-je, très contrariée. Ce n'est pas juste !

Il se met à rire, mais d'un rire jaune. Il porte les mains à son visage pour se frotter les yeux. Puis il s'étire faiblement. Je remarque alors qu'il a un nouveau tatouage, il a agrandi la manchette sur son bras droit. Une petite forêt a pris forme et atteint désormais son biceps. Elle s'épanouit près du tatouage de l'aigle en plein envol. Son bras sera bientôt entièrement tatoué. Ce détail me confirme qu'il a bel et bien eu le temps de faire plein de choses cette semaine.

En plus de m'éviter comme la peste.

— Est-ce que je vais avoir droit à des explications, oui ou non ?

— C'est une blague ? me rétorque Lionel en devenant rouge. Tu me présentes à tes parents comme un simple « camarade de classe », même pas comme un ami, et encore moins comme ton petit ami. Et c'est toi qui veux des explications ?

Je me renfrogne et croise les bras en tournant la tête sur le côté.

— Comment pensais-tu que j'allais réagir ? continue-t-il tandis que son aura vire au violet foncé, dévoilant sa contrariété.

— J'espérais en discuter avec toi le lendemain mais tu n'es pas venu en cours. Et tu n'as pas répondu à mes messages.

Il reste de marbre.

Je me redresse péniblement, me lève et me poste devant lui. J'essaie de prendre ses mains dans les miennes mais il me repousse à nouveau et se dirige vers le coin opposé de sa petite chambre aux murs bleus. On reste là à se dévisager, sans qu'aucun son sorte de sa bouche. Je comprends alors qu'il ne me laissera pas une chance de m'expliquer. Je ravale mes larmes naissantes et entreprends de quitter sa chambre.

— Il y avait le bal des Bleus[1] mardi, lâche-t-il finalement avant que j'ouvre la porte. Je suis le parrain de quelques nouveaux baptisés, j'étais occupé par les préparatifs et pas très dispo, *sorry*.

Son aura change à nouveau de couleur et devient grise. Des petits points noirs parsèment le halo lumineux, ce qui m'indique qu'il ne dit pas tout et cache certaines choses. J'aimerais pouvoir percer cette carapace derrière laquelle il se protège et qu'il me dise toute la vérité.

— Ce n'est pas vrai. Enfin, pas totalement. Je sais pour le baptême. Mais tu es toujours scotché à ton téléphone, c'est pas à moi que tu vas faire croire…

Lionel soupire bruyamment en se rasseyant sur sa chaise de bureau.

— Est-ce qu'on peut discuter ? dis-je en esquissant un demi-sourire. Après, tu feras ce que tu veux et je te laisserai tranquille.

— Tu ne vas pas en cours cette aprèm ? fait-il en me lançant un regard noir.

— Il est déjà 15 heures passées, Lio. Tu as pioncé jusqu'à maintenant.

Le cours a déjà commencé. L'intéressé jette un rapide

1. Le bal des Bleus est une soirée d'intégration réservée aux étudiants de première année.

coup d'œil à son réveil sur la table de chevet, dont les chiffres lumineux confirment mes dires.

— Tu sèches les cours maintenant ? Bon, je te laisse cinq minutes.

— Dix ?

— Va pour dix minutes. Après, laisse-moi décuver tranquille.

— Marché conclu.

Incapable de rester en place, je commence à faire le tour de sa chambre.

Cette pièce a beau être toute petite, elle regorge de trésors cachés qui dévoilent mille et une choses sur la personnalité de Lionel : d'une collection de livres sur l'économie durable à une pile de vinyles ne contenant que des titres de hard rock des années 1980, en passant par des verres à bière volés dans plusieurs bars de la capitale et disposés comme des trophées sur une étagère, une carte de la Belgique décorée avec des capsules de bouteille, ou encore une vieille guitare posée à côté de sa garde-robe.

— J'ai flippé quand j'ai vu mes parents débarquer lundi dernier, commencé-je en triturant mes cheveux. Ce n'était pas prévu. Sinon, je ne t'aurais pas dit de rester.

— Merci, je l'avais bien compris, ça.

Son ton glacial me fait l'effet d'une douche froide. C'est la première fois que je le vois montrer autant d'amertume.

— J-je… continué-je, la voix tremblante. Je… Roh, et puis… merde ! Après le week-end compliqué qu'on avait passé, je voulais simplement t'épargner mes parents assez sorc… euh, folkloriques.

Je marque une pause et m'arrête près de son miroir.

Une tonne de photos de soirées y sont accrochées, ainsi que quelques-unes avec ses petits frères et ses colocs. Un cliché bien plus récent s'y trouve aussi. Celui-là a été pris par Sedna avec un Polaroid, juste avant qu'on parte, Lionel et moi, pour notre expédition à Gembloux. Sur cette photo, je me trouve particulièrement belle dans ma robe en jean moulante. Je regarde mon partenaire avec tendresse. Coiffé et rasé de près, il est vêtu d'une chemise grise, et un de ses bras enlace ma taille. Il sourit en me dévorant du regard.

Cela m'émeut. Malgré la semaine compliquée qui vient de s'écouler, il n'a pas retiré cette photo. Peut-être que tout n'est pas perdu, même si mon amoureux est le stéréotype du Scorpion rancunier et piquant. Sans parler de son ascendant Lion qui le rend fier et hautain dans ses mauvais jours.

— Je n'aime pas tourner autour du pot, tu le sais ! m'exclamé-je en me tournant vers lui et en plantant mon regard dans le sien.

Il hausse légèrement les sourcils et me fait signe de continuer.

— Je t'aime bien, Lionel. Enfin, plus que bien même. Mais je ne devrais pas… Enfin… Il y a plein de choses que tu ne sais pas sur moi, ni sur ma famille.

— On peut difficilement faire pire après ce que tu as vu des Dubois la semaine dernière, non ?

Je soupire longuement et m'avance vers lui d'un pas déterminé.

— Justement. Ton père et tes frères ont raison sur mon compte…

Je ferme les yeux un instant, puis je les rouvre.

— Je suis une *sorcière*. Je pense même que tu le sais

depuis le premier jour où on s'est rencontrés, mais quelque chose au fond de toi refuse de l'admettre.

En guise de réponse, Lionel grimace et se gratte l'oreille.

— Bizarre. Je rêve toujours apparemment. Je pensais m'être réveillé car ton odeur de citron et de clou de girofle m'a l'air très réelle.

— Mais tu ne rêves pas, Lio ! Je t'en prie, écoute-moi. Ce n'est pas facile pour moi, alors n'en rajoute pas une couche.

— Toi aussi tu as bu hier soir ? Je t'ai pas vue au TD pourtant, poursuit-il en posant l'index sur son menton.

— Lio ! m'écrié-je en le saisissant par les épaules. Je. Suis. Une. Sorcière. Je fais partie d'un Coven. Je ne suis pas censée tomber amoureuse d'un être humain… parce que je suis déjà fiancée à un autre sorcier, même si je ne l'ai encore jamais vu. Bref, ta famille a vu juste. Je participe chaque mois à des sabbats et des rituels avec mes sœurcières.

Lionel me dévisage un instant puis se dégage de mes mains.

— C'est quoi, cette histoire ? lâche-t-il finalement en se levant. Tu penses sincèrement me faire gober ça ? Mes parents m'ont déjà raconté un paquet de bêtises dans ce genre, mais là tu les as surpassés !

— Quoi ? Mais c'est la vérité !

Il avance vers moi d'un pas déterminé. Je suis obligée de reculer jusqu'à me retrouver le dos collé contre la porte.

— Bon, les dix minutes sont écoulées. Merci pour tes explications, Freïa. Maintenant, si ça ne te dérange pas, j'aimerais bien retourner me coucher.

Il déverrouille la porte et l'entrouvre.

— Lio… Je te jure que je ne te raconte pas d'histoires et que c'est la stricte vérité.

— OK. Alors prouve-le-moi. Montre-moi un de tes fameux « enchantements », dit-il en mimant des guillemets, et peut-être que je te croirai.

À ces mots, je n'ai qu'une envie : l'étrangler d'amour et le remercier de me laisser une chance. Je me maudis un instant de ne pas maîtriser un super sortilège comme ceux de mes copines. Ça me permettrait de lui faire comprendre en un rien de temps que je n'essaie pas de le duper et que je ne suis pas folle.

— Franchement, j'ai envie de te croire, reprend-il. Parce que je ne vois pas pourquoi tu irais inventer toute cette histoire…

Il referme doucement la porte, se colle davantage contre moi, pose une main sur ma joue puis caresse doucement mes lèvres en me regardant avec désir. Quelque chose scintille dans ses yeux.

— Cette semaine, je l'ai passée à noyer mes idées noires dans l'alcool, déclare-t-il. Y a même une bleuette[1] qui m'a dragué toute la soirée hier et ça ne m'a fait ni chaud ni froid. Je ne pensais qu'à toi.

— La fille avec laquelle Cédric pensait que tu étais rentré ?

— Hein ?

— Rien… continue, dis-je en souriant légèrement.

Il hausse un sourcil, perplexe, puis reprend finalement la parole.

— Tu me rends dingue, Frey. J'sais jamais sur quel pied danser avec toi. Un jour, tu es toute à moi, et le

1. Bleu, bleuette : surnom donné aux baptisés de première année.

lendemain tu me fuis comme si tu avais peur de te faire dévorer par le grand méchant loup.

Il marque un arrêt.

— Franchement, si tu es vraiment une sorcière, annule le sortilège que tu m'as lancé. Je me sens comme ensorcelé en ta présence, j'ai envie de toi tout le temps... Et pour la première fois, j'ai envie de me projeter avec quelqu'un. Enfin, quand tu ne me fais pas de faux plan comme la semaine dernière.

Mon cœur se serre.

— J'ai plus envie de jouer, là. Alors, si tu es vraiment une sorcière, montre-moi.

— OK, Lio. Prends une douche et habille-toi. Pendant ce temps, je vais préparer un enchantement qui va te laisser sur le cul et te prouver que je ne raconte pas d'histoires.

Lionel hoche faiblement la tête, surpris par ma proposition, puis il sort de la chambre et disparaît dans la salle de bains. J'ai quinze minutes top chrono pour trouver un balai dans une maison habitée par cinq mecs. *C'est pas gagné*, songé-je en me mordillant la lèvre inférieure.

Je cours au rez-de-chaussée et manque de percuter Cédric, qui mange un bol de céréales, planté au milieu du salon, tout en regardant une émission de téléréalité. Il se tourne vers moi, et son mètre nonante me fait me sentir ridiculement petite.

— T'es encore là, toi ? lâche-t-il en me dévisageant.

— Oui.

— Vous faites un plan à trois ou quoi ?

— Très drôle. Lionel était seul.

Il pose son bol sur une étagère et reprend son sérieux.

— Bien sûr qu'il était seul, je le savais. Je cherchais

juste un moyen de te faire fuir. Tu m'as fait mal, en vrai ! s'écrie-t-il en désignant son épaule. J'espère que t'es descendue pour t'excuser.

— Et puis quoi encore ? T'avais qu'à me laisser entrer. Lionel est un grand garçon, il peut se débrouiller tout seul.

— Peut-être. Mais je refuse que tu brises le cœur de mon meilleur pote. Il n'a pas besoin qu'une belle Irlandaise vienne lui compliquer la vie.

Je soupire tout en ouvrant un grand placard à ma gauche, à la recherche de mon précieux balai, puis le referme aussitôt en découvrant des packs de bières empilés. J'inspecte leur pièce de vie, qui est un véritable foutoir. Un énorme canapé en cuir brun est couvert de sachets de chips, et des bols de nouilles à demi entamés encombrent la table basse en verre, plus poussiéreuse que le grimoire de mes aïeuls. Sans parler du parquet recouvert d'un vieux tapis de brocante sur lequel on aperçoit des taches de nature indéterminée.

— Sérieux. Depuis qu'il te connaît, il n'a plus ramené une seule fille. Il passe son temps sur son téléphone et il fredonne des chansons romantiques en grattant sa guitare. Enfin, quand il est là. Ça me rend dingue.

Et jaloux, constaté-je en toisant mon interlocuteur.

Même si, à titre personnel, ça me fait chaud au cœur d'apprendre tout ça. Surtout venant de la part de son plus grand allié.

— Dis, c'est possible de trouver un balai dans cette putain de baraque ? dis-je en ouvrant la porte de la buanderie qui regorge d'objets inutiles.

— Pourquoi ?

— Parce que.

— Vous êtes vraiment chelous, vous, les meufs.

Sans prévenir, il disparaît sur la terrasse. Je repère un paquet de gâteaux entamé abandonné à côté de son bol de céréales et décide de l'emporter.

Cédric revient cinq minutes plus tard avec l'objet magique en question.

— Tiens, dit-il en me tendant un balai tout poussiéreux, mais qui fera l'affaire.

— Merci ! m'exclamé-je, prête à sauter de joie.

— Je ne te le donne qu'à une condition.

— Promis, je ne ferai aucun mal à ton pote. Et je lui dirai de passer plus de temps à jouer à Call of Duty avec toi.

Cédric daigne enfin m'accorder un sourire. J'ai touché là où il faut. Son aura redevient bleue et sereine. Il me donne le balai et je me rue dans l'escalier avant de m'arrêter subitement dans ma course. Je me retourne vers Cédric, ayant soudain envie de lui donner un petit conseil. Après tout, je suis ascendant Verseau, je me soucie plus du bien-être relationnel des autres que du mien.

— Arrête de considérer la gent féminine comme des extraterrestres. Et, surtout, n'essaie pas de jouer un rôle. Sois toi-même, c'est tout.

L'intéressé fait mine de répondre mais je ne lui en laisse pas le temps. Je me retourne et monte les escaliers à toute vitesse.

Lionel est déjà dans sa chambre. Il a les cheveux mouillés, les joues rosées et une mine un peu plus convenable. Il porte un T-shirt de l'association écolo pour laquelle il travaille et un jean. Dès qu'il m'aperçoit, un sourire timide illumine son visage.

— J'ai eu peur que tu sois partie.

— Pourquoi je serais partie sans rien dire ?

— J'sais pas. J'ai cru que cette histoire, c'était juste une excuse pour t'éclipser en douce.

Il cligne des yeux plusieurs fois, sûrement à cause de la fatigue causée par la folle semaine qu'il vient de passer.

— J'sais bien que tu voulais pas d'une relation sérieuse, Freïa, reprend-il en levant les yeux vers moi.

Je referme la porte de la chambre.

Apparemment, sa douche a eu plus d'un effet bénéfique sur lui. Ça lui a presque remis les idées en place, pour mon plus grand bonheur.

— Je t'ai… Je t'apprécie vraiment beaucoup, tu sais. À chaque fois que je te vois, j'ai envie de te faire l'amour jusqu'au bout de la nuit et de te raconter tous mes secrets.

Je me fige.

— La première fois que je t'ai vue, poursuit-il, je me suis dit « OK, j'ai envie de soulever des montagnes pour cette fille ». Et quand on a appris à se connaître, c'était juste parfait. On se comprend, on a les mêmes délires et…

— Stop, Lio ! S'il te plaît ! dis-je avant qu'il me mette encore plus mal à l'aise.

Il se tait d'un coup, attrape une bouteille d'eau et en boit une très longue gorgée.

— Désolé. Je parle toujours trop quand j'ai la gueule de bois.

Je hausse les sourcils et pince les lèvres. En effet. L'alcool semble avoir l'effet d'un élixir de vérité sur lui.

— C'est pas grave. Tiens, je t'ai ramené un encas, dis-je en lui lançant le paquet de Mini BN au chocolat. Ça te calera le temps que tu manges un vrai repas.

Il opine, l'air ravi que je me rappelle que ce sont ses biscuits favoris. Ceux qui lui donnent « le sourire ».

— Qu'est-ce que tu fais avec un balai ?

— Oh ! ça ? fais-je en sursautant légèrement. C'est pour te prouver que je suis une sorcière. Une vraie.

Lionel éclate de rire. Je lui lance un regard de défi tout en chevauchant le balai. Je tape du pied par terre.

La magie opère aussitôt. Je m'élève et plane au-dessus du sol. Pendant quelques secondes, je ne suis que joie et magie. Cependant, je me rends compte très vite que cette petite démonstration est une des pires idées que j'aie eues en vingt-trois ans d'existence. Qui volerait sur un balai dans une pièce de dix mètres carrés ? Moi, de toute évidence. En tant que bonne Bélier, je n'ai pas pensé une seule seconde aux conséquences. Dès l'instant d'après, je me cogne violemment le crâne contre le plafond de la chambre et retombe aussi vite que je me suis envolée.

— Freïa ! crie Lionel en me rattrapant de justesse.

J'atterris lourdement dans ses bras. Le balai, en revanche, s'échappe et continue de virevolter dans les airs. J'ai beau tenter de le faire redescendre du plafond, rien à faire. Je suis vraiment nulle en magie.

— Tu n'as rien ? s'enquiert Lionel en me posant par terre et en prenant mon visage entre ses mains.

— Moi, non. Mais mon amour-propre aurait bien besoin de réconfort.

Mon amoureux rit. Contre toute attente, il pose ses lèvres sur les miennes.

— Comment tu as fait ça ? Je sais bien que j'ai une bonne gueule de bois, mais de là à avoir des hallucinations…

— Tu ne crois toujours pas que je suis une sorcière ?

— Hum, je dirais plutôt une acrobate talentueuse !

Moi qui espérais lui faire une démonstration digne d'une vraie petite sorcière, qui était censée le laisser sur le cul. Finalement, la seule qui se retrouve avec le popotin profondément ancré dans le plancher, c'est moi.

Et ça fait mal.

Chapitre 16

Révélations

Assise près de la cheminée, Sedna termine son verre de vin rouge d'une traite puis s'enfonce dans le fauteuil beige. Elle passe une main dans sa crinière de jais et tourne la page du grimoire qui est sur ses genoux.

— Je lui ai tout dit mais il ne me croit pas ! Je lui ai même fait une démonstration en volant sur un balai. Je ne sais pas quoi faire de plus ! J'ai besoin de ta magie pour que tu lui prouves que je dis la vérité.

Sedna me lance un regard sévère. C'est dans ce genre de moments que je me dis que son prénom lui va à ravir[1]. Si cette fille peut être la générosité et la gentillesse incarnées et donner tout en abondance, elle est aussi capable de tout reprendre lorsqu'elle estime qu'on lui en demande trop.

— OK, je veux bien t'aider. À une condition, dit-elle en détachant sa tignasse afro.

— Tout ce que tu veux.

— Tu dois me laisser lui dire la vérité sur sa famille.

1. Sedna est le nom d'une déesse de la culture inuit, qui représente l'abondance.

Moi aussi, je l'aime bien, ton mouton noir. Mais il doit connaître les enjeux de la situation. *Tous* les enjeux.

— C'est vraiment nécessaire ? dis-je, implorante.

— Oui, Frey. C'est maintenant ou jamais.

J'opine, les yeux embués de larmes. Je n'avais pas prévu de précipiter la fin de notre relation de cette manière. Non seulement je m'apprête à lui dévoiler mon secret, mais je vais également déballer les sombres cachotteries de sa famille – et tout particulièrement celles de sa lignée paternelle. Lionel va donc comprendre que notre relation est contre nature.

— Il est dans la cuisine en train de boire toute notre eau filtrée, vu que son nouveau slogan est « L'eau, c'est la vie » !

Sedna glousse et me suit.

— Salut, beau gosse ! s'écrie-t-elle en voyant Lionel, assis sur une chaise de bar en train de boire un énième verre d'eau.

— Salut, Sed. Apparemment, j'ai le droit de me joindre à vos conversations de filles aujourd'hui.

— Exact.

Lionel dépose son verre et cesse de respirer.

— Ne me dis pas que tu vas vomir, lâche Sedna en blêmissant.

— Non. Je pense que j'ai déjà donné cette nuit. Mais j'ai besoin de manger un truc.

J'ouvre le frigo et attrape un pot de crème glacée que je lui tends avec une cuillère.

Mon petit copain me regarde avec des yeux ronds.

— Bah quoi ? Ça fait partie du rituel. Nos « conversations de fille » s'accompagnent généralement de glace et de vin. Mais je t'épargne la deuxième option pour aujourd'hui.

Il hausse les épaules puis acquiesce.

— Alors, Lionel, que penses-tu de l'histoire de Freïa ?

— Franchement, ça me dépasse, admet-il. Moi qui pensais qu'il y avait pas plus tarés que mes parents…

Sedna et moi nous lançons un regard plein de sous-entendus.

— OK. Je vais essayer d'être plus convaincante, conclut Sedna en passant sa main sur sa chevelure brune et frisée.

Ses cheveux deviennent alors blonds et lisses. Elle a activé son mode « Beyoncé », comme elle l'appelle. C'est un sortilège de transformation de premier niveau qu'en général toutes les sorcières maîtrisent ; sauf moi, bien évidemment. Lionel laisse tomber le pot de glace par terre, bouche bée devant ce spectacle. Il lève un index désignant les cheveux de ma meilleure amie et pose son autre main sur le plan de travail comme pour s'assurer qu'il n'est pas en train d'avoir une hallucination.

— *What the f…*

Sedna éclate de rire et secoue sa nouvelle chevelure dans tous les sens.

— Ça t'en bouche un coin, hein ! s'écrie-t-elle en entamant la chorégraphie de *Single Ladies*.

Lionel se pince pour vérifier qu'il ne rêve pas. Il se lève d'un coup et me lance un regard effrayé.

— Pourquoi tu m'as pas montré ça, tout à l'heure ?

— Parce que je ne sais pas faire ce genre de choses, dis-je d'un air las. Je ne suis pas aussi douée que Sedna en magie. Je me contente des sortilèges de base. Et encore, même ça je suis capable de le rater.

— Comment ça ?

Sedna comprend tout de suite à quoi je fais allusion.

— Freïa avait concocté une potion pour te faire perdre la mémoire après votre premier *date*, explique-t-elle. Mais ça n'a pas fonctionné. Le lendemain, tu voulais encore plus d'élixir irlandais, pouffe-t-elle en me lançant un regard taquin.

— C'est pas drôle ! rétorqué-je en croisant les bras.

Lionel pâlit.

— Tu as voulu effacer ma mémoire ? fait-il en haussant le ton.

— C'est pas ce que…

— Alors mes parents avaient raison ? Et tu t'es amusée à me lancer d'autres sorts ?

— Lio… Je ne te ferai jamais de mal. On est des sorcières mais… des *bonnes* sorcières.

— Qui me dit que tu n'as pas joué avec moi depuis le début ? dit-il, méfiant, en jouant nerveusement avec ses cheveux.

— Non ! m'écrié-je. Je t'ai juste caché mon secret, mais jamais je…

Le regard dans le vague, Lionel semble complètement perdu. Son aura passe par toutes les couleurs et se parsème de points noirs de plus en plus nombreux. Ce qui indique que de sombres émotions prennent le contrôle de ses pensées.

Mon cœur se serre. C'est exactement ce que je redoutais. Qu'il perde toute confiance en moi et en notre histoire.

— Il n'a pas du tout réagi comme ça tout à l'heure, chuchoté-je à ma colocataire.

En vrai, cela me vexe énormément. OK, je ne suis pas la plus douée en magie, mais tout de même. Voir sa copine dans les airs aurait dû le faire réagir. Même si le coup du balai volant est un peu *old school*, ça reste de la sorcellerie.

— Sans blague ! répond Sedna, fière de son petit manège.

Je me tourne vers Lionel et l'observe. Il a l'air absent – j'imagine que l'alcool qu'il a dans le sang n'arrange rien.

— Euh, Sed ? Dorian avait aussi mal réagi en apprenant ton secret ?

— Bizarrement, pour un Taureau hyper rationnel, il l'avait très bien pris.

Elle s'approche du plan de travail pour observer mon amoureux déconfit.

— Je pense juste que ton copain a la gueule de bois et qu'il n'est pas en état de gérer le choc de la nouvelle. Tu devrais utiliser ton don pour l'apaiser.

Je hoche la tête et m'approche de Lionel. Je pose une main sur son épaule, comme je l'avais fait dans la voiture l'autre jour, après le dîner chez ses parents. Une douce lumière émane de ma paume et se diffuse dans son corps. Son aura retrouve aussitôt une délicate teinte bleue. Elle cesse de s'agiter dans tous les sens et les points noirs disparaissent.

Un sortilège de réussi, pour une fois.

— Tu te sens mieux ? demandé-je.

— Oui.

Il a l'air d'être revenu à lui. Je lui souris timidement en croisant son regard.

— J'ai l'impression de sortir d'une douche bien chaude.

Au même moment, il semble comprendre ce qu'il vient de se passer.

— Tu m'as jeté un sort, là ?

— Oui. Désolée... Tu commençais à m'inquiéter.

Il secoue la tête en fermant les yeux.

— Je te jure que je ne l'ai jamais fait en d'autres circonstances. D'ailleurs, si tu veux tout savoir, c'est interdit ! Selon les lois du Coven, on n'a plus le droit de jeter de sortilège à un être humain sans son consentement.

Il se lève, contourne le plan de travail et boit une gorgée d'eau.

— Pourtant, tu viens de le faire, rétorque-t-il en me jaugeant durement du regard.

— Lio, j'essayais de t'aider...

— Quels sont vos pouvoirs exactement ? me coupe-t-il en nous désignant du doigt, Sedna et moi. Il y en a beaucoup d'autres comme vous ?

— Alors, on peut faire beaucoup de choses. Mais chacune d'entre nous a un don particulier, une capacité qui se développe plus que les autres, commence à expliquer Sedna en se servant un verre de vin rouge. Moi, j'ai des flashs, un peu comme un médium, je vois des événements qui peuvent se produire ou qui se sont déjà produits. Tandis que Frey perçoit l'aura des personnes qui l'entourent et comprend ce qu'elles ressentent. Ça lui permet d'influer sur les émotions comme elle vient de le faire avec toi, à l'instant. Sa mère, elle, est capable de se transformer et de métamorphoser tous ceux et celles qui lui posent problème.

Lionel déglutit à ces paroles et me regarde, enfin, avec un soupçon de gratitude. Il semble comprendre pourquoi j'ai caché notre relation à mes parents.

— On doit être une quarantaine. Enfin, dans notre Coven seulement. D'autres cercles de sorcières existent dans d'autres pays.

— OK, OK. Ça fait beaucoup d'informations à intégrer, dit-il doucement en écarquillant les yeux, comme s'il venait de se réveiller d'un rêve.

— Et ce n'est pas tout ! ajoute Sedna.

— Je m'attends au pire, grogne-t-il en mettant les mains à plat sur le plan de travail.

— Surtout que, cette fois-ci, ça te concerne toi.

Je retiens mon souffle et détourne les yeux de mon amoureux pour lancer un regard inquiet à ma meilleure amie.

— Moi ? Je n'ai rien de sorcier pourtant…

— Pas toi directement. Plutôt ta famille, précise Sedna en devenant soudain sérieuse.

Lionel pâlit.

— Sed, on peut lui laisser le temps de se remettre de ses émotions, non ? murmuré-je.

— Il doit savoir. Ça fait des années qu'il pense que sa famille est dingo.

Lionel tape du poing sur la table.

— Hé oh, les filles ! Je vous signale que « il » est juste devant vous. Dites-moi clairement les choses. Je ne suis peut-être pas en état de tout entendre, mais maintenant que vous avez commencé…

Résignée, la seule chose que je trouve à faire est de prendre le verre d'alcool des mains de ma meilleure amie pour en boire le contenu d'une traite.

— C'est bon, vas-y, dis-je en m'asseyant près de mon amoureux.

— OK.

Sedna reprend place face à nous et défait l'enchantement qu'elle a lancé à ses cheveux. Sa longue tignasse brune et frisée réapparaît. Lionel sursaute, une fois de plus, face à ce surprenant spectacle.

— Lionel, il faut que tu saches que si nous sommes des descendantes des sorcières, toi tu viens d'une famille de… chasseurs de sorcières.

Il ouvre de grands yeux et me lance un regard plein de stupeur.

— QUOI ?

— Les Dubois ont subi des attaques de sorcières dans les années 1980. J'ai fait des recherches à la bibliothèque du Coven et ça a déclenché des visions. Il semblerait que ton grand-père, et même ton père, ait pourchassé certaines femmes de notre Coven à la suite d'étranges disparitions.

Sedna s'interrompt. Je comprends qu'elle a des visions qui la traversent en ce moment même. Ses yeux deviennent noirs comme la nuit.

— Chaque camp a sa part de responsabilité dans cette histoire. D'après ce que je vois, il y a eu beaucoup de malentendus. Et de nombreuses victimes des deux côtés. Ton grand-père est décédé à la suite d'un empoisonnement.

— C'est faux ! C'est impossible ! s'écrie Lionel en se levant brusquement. Mon grand-père est mort d'une intoxication alimentaire.

— Une intoxication alimentaire *préméditée*, réplique Sedna en soutenant le regard de mon petit ami.

Ses yeux ne sont plus dans le vague, ils ont retrouvé leur couleur normale et fixent Lionel avec attention.

— C'est impossible, répète-t-il.

— C'est ma grand-tante qui est responsable de sa mort, lâche Sedna. Elle est elle-même retournée en enfer après. Le karma… Quand une sorcière lance un sortilège, elle doit en payer le prix. Qu'il soit positif ou négatif. C'est ce qu'on appelle le triple karma. Dans ce cas-ci, comme ma tante a lancé un maléfice, son cœur s'est arrêté quelques jours après celui de ton grand-père.

Lionel avance jusqu'à Sedna et l'empoigne fermement. Ça ne présage rien de bon, surtout au vu de son aura qui, malgré mon sortilège, est redevenue sombre et trouble.

— Lio ! crié-je.

— Il ne me fera rien, dit Sedna.

— Est-ce que tu as au moins des preuves de ce que tu avances ? l'interroge-t-il sans lâcher son poignet.

— Je peux te montrer, si tu veux. Et si Freïa est d'accord, dit-elle en me jetant un regard. Donne-moi ta main.

J'acquiesce en silence mais je remarque que mes muscles sont tendus et mes sens, en alerte. Mon instinct de sorcière semble se réveiller face à ce descendant de chasseur, dont la famille a heurté ma lignée. Comment se fait-il que je n'aie jamais ressenti ça avant ? C'est vrai qu'on se dispute souvent, et j'ai déjà remarqué sa force incroyable par moments ou mon incompétence à lancer un sortilège complexe en sa présence. Mais c'est la première fois que je me sens en danger près de lui. Comme si ma magie se tenait prête à nous défendre s'il devenait dangereux ou s'il touchait à un seul cheveu de Sedna.

— Calme-toi, Freïa, me chuchote cette dernière.

J'essaie de me détendre, mais c'est très compliqué. Mon amie fait la moue, l'air de dire : « C'est toi qui nous a mises dans cette situation, mon chou, alors c'est pas le moment de flancher ! »

Lionel se détend, lâche Sedna puis lui tend la main. Mon amie la prend entre les siennes et plante son regard dans celui de mon amoureux. J'en serais presque jalouse si je ne savais pas ce qu'elle est en train de faire. Elle partage avec lui sa vision, ainsi que le contenu de ses recherches.

Après quelques minutes qui me semblent durer des heures, Sedna lâche enfin la main de Lionel. Elle s'écarte de lui d'un bon mètre puis chancèle en se rattrapant au plan de travail.

— Sedna ! hurlé-je en courant vers elle.

— C'est rien, m'assure-t-elle en souriant et en se massant les tempes. J'ai juste un peu forcé. J'ai donné un cours aux nouvelles recrues ce matin, en plus. Trop de magie pour aujourd'hui.

— Tu devrais te reposer, lui dis-je en la soutenant comme je peux malgré mes bras fragiles et tremblants.

— C'est toi qui me dis ça ? raille-t-elle en se redressant.

Lionel nous observe. Il est silencieux depuis un bon bout de temps. Son aura s'est apaisée, évoluant vers des tons orange. De nombreuses émotions sont en train de le traverser ; son chakra sacré[1] en prend un coup.

— Occupe-toi de lui, me dit Sedna. Moi, ça va. Je vais nous préparer à manger. Dis-lui de rester, même la nuit s'il faut. Je vais appeler Dorian, je pense qu'il pourra nous aider.

— Pourquoi ? Lui aussi est issu d'une lignée de chasseurs de sorcières ? lâché-je d'un ton sarcastique, malgré moi.

1. Le chakra sacré est relié aux émotions, à la créativité et à la sexualité. Si un trop-plein d'émotions ou, au contraire, un blocage émotionnel surviennent, c'est ce chakra qui doit être nettoyé et apaisé.

Je vois que mes mots blessent Lionel, qui me lance un regard noir.

— Tu le savais, alors ? me demande-t-il tout de même en détournant les yeux.

— Non. J'ai commencé à me poser des questions après avoir rencontré tes parents. Et plus particulièrement ton père. Mais je ne pensais pas que les chasseurs de sorcières existaient encore. Nos Aînées n'abordent jamais le sujet.

— Peut-être tout simplement parce que c'est tabou ! lance Sedna, qui coupe les légumes à l'autre bout de la cuisine. Mais, moi, je suis là pour déterrer les secrets.

— Merci, Sedna, dit-il. Ça explique pas mal de choses.

Il a les yeux dans le flou.

— C'est normal, mon chou, commente-t-elle en se tournant vers nous. Tu as le droit de connaître la vérité.

— Tu n'imagines pas le poids que tu viens d'enlever de mes épaules. Je comprends enfin pourquoi mon père me tape autant sur le système. Il me prend tellement la tête avec ses histoires d'héritage que je sentais qu'il y avait anguille sous roche. Sans parler de ses histoires morbides qu'il aime tant nous raconter aux repas de famille.

Lionel se tait. Il doit sûrement essayer de rassembler toutes les pièces du puzzle maintenant qu'il a eu accès aux visions de Sedna. Ça fait beaucoup de *révélations* en une seule soirée, même si ça l'éclaire aussi sur son passé familial et sa relation conflictuelle avec ses parents.

— Mais alors, est-ce que ce serait possible que je sois attirée par Freïa, non pas parce qu'elle me plaît, mais parce que mon instinct me pousse à me rapprocher d'elle pour… le faire souffrir ?

Il s'étouffe presque en disant ses derniers mots.

— En effet, opiné-je. C'est une possibilité. Ce n'est peut-être pas un hasard si tu m'as bousculée dans le métro ce jour-là.

Lionel se renfrogne, visiblement contrarié.

— Je ferais mieux d'y aller.

— Non ! le coupe Sedna en se redressant. J'appelle Dorian, puis je finis de préparer à manger. Vous deux, restez ici, je pense qu'il est grand temps que vous discutiez. Pour de bon.

Mon amie quitte la pièce.

Je m'approche doucement de Lionel, tout en restant sur mes gardes. Mais sa seule réaction est de lever le bras dans ma direction pour me faire signe de garder mes distances. Sans qu'il le sache, ce geste vient réveiller ma peur de l'abandon. Je dois me faire violence pour ravaler mes larmes – et ma fierté.

Je jette un regard par la fenêtre pour contempler les étoiles.

C'est définitif. Lionel Dubois a bien été envoyé dans ma vie par Lucifer, songé-je en posant mes doigts sur la vitre.

Mais je comprends que, cette fois, je n'en sortirai pas indemne.

Chapitre 17

Tension

— Tu es sûre que c'est une bonne idée ? s'écrie Dorian qui tourne en rond dans la chambre de Sedna.

— Oui, j'ai une bonne intuition.

Dorian soupire bruyamment.

— Imagine s'il fait du mal à Freïa ? Et s'il ose toucher ne serait-ce qu'à un de tes…

— Je ne vois rien de tel dans mes visions, dit-elle pour le rassurer.

— S'il te plaît, ma beauté, sois raisonnable.

— Je le suis. Fais-moi confiance. Il n'y a pas de hasard, l'Univers fait toujours bien les choses.

— Et toi, tu veux toujours en faire trop.

J'essaie de tendre un peu plus l'oreille vers la chambre mais je n'entends plus rien.

— On n'a même pas le droit à un peu d'intimité ici ? lâche Dorian en ouvrant brusquement la porte.

— Euh… Désolée, Gatsby. Tu vas bien ?

— Je ne sais pas. J'attends de voir ce que va donner la suite de cette soirée.

— *Bae*, fait Sedna en massant les trapèzes de son footballeur. Détends-toi. Le Coven a connu bien pire, tout comme ma famille, mais je ne commettrai pas les mêmes erreurs que ma tante. Je ne lancerai pas de maléfice et il n'y aura pas de guerre de clan.

Le jeune homme ferme les yeux et soupire. Son aura se calme un peu et passe du jaune au vert, entre agitation et calme.

— Viens m'aider à mettre la table. Notre ami va bientôt sortir de la douche.

Son fiancé la suit à contrecœur et me lance un regard qui en dit long sur le fond de sa pensée.

Je me demande si Sedna a bien fait de lui expliquer toute mon histoire. Et surtout celle de Lionel. Ce dernier s'est assoupi dans ma chambre, épuisé après toutes les émotions qu'il a traversées. Il est maintenant sous la douche depuis un quart d'heure.

J'espère que ça aidera à apaiser le chaos créé par toutes ces révélations. Plus aucun mot n'est sorti de sa bouche depuis qu'il a décidé d'instaurer une distance de sécurité entre nous. Il s'est contenté de me regarder en silence pendant de longues minutes avant de tomber dans les bras de Morphée pendant une petite demi-heure.

Je redoute son état à la sortie de sa douche. Et s'il décidait de partir ? De donner raison à ses ancêtres d'avoir fait du mal aux miens ? Ou s'il doutait de ses sentiments pour moi ? Lui-même m'avait déjà dit, lors d'une de nos nombreuses soirées au coin du feu, qu'il était persuadé que les hommes avaient fait du mal aux femmes considérées comme des « sorcières » dans le but d'affirmer leur supériorité sur la gent féminine.

Mon sang se glace à cette pensée.

— Oh… Tu es là ? fait Lionel, qui sort de la salle de bains, en face de ma chambre, torse nu, en essorant ses boucles noires avec une serviette que je lui ai prêtée.

— Bien sûr, je t'attendais. Le repas est prêt.

Il me sourit timidement.

— Bon, je t'attends dans le salon.

— OK. J'enfile un T-shirt et j'arrive.

— Si ça ne tenait qu'à moi, tu n'en aurais pas besoin.

Lionel pince les lèvres, ne me répond pas et s'enfuit en direction de ma chambre pour s'habiller. Un froid semble s'être définitivement installé entre nous.

Je me dirige vers la plus grande et belle pièce de l'appartement, notre pièce de vie. Sedna a allumé un feu dans la cheminée car l'automne commence sérieusement à faire chuter les températures. Après une courte hésitation, je m'arrête sur le seuil et me cache derrière la porte en bois. J'ai une fâcheuse tendance à espionner les conversations auxquelles je ne suis pas conviée.

— Tu ne lui en as toujours pas parlé ? dit Dorian, visiblement mécontent.

— Non. Ce n'est pas le bon moment.

— Freïa passe avant moi, alors ? Enfin, avant *nous* ? ajoute-t-il, agacé. On est fiancés, Sedna.

Aïe, il a prononcé son prénom, pensé-je en me rongeant les ongles. Il ne fait ça que quand il est en colère, sinon il l'appelle toujours « *bae* », « bébé » ou encore « ma beauté ». Et c'est pareil pour elle. C'est un véritable rituel pour les deux tourtereaux.

— Je veux que tu viennes vivre avec moi.

— Et moi je ne suis pas prête à déménager tous les quatre matins pour suivre mon mari footballeur, Dorian.

Double « aïe ».

— Tu ne seras pas obligée de me suivre partout, mais tu le pourrais si tu quittais ton job au magazine pour te lancer à temps plein dans le blogging.

— J'ai encore besoin d'y réfléchir.

— Et moi je n'ai plus beaucoup de temps. Je dois donner ma réponse d'ici à la fin de la saison.

— Chut ! fait Sedna.

— Q-quoi ?

— Freïa, tu peux sortir de ta cachette, lâche mon amie. Grillée.

— Je ne suis pas cachée, dis-je en passant la tête dans l'encadrement de la porte, dévoilant ma tignasse rousse et mon visage.

— Mouais.

— Je ne veux pas que vous vous disputiez à cause de moi, déclaré-je.

— Ça, tu aurais dû y réfléchir avant de coucher avec un chasseur de…

— Dorian ! lui crie Sedna en enfonçant les ongles dans son avant-bras. Ce ne sont pas tes histoires, tu la boucles.

Son fiancé grimace et récupère son bras en la foudroyant des yeux. Elle soutient son regard et lui fait signe de se taire.

— Hum, ça sent super bon ici, déclare Lionel, qui arrive derrière moi.

Je tressaille car je ne l'avais pas entendu arriver. Il place une main dans mon dos et m'embrasse sur le front. Je suis surprise par cette tendresse, qu'il ne m'avait plus témoignée depuis une semaine.

— Allons-y, me murmure-t-il. Faisons honneur au plat que Sedna nous a préparé.

Ma meilleure amie a pensé à tout. Elle a préparé des tagliatelles aux légumes de saison et a, par la même occasion, respecté le régime végétarien de mon amoureux. Ce dernier s'est détendu depuis qu'il est sorti de la salle de bains – la douche a vraiment un effet miraculeux sur lui. Bien que je soupçonne aussi l'effet « Dorian ». Ce mec est capable d'apaiser n'importe quelle *tension* avec son sourire chaleureux, ses blagues loufoques et sa superbe répartie. Ce sont des qualités que je ne peux nier, malgré son mauvais caractère.

— Comment vous vous êtes rencontrés tous les deux ? demande Lionel en observant tour à tour Dorian puis Sedna.

— Longue histoire..., répond ma colocataire, un petit sourire aux lèvres.

Dorian lance enfin un regard chaleureux à sa fiancée et passe un bras autour de ses épaules.

— Pour faire court, reprend-elle avant d'enfourner une nouvelle fourchette de pâtes.

Elle s'amuse à faire durer le suspense jusqu'à ce que son assiette soit vide.

— J'ai fait des études de journalisme, et mon mémoire portait sur le sexisme dans les médias. Comme je voulais faire une étude de cas sur un média sportif, on m'a conseillée d'enregistrer un podcast avec un footballeur belge.

— Et elle m'a choisi, moi, bien évidemment, lâche Dorian, en vrai fanfaron.

— C'est faux ! C'est toi qui es venu m'accoster quand tu m'as vue au premier rang de la tribune de presse.

— En même temps, quel fou n'aurait pas eu envie

de se faire interviewer par une aussi belle femme ? rétorque-t-il en dévorant mon amie des yeux.

Les voir ainsi me met clairement du baume au cœur. Ils forment le plus beau couple que je connaisse et je leur souhaite de vivre heureux jusqu'à la fin des temps. Malgré tout mon scepticisme concernant l'amour éternel, ils me donnent envie d'y croire.

— Ce qu'elle ne dit pas, interviens-je en attrapant une bouteille de soda, c'est que quand Dorian lui a serré la main elle a eu une vision de leur futur mariage.

— Sérieux ? s'exclame Lionel en haussant les sourcils.

— Oui, dit Sedna en passant une main devant son visage, l'air gêné. Mais je l'ai gardé pour moi, bien évidemment. Je l'aurais fait flipper sinon ! Il ne l'a su qu'un an plus tard, quand je lui ai confié le secret de mon identité de sorcière.

— Wow. Je devrais me sentir privilégié d'être mis au courant après seulement un mois, alors ? demande mon partenaire en me jetant un regard.

— Exactement. Mais sans mon intervention, tu aurais pu attendre encore longtemps ! Cette rouquine est l'être vivant le plus têtu que je connaisse ! fait mon amie en me pointant du menton. Elle ne voulait même pas te revoir après votre premier rendez-vous… Alors que tu es l'objet de ses fantasmes les plus fous.

— Sed ! crié-je en devenant toute rouge.

— Bah quoi, c'est vrai, non ?

En guise de réponse, Lionel éclate de rire.

— Merci pour l'info ! dit-il entre deux rires.

— Avec plaisir.

— Comment as-tu réagi quand tu as appris le secret de ta fiancée ? demande-t-il à Dorian.

Les yeux verts de Dorian passent de son amoureuse, à moi et se posent enfin sur Lionel. C'est la question qu'il redoutait, même s'il s'attendait à ce qu'on la lui pose car c'est pour cette raison qu'il a été convié ce soir.

— Plutôt bien. Enfin, je crois ? demande-t-il à sa chérie en se tournant vers elle.

Celle-ci opine en lui lançant un regard affectueux.

— C'est étrange, mais c'est comme si je m'y attendais. J'avais toujours remarqué qu'elle avait un truc différent des autres. OK, je m'étais dit que c'était sûrement dû à l'amour et à mes sentiments pour elle mais, finalement, ça m'a semblé très logique.

— Tu n'as pas flippé ?

— Non. Ça faisait déjà un an qu'on était ensemble. Si elle avait voulu me faire du mal avec sa magie, elle l'aurait déjà fait. D'ailleurs, elle a sans doute eu des tas d'occasions. Mais Sedna est la personne la plus généreuse que j'ai rencontrée. Avec ses enchantements, elle donne. Tout le temps. Sans compter.

Sedna rougit et fait signe à son compagnon de se taire.

— Arrête, *bae*, tu vas me mettre mal à l'aise.

— Je suis sincère.

— Et le bébé, c'est pour quand, du coup ? lâche Lionel.

— Roh ! Pas pour tout de suite, s'écrie mon amie, visiblement prête à s'évanouir à cette éventualité. On a le temps pour ça. Dans cinq ans, voire dix, pourquoi pas.

— En tout cas, j'espère que je serai là pour voir ça.

— Peut-être bien, répond Sedna en faisant un clin d'œil à mon amoureux.

— Oh... Tu as eu une vision concernant Freïa et moi ?

Dorian se crispe soudainement. Il se rapproche de Sedna et lui enlace la taille.

Ça, c'est encore un coup de sa possessivité de Taureau. Cela a le don d'exaspérer mon amie, alors qu'elle aussi a souvent un comportement hyper protecteur envers son compagnon. Pourtant, tous les deux savent pertinemment qu'ils n'ont d'yeux que l'un pour l'autre. Et, dans le cas présent, Dorian sait très bien que Lionel est avec moi. Mais cela semble le titiller de voir que sa dulcinée accapare autant l'attention d'un autre homme. Pour ma part, je ne peux pas en vouloir à Lionel. Se retrouver face à une vraie médium, pas ces charlatans avec une boule de cristal et des pierres, c'est fascinant. Je le sais mieux que quiconque.

— J'en ai eu plusieurs, lui avoue Sedna en posant son verre de vin. Mais comme je ne veux pas influencer le cours du destin, je ne vous dirai rien. À l'un comme à l'autre.

— Et tu n'as pas changé le cours des choses en conseillant à Freïa de m'avouer votre secret ?

— Non. Cela allait arriver tôt ou tard.

Sur ce, elle se lève et commence à débarrasser la table. Son fiancé l'aide tout en lui lançant un petit regard complice. Depuis le temps que je les côtoie, j'ai vite compris que c'était leur manière à eux de communiquer en public. Comme s'ils échangeaient des mots par télépathie. Cette connexion entre eux m'a toujours bluffée.

— On va vous laisser, dit ma colocataire en empilant les assiettes.

— Oh ? soufflé-je, surprise.

— Ils repassent quelques vieux films au cinéma ce soir, explique Dorian en posant les couverts sur une assiette. On s'est dit que c'était une occasion à ne pas manquer.

Je hoche doucement de la tête. Ces deux-là sont fans de vieilleries cinématographiques. Ce n'est pas pour rien que leur mariage a pour thème les Années folles. Un vrai couple vintage.

— Vous voulez venir avec nous ? ajoute-t-il.

— Non, c'est gentil, répond Lionel. Je dois encore me remettre de ma cuite d'hier soir.

Au même moment, il passe discrètement une main sous la table pour me pincer la cuisse et je comprends qu'il a juste envie qu'on se retrouve tous les deux. Ce simple geste est bien plus efficace que tous mes sortilèges censés apaiser mon anxiété permanente. On dirait que mon partenaire est un peu plus sorcier que je ne le pensais. Discuter avec Dorian semble l'avoir rassuré, comme Sedna et moi l'espérions.

Il me lance un regard plein de sous-entendus qui me confirme qu'il est enfin prêt à parler de nous deux. Et même si je ne connais pas encore l'issue de cette conversation, je commence à croire qu'en fin de compte ce n'est peut-être pas Lucifer qui a mis cet être humain sur mon chemin. Mais bel et bien la Providence.

Car il éveille en moi des sentiments que je ne soupçonnais pas jusqu'à présent.

Et rien que pour ça, je ne peux que remercier l'Univers.

Chapitre 18

Discussion

Lionel a la tête posée sur mes genoux. Je caresse machinalement ses cheveux, et je ne peux m'empêcher de sursauter dès que la fille aux cheveux noirs apparaît à l'écran. Quelle idée de regarder *The Grudge* après la journée qu'on vient de passer ! Même si Halloween approche à grands pas, je ne suis pas très friande de ce genre de spectacle audiovisuel. Mon amoureux se marre à chaque fois que je flippe, lui semble apprécier bien plus que moi les films d'horreur et les scènes sanglantes. En même temps, on n'a pas vraiment été élevés dans les mêmes coutumes.

Il m'a raconté, juste avant de lancer le film, qu'il n'avait que cinq ans lorsqu'il a vu son père décapiter une poule pour la première fois avant de la faire rôtir et de la lui servir comme repas. C'est l'un des nombreux événements qui l'a traumatisé durant son enfance et qui l'a conduit, petit à petit, à devenir végétarien. Pour ma part, cela fait des années que le Coven a arrêté de faire des sacrifices d'animaux au nom des déesses. On mange toujours une viande de saison le soir des sabbats, mais les offrandes sont davantage axées sur les intentions qu'on pose et constituées de ce qu'on récolte dans la nature : des pierres, des fleurs, des objets sacrés. On allume des bougies et on concocte des potions à la lueur de la pleine lune.

Rien de très effrayant en somme.

Soudain, Lionel se redresse. Il s'assied, sans se décoller de moi, et passe un bras autour de mes épaules. Je sens son regard intense se poser sur moi. Ma respiration s'accélère, même si mes yeux restent rivés sur l'écran. Il pose ses lèvres sur le sommet de mon crâne et me caresse la joue avec son autre main.

— Je ne pourrais jamais te faire de mal, décrète-t-il.

Je sursaute à ces mots et tourne la tête vers lui.

— Moi non plus, répliqué-je à mi-voix.

Il me prend alors dans ses bras et m'embrasse. Je fonds, comme une glace lors d'un jour de canicule. J'attendais ce moment depuis quelques heures et il me fait beaucoup de bien. Même si je comprends aussi qu'il ait besoin de temps pour intégrer toutes ces informations et ces révélations qui viennent bousculer son monde – ou plutôt l'intégralité de son univers.

Je me défais de son étreinte et le regarde avec tendresse.

— J'ai demandé à Sedna de me raconter tout ce qu'elle sait sur ta famille et sur le lien qui nous unit en tant que chasseur et sorcière, dis-je en souriant tristement.

Lionel fait glisser sa main sur mon bras, puis sur mon ventre, et il termine sa course sur ma cuisse.

— J'aurais quelques questions à te poser. Mais je te laisse d'abord me dire tout ce que tu sais.

Je souris.

— Hum… par où commencer ? dis-je en me détournant de lui.

Je sens son souffle chaud sur mes cheveux. Le désir me gagne mais je dois garder la tête froide. Je me blottis davantage contre lui en restant imperturbable. J'aurais envie de rester dans cette position pendant des heures, avec lui contre moi. Dans notre bulle, bien loin des conflits du monde.

— OK. Je vais faire comme si je racontais une histoire, me lancé-je en posant ma tête sur son épaule. Selon la légende de notre Coven, le chasseur et la sorcière sont intimement liés l'un à l'autre. Le chasseur peut même éprouver du désir envers la sorcière. C'est une réaction tout à fait normale, c'est l'instinct de chasse qui s'exprime, comme le loup attiré par un petit mouton au point de vouloir le dévorer.

À ces mots, Lionel desserre son étreinte. Il s'éloigne de moi et installe, à nouveau, une distance entre nous.

— Certaines sorcières pensent même que les premiers chasseurs sont en réalité des sorciers, eux aussi. Ou du moins, qu'ils ont pu être aidés par certains d'entre eux, des sorciers qui auraient été jaloux de voir que les pouvoirs de leurs camarades féminines surpassaient les leurs. Quand on y pense, il n'y a presque que des femmes dans mon Coven. Les hommes sont rares car ils se déconnectent souvent très tôt de leurs émotions, de leur intuition et de leur part « magique ».

Je marque une pause. Je triture une de mes boucles rousses et finis par l'enrouler autour de mon index.

— Mon beau-père est un sorcier. Pourtant, il n'a jamais utilisé sa magie. Je suis persuadée que cette situation n'est qu'une conséquence de la société patriarcale. En réalité, les hommes pourraient, tout comme les femmes, développer leurs dons.

Lionel est silencieux, il boit chacune de mes paroles. J'observe à son aura rosée qu'il aimerait être plus près de moi mais qu'il se retient. Il a sûrement besoin d'espace pour réfléchir.

— Je suis d'ailleurs persuadée que tu as des dons, toi aussi. Tout comme ton petit frère, Gabriel. La première fois que j'ai montré ta photo à Sedna, elle a cru que tu faisais partie d'un Coven, à cause de l'*énergie* que tu dégages. Et j'ai remarqué que tu lisais parfois dans mes pensées, comme si tu avais un don de télépathie.

Je me tais à nouveau, le souffle court, parce que je m'emporte dans mon discours.

— Mais en y réfléchissant, ça me paraît cohérent. Si tu es censé avoir le pouvoir de heurter ma lignée, c'est logique que tu sois doté de capacités pour contrecarrer mes faits et gestes.

— Je ne te ferai jamais…

— Je sais. C'est juste une hypothèse. Jusqu'à présent, tu ne t'es jamais servi de ce don pour me faire du mal. Mais ça expliquerait pourquoi tu as souvent la bonne réplique face à moi, le bon comportement ou tout simplement le don de deviner ce qui me plaît et ce qui me fait plaisir. Dans tous les domaines.

Je ne peux m'empêcher de penser à notre première fois. D'habitude, les mecs sont maladroits. À chaque fois que j'ai eu un nouvel amant, il a toujours fallu que je lui explique ce qu'il fallait faire pour que j'atteigne le nirvana. Ce qui est tout à fait normal dans une nouvelle relation. Alors que Lionel, lui, a tout de suite compris la formule magique et il m'a même surprise en découvrant d'autres points sensibles que je ne connaissais pas encore jusque-là. Le lendemain de notre première fois, j'étais totalement épuisée physiquement. Pourtant, j'en voulais encore. Comme une drogue. Et puis, je m'abandonne complètement avec lui. Je le laisse faire ce qu'il veut de mon corps. Sans aucune réserve.

— Si tu l'avais voulu, tu aurais très bien pu m'égorger après l'une de nos folles nuits, lâché-je en grimaçant à la vue d'une mort supplémentaire dans le film d'horreur qui défile sur l'écran plat.

— Ne dis pas ça ! s'exclame Lionel en mettant sa main devant mes yeux, comme si j'étais une enfant.

— Malgré toutes ces occasions, c'est ton instinct de protection qui a pris le dessus, et non celui de chasseur. Ça me donne de l'espoir.

— C'est vrai.

— Tu m'as prouvé que je pouvais te faire confiance. Je n'ai aucune raison d'avoir peur de toi.

Lionel baisse la main qu'il avait posée devant mes yeux pour saisir mon menton et m'embrasser une nouvelle fois.

— Moi non plus, je n'ai pas peur de toi, dit-il en souriant. Mais je comprends mieux pourquoi tu as paniqué quand tes parents ont débarqué. Je vais avoir peur de les recroiser maintenant.

— Ne t'inquiète pas. Mon beau-père n'a pas été dupe. Il a tout de suite compris en te voyant. Il m'a dit qu'il te trouvait *intéressant*. Venant de sa part, c'est un compliment.

— Personne ne peut toucher à sa petite Pumpkin, hein ?

— Exact ! avoué-je en riant.

Lionel se redresse et me regarde avec un air sérieux.

— Je peux te poser mes questions, maintenant ?

— Bien sûr.

Il attrape son paquet de cigarettes, en sors une, l'allume et s'assied en tailleur en face de moi.

— Wow, c'est ta première depuis que tu es réveillé ! dis-je en désignant l'objet de son addiction. Cette conversation te stresse à ce point ?

Il grimace et hoche de la tête.

— Un peu. J'essaie de faire le tri dans tout ça. Je veux dire… Par rapport à ce que je ressens pour toi et ce que tu ressens pour moi en retour. J'ai pas envie qu'on se rende compte que c'est juste un désir lié à nos ancêtres et à nos karmas respectifs.

Il fait une pause avant de reprendre :

— La première question que je me pose, c'est pourquoi est-ce que ta potion pour me faire perdre la mémoire n'a pas fonctionné ?

— Bonne question ! Je suis peut-être nulle en magie, mais cette formule est l'une des seules que je maîtrise à la perfection. Je l'ai déjà utilisée sur d'autres mecs, et ça a toujours marché. Selon Sedna, c'est parce qu'il y avait déjà des sentiments entre nous avant que je te fasse boire la potion. L'amour brise les sortilèges. Du moins, quand il est sincère.

— OK. Ça tient la route, en effet.

— Mais elle s'est renseignée entre-temps. Apparemment, les chasseurs de sorcières auraient des gènes particuliers qui leur permettraient de résister à de nombreux enchantements, dont ceux qui altèrent la mémoire.

Lionel tire nerveusement sur sa cigarette.

— OK. Ma deuxième question…

Il expire la fumée puis me fixe derechef.

— Au fait… C'est vrai cette histoire de fiançailles ?

Je manque de défaillir et suis obligée de me cramponner aux coussins autour de moi pour trouver le courage de répondre. J'avais complètement oublié que, dans la panique, je lui en avais parlé avant de monter sur un balai volant au beau milieu de sa chambre. Secrètement, j'espérais qu'il oublie ce « détail » avec sa gueule de bois. Mais, une fois de plus, le karma m'a rattrapée.

— Euh… Alors, comment expliquer… J-je… O-oui, c'est vrai.

On y est, c'est la *discussion que je redoutais le plus.*

— Je suis l'héritière légitime de mon Coven, le célèbre Noxa[1]. Il a été créé par mon arrière-arrière-arrière-grand-mère. C'est elle qui a écrit les règles de notre cercle. On ne les applique presque plus aujourd'hui, ou du moins plus de manière aussi stricte. Par exemple, ton père a en tête que les sorcières faisaient des sacrifices durant les sabbats, que des sorts étaient jetés à des êtres humains innocents. Et c'était bel et bien le cas. Quand tu m'as raconté l'histoire de la ferme de tes parents, j'en ai eu des frissons. Mais aujourd'hui, pas mal de choses ont changé. Enfin, disons plutôt qu'elles sont en train d'évoluer. On ne fait plus de sacrifice, on n'utilise la magie qu'en dernier recours ou quand c'est nécessaire et uniquement pour faire le bien. Les maléfices ont été bannis.

Lionel a arrêté de tirer sur sa cigarette, il se contente de la laisser se consumer, embrumé par la fumée qu'elle dégage.

1. Pour rappel, Noxa est le nom du Coven auquel Freïa appartient. Chaque Coven a son nom. Cela permet de les différencier tout en leur donnant une portée symbolique.

— Bref, presque plus personne ne respecte les règles à la lettre. Les temps ont changé, pour les mortels autant que pour les sorcières. Regarde : Sedna va se marier avec un gars qui n'a jamais fait partie d'une lignée de sorciers, que ce soit de loin ou de près ! Sa cousine, qui est issue d'un autre Coven, ne suit aucune règle particulière, elle ne participe même plus aux sabbats depuis qu'elle est partie vivre en France. Alors qu'elles devraient toutes les deux être en couple avec des membres de leur Coven et participer à tous les événements organisés. Enfin, d'après les règles.

Je me tais un instant et réfléchis aux situations éventuelles qui permettent d'enfreindre les règles des Covens.

— Une exception est permise pour les couples issus de cercles magiques différents, c'est-à-dire de Covens différents. C'est le cas des parents de Sedna ou encore de ceux d'Artie. C'est très fréquent. Et notre règlement le tolère.

Je ramène mes genoux contre ma poitrine.

— Mais comme je suis la digne héritière du Noxa, dis-je en baissant les yeux, ma mère m'a élevée en m'obligeant à respecter les règles du Coven à la lettre. Et elle a retourné la terre entière pour trouver mon âme sœur alors que je n'avais même pas encore fêté mon premier anniversaire.

— Et elle pense l'avoir trouvé ?

— Oui, en Suède. Grâce à une amie qui a visité l'Europe entière et est partie vivre là-bas. Je suis censée le rencontrer pour Samhain, enfin pour Halloween, le nouvel an des sorcières.

— Dans dix jours alors ?

— Oui.

Lionel éteint sa cigarette dans le cendrier posé sur la table basse du salon. Son aura s'agite avant de se stabiliser.

— Elle est persuadée que je vais enfin tomber amoureuse dès que je le verrai et que cette rencontre va débloquer mes pouvoirs pour de bon.

— Pourquoi ?

— Je n'ai jamais été très douée en magie, c'est comme si mes pouvoirs étaient diminués et ne voulaient pas se manifester, dis-je, les larmes aux yeux.

Mais je comprends rapidement que ce n'est pas la réponse à laquelle il s'attendait.

— Et… et parce que je ne suis jamais tombée amoureuse. Mes plus longues histoires n'ont duré que quelques semaines, et je n'ai jamais connu ce sentiment. C'est pour cette raison qu'elle est persuadée d'avoir fait la meilleure chose au monde pour moi… et pour elle, vu qu'elle rêve d'être grand-mère un jour.

Je me tais et baisse la tête.

— Enfin, pour être honnête, je n'avais jamais ressenti pour personne ce que je ressens pour toi aujourd'hui.

Lionel reste immobile. Je pensais qu'il ferait un geste vers moi après cette déclaration, mais il semble décidé à maintenir une distance entre nous. Du moins, tant qu'on n'aura pas terminé notre discussion.

— Alors tu as volontairement flirté avec moi alors que depuis le début tu es engagée avec quelqu'un d'autre ? lâche-t-il en croisant les bras.

— O-oui…, avoué-je en fermant les yeux tandis que les larmes roulent sur mes joues.

Je me sens tellement coupable.

— Je suis désolée, murmuré-je en voyant qu'il ne

reprend pas la parole. C'est pour ça que je ne cherchais que des histoires d'un soir.

— Dire que je t'ai présentée à mes parents, grogne-t-il en se levant d'un bon.

Il se poste près de la cheminée, dans laquelle le feu crépite toujours.

— Je t'avais dit que je ne voulais rien de sérieux.

— Arrête d'essayer de te justifier.

— Mais...

— C'est pas grave, c'est ma faute. J'sais pas pourquoi, je me suis emballé alors qu'on ne se connaît pas depuis longtemps.

— Je...

— À moins que tu m'aies lancé un sort ?

— Je te jure que non. J'ai passé l'âge.

Lionel secoue la tête en observant le feu dans la cheminée, les yeux perdus dans le vague. Puis il éclate de rire nerveusement.

— Et... tu penses que ce serait possible que tu tombes amoureuse de cette *âme sœur* quand tu la rencontreras ?

— C'est possible. Je ne vais pas te mentir, je n'en sais rien. Je pense que seul le temps nous le dira. Ça nous permettra aussi de voir si nos sentiments sont réels ou si tout ça n'est dû qu'à notre lien karmique.

— Marché conclu ! rétorque-t-il soudainement en frappant dans ses mains.

— Comment ça ?

— On attend de voir... Genre, jusqu'au 31 octobre. C'est bien ça ? Et après, on verra ce qu'il en est de nous deux ?

Mes larmes s'assèchent et un grand sourire fend mon visage. Je sens mon cœur se réchauffer et mes muscles se détendre. Je me dégourdis les jambes puis je me lève pour le rejoindre.

— Marché conclu, dis-je en lui tendant la main.

— C'était ma dernière question, conclut-il.

Il me sourit en retour, serre vivement ma main et, sans que je m'y attende, m'attire à lui pour m'embrasser. Chaque parcelle de ma peau s'électrifie à son contact.

— Je veux te faire une promesse, lui dis-je finalement. Après la cérémonie de Samhain, je viendrai te rejoindre pour qu'on fête Halloween ensemble.

Lionel fronce les sourcils, l'air de ne pas comprendre.

— Ça fait des années que je n'ai plus eu l'occasion de me déguiser. Et comme je sors avec un mec qui kiffe les films d'horreur, je me dis que ça pourrait être une bonne idée, non ?

— J'adore cette fête ! confirme-t-il en me faisant un clin d'œil.

— On peut s'amuser à trouver des déguisements assortis.

— Mais, et si…

— Pas de « et si ». Quoi qu'il se passe, je te promets que je serai au rendez-vous.

Il fait mine de réfléchir. Puis il finit par m'accorder un sourire tout en m'enlaçant la taille.

— C'est d'accord, ma petite sorcière. Je te fais confiance.

J'explose de joie et me jette à son cou pour le serrer dans mes bras.

Au diable ma liste d'interdits. J'accepte de défier les lois du Coven – une fois n'est pas coutume. Car si je n'ai plus fêté Halloween depuis des années, c'est parce qu'il m'est strictement interdit de quitter le sabbat de

Samhain en cours de soirée. Je suis censée assister ma mère durant la cérémonie du nouvel an des sorcières et honorer mon rôle de future sorcière-reine.

Mais les règles sont faites pour être enfreintes, non ?

Chapitre 19

Réveillon

Dix jours plus tard, samedi 31 octobre 2019

Assise sur Lionel, je l'embrasse vigoureusement en passant mes mains partout sur son corps. De son côté, il tient fermement ma nuque tandis que son autre main caresse mon sein gauche. Je sens qu'il est sur le point d'atteindre l'extase. Pour ma part, c'est déjà fait.

— Freïa, souffle-t-il en ouvrant les yeux pour les plonger dans les miens.

— Quoi ? murmuré-je en arrêtant d'onduler des hanches.

— Je… je t'aime.

Le temps semble s'être figé. C'est la première fois qu'il me le dit. Je crois rêver.

Je reprends mes esprits et l'embrasse tendrement alors qu'il approche de l'orgasme. Je me délecte de cette sensation d'avoir le pouvoir absolu sur le plaisir de mon amoureux. C'est dans ce genre de moment que j'ai l'impression d'être digne de porter le nom d'une déesse, quand je vois l'effet que je peux procurer à mon cher et tendre. C'est totalement grisant.

Finalement, après quelques secondes, il se laisse retomber sur le lit. Il ferme les yeux, sourit d'un air satisfait et passe ses mains sous l'oreiller. Je me décale doucement et m'allonge à côté de lui.

— Je t'aime aussi, dis-je dans un souffle.

Mais Lionel dort déjà paisiblement et ne m'entend plus.

J'ai toujours haï les mecs pour ça. Comment est-ce possible de s'endormir si rapidement après avoir atteint le septième ciel ? Je ne comprendrai jamais. Personnellement, j'ai besoin de réaligner mes énergies avant de pouvoir dormir.

Je me retourne dans les couvertures, sans réussir à trouver le sommeil. De toute façon, il ne me reste que trente minutes avant que mon réveil sonne réellement. Lionel l'a avancé d'une heure et demie pour me faire cette surprise coquine avant que je m'envole pour la cérémonie de Samhain.

C'est peut-être le dernier moment d'intimité qu'on partage. J'ai envie de croire que non, qu'il y en aura plein d'autres, car je crois en *nous* mais j'ai si peu foi en l'amour que ça me déstabilise. D'ailleurs, des petites étincelles crépitent dans la paume de mes mains, comme un signe de mon état intérieur. Ça fait bien longtemps que ma magie ne s'était pas manifestée de la sorte, sous le coup de mes émotions.

Je lance un dernier regard à Lionel, soupire profondément puis je me lève et décide de m'étirer. Le stretching a le don de me calmer. Je me demande pourquoi je ne fais pas ça plus souvent le matin. Je devrais l'ajouter à ma liste de bonnes résolutions pour la nouvelle année des sorcières, tout comme la méditation.

Je sors de la chambre de Lionel dans mon plus simple appareil, en embarquant quelques affaires, et file en direction de la deuxième salle de bains de la maison. Je passe rapidement aux toilettes avant et croise dans le miroir mon regard coupable. Ce que je m'apprête à faire n'est pas correct, je le sais. Mais je déteste les au revoir.

Je prends ensuite ma douche en vitesse et tente de chasser mes idées noires sous l'eau chaude. Une fois sortie, je me sèche puis je gesticule dans tous les sens pour réussir à enfiler ma tenue.

Comme c'est un jour de fête, j'ai choisi une longue robe noire en velours à manches longues, ceinturée à la taille. Elle est légèrement fendue sur la cuisse gauche. J'ai décidé de l'assortir à des bas résilles et des derbys noirs en faux cuir. Pour le maquillage, je ferai ma retouche à l'appartement. De toute manière, je dois aussi récupérer le déguisement d'Halloween que je mettrai ce soir après m'être m'éclipsée en douce.

Mon réveil sonne alors que je sors de la salle de bains. Je le coupe rapidement et jette un regard dans le couloir pour vérifier que je n'ai réveillé personne en ce samedi matin. Presque tous les colocataires de Lionel sont restés à Bruxelles pour faire la fête.

Je repasse vite fait dans la chambre de mon amoureux, qui s'est retourné sur le ventre et dort toujours aussi paisiblement. Je prends un morceau de papier qui traîne sur son bureau ainsi qu'un stylo à bille et lui écris :

Passe une belle journée d'Halloween, bébé. On se rejoint ce soir à 23 heures sur la Grand-Place. Tu me reconnaîtras facilement, je serai ta femme.

Bisous,

madame Frankenstein.

Je lui laisse aussi un petit paquet d'oursons multicolores Haribo qu'il aime tant et je file sans faire de bruit. Il m'en voudra sûrement un peu d'être partie sans le réveiller. Mais je ne suis pas prête à affronter son regard et ses questions avant de partir.

Parce qu'aujourd'hui je dois faire face à mon destin. Je vais rencontrer l'homme que je suis censée épouser pour respecter les traditions du Coven. Et avec ma malchance, la ruse de ma mère – et mon cœur d'artichaut – je risque peut-être de tomber sous son charme.

— Par Lilith, juré-je en me dirigeant vers l'arrêt de tram.

Je suis à peine monté dans la ligne quatre en direction de la gare de Bruxelles-Nord que mon smartphone vibre et fait entendre l'air de la chanson *Breathless* du groupe irlandais The Corrs. Je décroche et plaque le portable contre mon oreille en me rattrapant vivement à la barre la plus proche de moi.

— Allô ?

— Frey, tu arrives bientôt ? demande Sedna sur un ton plus que froid.

— Oui, je t'ai ratée de peu. Désolée… Utiliser de la poudre de fée noire m'aurait arrangée… Je suis pas fan du train. Mais ne t'en fais pas, je serai là dans dix minutes.

— Ça marche.

— Tu avais peur que je ne me réveille pas, c'est ça ?

— Oui, et désolée pour mon humeur. Mes hormones m'en font baver, je suis pas très sympa. Je vais aller me chercher une couque au chocolat[1] en t'attendant, tu en veux un ?

— Volontiers !

— Top. À toute, ma chérie.

Sedna raccroche.

Une quinzaine de minutes plus tard, j'arrive sur le quai et trouve mon amie pliée en deux sur un banc. Je remarque tout de suite que quelque chose ne va pas. Son aura est grise, signe de fatigue et d'épuisement, et elle a le teint pâle.

— Sed ! m'écrié-je en l'apercevant.

Elle se redresse, déplie ses jambes et grimace en me faisant un faible signe de la main.

— Ça ne va pas ? m'enquiers-je en jaugeant son aura qui passe du gris au noir.

— J'ai très mal au ventre, mais ça va, ne t'inquiète pas ! Mes règles vont sûrement pointer le bout de leur nez en plein milieu du chant de Samhain.

Elle me sourit faiblement et me tend un sachet de la boulangerie.

1. Couque au chocolat : terme bruxelloix pour désigner le pain au chocolat.

— Tiens, ton petit déjeuner. Ça a été avec ton mouton noir ?

À ces mots, je ne peux empêcher un sourire radieux d'illuminer mon visage.

— Je suppose que cette belle mine vaut mille mots !

— Il m'a dit « je t'aime ».

— C'est pas vrai ! s'exclame mon amie dont le teint reprend quelques couleurs.

— Je ne peux vraiment pas lui faire faux bond ce soir. Tu me couvriras ?

— Comme prévu. Tu peux compter sur moi pour...

Sedna se tait. Elle grimace et pose une main sur son ventre.

— Tu es sûre que ça va aller ? Tu as pris un médicament ?

— Oui, j'en ai déjà pris deux même. Et je me suis préparé un élixir de bonne santé aussi. En même temps, mes règles étaient en retard. Je me doutais bien que ça ne serait pas la joie quand elles arriveraient.

— Tu es toute pâle ! dis-je en observant sa mine déconfite.

— Ne commence à t'inquiéter comme Dorian, s'il te plaît. Il a failli m'emmener à l'hôpital hier soir.

— Tu avais déjà mal comme ça ? m'écrié-je.

— Pas autant, mais...

— Hé, oh ! Les filles ! crie une voix derrière nous.

Nous nous retournons et croisons les yeux dorés d'Artémis. Elle porte une robe noire moulante, des sneakers noirs qui viennent casser le côté sexy en apportant une touche décontractée, ainsi qu'un long trench assorti. Sa chevelure brune est attachée en un chignon sous un voile noir orné de constellations étoilées.

Quand elle arrive à notre niveau, elle ne peut s'empêcher de reluquer Sedna qui a, comme à son habitude, sorti le grand jeu et arbore la robe noire la plus élégante de sa garde-robe. Celle en satin qui lui arrive à mi-cuisses, avec son décolleté plongeant et son dos en dentelle, visible sous son imperméable transparent *très* mode. Ses longs cheveux frisés tombent en cascade sur ses épaules et lui arrivent au milieu du dos. Elle porte des bas aux motifs complexes, mais très élégants.

— Tu es dans toute ta splendeur de Scorpionne ! lui lance Artie en m'ignorant royalement.

— Garde tes compliments de vipère ! lui rétorque Sedna en la dévisageant.

Mais deux secondes après, elle plisse les yeux et gémit de douleur en croisant les bras sur son ventre.

— Oh ! tu es enceinte ? lâche Artie en la jaugeant de haut en bas.

— Tais-toi ! grogne Sedna. C'est impossible, j'ai un stérilet.

— Si tu le dis. Évite de vomir sur ma nouvelle robe en tout cas.

Je toise Artémis et tends mon bras à Sedna pour qu'elle s'appuie sur moi. Nous avançons sur le quai tandis que le train arrive. L'annonce retentit dans toute la gare : « Voie 7, le train à destination d'Ottignies-Louvain-la-Neuve entre en gare. »

— Pas la peine de faire la fière comme ça, Frey, dit Artie en m'adressant une moue enjôleuse. Sinon, tu ne rentreras pas à temps ce soir pour retrouver ton *crush*... Et ne me regarde pas comme ça ! Oui, je sais toujours tout. Toujours.

Nous arrivons à 9 heures pile à Genval. C'est le nom de la belle petite campagne où nous sommes censées passer le week-end, entourées de sorcières et de sorciers issus de trois autres Covens. Le *réveillon* est un grand rassemblement, unique et spécial qui n'a lieu qu'une fois par an. C'est pour cette raison que nous passons la journée et la nuit sur place, pour pratiquer la magie, célébrer nos déités et créer des liens de sororité et de fraternité – voire plus si affinités. Sauf que Sedna et moi avons toutes les deux prévu de nous éclipser ce soir pour rejoindre nos hommes. Et nous savons très bien que nous ne sommes pas les seules à avoir de tels plans en tête. Cela fait déjà trois ou quatre ans que nous commençons la cérémonie en étant près d'une centaine et qu'il n'en reste que la moitié en fin de soirée.

Les traditions se perdent, songé-je tristement, telle la Saturnienne[1] que je suis.

Une grande limousine noire nous attend devant la gare de Genval. Elle nous est réservée. En nous approchant, nous croisons d'autres sœurcières. Il y en a certaines que je connais de vue, d'autres qui ne me disent rien du tout et qui viennent sûrement de régions de Flandre et de Wallonie que je n'ai pas encore eu le loisir de visiter et puis, bien évidemment, il y a toutes celles que je suis ravie de revoir, comme à chaque réveillon.

1. Saturnienne : correspond à la dominante planétaire de Freïa en astrologie. Saturne est, entre autres, la planète de la stabilité, de la discipline et du temps.

— Coucou les filles ! nous lance une fille aux longs cheveux noirs, aux traits eurasiens et à l'accent liégeois.

— Salut, Isis ! dis-je en souriant. Ça fait un bail !

— Oui ! Je fais mes études en Allemagne cette année. Je reviens juste pour les congés d'automne.

— Top, félicitations ! dit Sedna qui tente d'être joyeuse malgré son état.

— Tu te sens mieux ? lui demandé-je discrètement.

Elle me fait un signe de la main signifiant qu'elle se sent moyennement bien.

— On devrait le dire aux Aînées, elles pourront t'examiner et...

— Non, je vais tenir le coup ! chuchote-t-elle. On part à 21 h 30 maximum. Ça ira.

Je tente de cacher mon inquiétude et monte dans la voiture avec elle. Pendant le trajet, je continue à discuter avec Isis jusqu'à ce qu'on arrive au lac de Genval.

Lorsque nous sortons de la limousine, les nouvelles recrues du Coven s'émerveillent devant la beauté du gîte que ma mère loue chaque année en cette occasion spéciale. Enfin, le mot « gîte » n'est pas tout à fait approprié vu qu'il s'agit d'un véritable manoir.

Sa façade en grosses pierres grises est recouverte de plantes grimpantes qui ont y ont élu domicile. Malgré l'âge du bâtiment, de nombreuses fenêtres ont été installées récemment. Les châssis sont noirs et dorés tandis que le toit est en tuiles sombres, d'une couleur indéterminable et délavée par le temps. Les haies longeant l'allée centrale sont parfaitement taillées, et un immense rosier noir en fleur, même en cette saison automnale (sûrement grâce aux enchantements de la sorcière qui loue cet établissement), orne le contour de la grande porte d'entrée en bois massif. Deux tours se détachent et encadrent la vieille bâtisse. Elles me rappellent des tas de souvenirs. Sedna, Artémis et moi avons souvent fait faux bond à nos parents lors du dîner pour nous y cacher. Nous en profitions pour nous raconter plein de secrets de filles et nous évader du monde des adultes, l'espace d'une soirée, avec nos autres sœurcières.

— Bienvenue. Welkom. Herzlich Wilkommen ![1]

Ma mère et mon beau-père nous accueillent sur le perron en faisant des grands signes avec de fausses baguettes magiques. Ils sont tous deux vêtus de noir, dans des tenues d'une élégance sans nom. Les personnes qui s'imaginent que les sorcières se retrouvent dans des lieux délabrés vêtues de vieilles robes trouées et couvertes de poils de chat devraient assister aux réunions de notre Coven, elles seraient très surprises – pour ne pas dire *impressionnées*.

Nous pénétrons dans le petit château. Nous avons à peine le temps de poser un pied sur le parquet que des majordomes s'approchent et nous débarrassent aussi vite de nos manteaux. Sedna et moi demandons simplement la permission de garder le sac à dos dans lequel se trouvent nos déguisements pour Halloween. Au début, ils s'offusquent et insistent pour qu'on leur confie toutes nos affaires, mais heureusement Isis nous file un coup de pouce en les ensorcelant.

— Merci ! soufflé-je.

— Avec plaisir. Vous n'êtes certainement pas les seules à vouloir vous éclipser ce soir, répond-elle en

1. La Belgique étant un pays trilingue et les sorcières du Coven venant des quatre coins du pays, l'accueil se fait dans toutes les langues pour n'exclure aucun héritage linguistique.

nous montrant la paire d'escarpins qu'elle cache sous son manteau.

Nous éclatons de rire.

— *What is so funny, Pumpkin ?* s'enquiert ma mère, qui nous a rejointes.

— Oh ! rien ! On se demandait juste quelle farce on allait faire aux serveurs ce soir quand ils nous apporteront nos plats.

— *Oh no ! Not today, Satan !* lâche-t-elle en posant les mains sur les hanches.

C'est sa réplique favorite pour me réprimander, qui me rappelle que, si nous sommes des descendantes de Lilith, c'est parce que Lucifer, *aka* Satan, l'a accueillie en enfer après qu'elle a été rejetée par Adam et lui a conféré des pouvoirs en faisant d'elle la première démone. Pourtant, cet illustre ange déchu n'attire pas les faveurs des sorcières, tout simplement parce qu'il est le parfait représentant de la masculinité toxique.

— *No worries, Mom.* Ce sera drôle !

— Pumpkin, intervient mon beau-père. Ta mère est déjà assez préoccupée comme ça aujourd'hui. Tu sais qu'elle doit présenter au Coven nos consœurs et confrères de Scandinavie. Ne la stresse pas davantage.

— Je me charge d'elle, ne vous en faites pas ! réplique Sedna en posant une main sur mon épaule.

Mes parents lui sourient, bien plus aimables avec elle qu'avec moi, comme à leur habitude, et ils s'éclipsent alors que nous arrivons devant l'entrée de la salle commune.

— *Witches !* s'écrie ma mère avec une joie visible. *It's time to celebrate Samhain.*

Elle nous fait signe à toutes et à tous d'entrer dans l'immense salle de réception où se tiendra le dîner et où nous allons passer une grande partie de la journée entre préparation de potions, rituels et cérémonies en tous genres.

C'est une magnifique salle au plafond en bois, tellement haut qu'il donne le vertige, décorée de citrouilles, d'épouvantails, de chaudrons et de bougies parfumées. De grandes baies vitrées devant lesquelles sont tirés des voiles blancs laissent passer les doux rayons de soleil dorés du milieu de l'automne. Des armoires en verre sont à disposition et n'attendent que nos offrandes du jour, destinées à célébrer la présence des spectres et des esprits qui nous rejoindront ce soir. Une immense table en bouleau naturel, accueillant pas moins d'une centaine de couverts, est dressée. Nous avons tous une place assignée en fonction de nos affinités et de nos liens familiaux.

Mais pour l'instant, la première chose qui attire mon œil de gourmande est le buffet placé face à la grande cheminée en pierres. Je distingue également, dans le fond de la pièce, un grand piano noir et un micro qui sont placés sur une espèce de petite scène, elle aussi en bois. Sûrement l'endroit où nous allons avoir le privilège de chanter en l'honneur de Samhain.

Il est clair que ma mère a voulu nous en mettre plein la vue cette année. Encore plus que d'habitude. Son Soleil en Cancer, accentuant son côté hospitalier, sensible et maternel, a tout prévu pour que nous nous sentions comme chez nous – voire encore mieux. Je comprends maintenant pourquoi mon beau-père m'a demandé de ne pas la stresser davantage. J'espère tout de même que nos fameux invités de Suède en valent la peine.

Les nouvelles recrues se ruent les premières vers le

buffet et s'installent à côté de mes parents, de ceux de Sedna et de ceux d'Artémis, en ignorant totalement le fait que leurs noms sont inscrits à l'autre bout de la table. Elles utilisent déjà divers sortilèges pour modifier le nom inscrit sur le petit carton devant elles et ainsi avoir le privilège d'adresser la parole aux sorcières les plus puissantes de notre Coven.

— Regardez-moi ces fayotes ! fait Artie, qui ne nous a pas lâchées depuis qu'on l'a croisée à la gare. C'est bien pour ça que vous avez toujours été mes favorites, nous confie-t-elle soudainement. Au moins, nous on sait que nos parents sont loin d'être parfaits.

Nous prenons toutes les trois place en bout de table, nous éloignant le plus possible des nouvelles furies, après nous être servies au buffet. Ce festin me donne, comme à chaque fois, le tournis. Avec mon estomac d'ogresse, cela me semble toujours être un sacrilège de devoir choisir un plat au détriment d'un autre.

Je fais signe à Isis de nous rejoindre lorsque je l'aperçois perdue au milieu de toutes les minisorcières qui la bousculent.

— Tu donnes vraiment cours à ces gamines ? s'enquiert Artie en se tournant vers Sedna.

— Oui, répond-elle dans un soupir. Je leur apprends à utiliser les sortilèges de base, à préparer leurs premières potions, et nous allons aussi souvent à la bibliothèque pour enfants du Coven.

Elle sourit en regardant deux petites filles se chamailler pour un doudou représentant un chat noir.

— Quand on passe du temps avec elles, on se rend vite compte qu'elles sont adorables. Les petits garçons aussi, mais eux sont souvent plus réservés. Ils sont sans doute intimidés par la présence d'autant de jolies filles.

— Tu parles comme si tu étais leur mère, se moque Artie en croquant dans un petit pain au saumon.

— J'ai dû m'occuper de toi et de Freïa quand on était petites, vu que nos parents étaient toujours en vadrouille. Je suppose que mon côté maternel vient de là, lui rétorque-t-elle.

Je crois déceler une certaine nostalgie chez Artémis. Son aura passe soudain du violet au rose et ses joues deviennent rouges. Elle n'arrêtera donc jamais d'avoir le béguin pour Sedna ? Alors même qu'elle sait qu'une relation amoureuse entre elles est vouée à l'échec, voire impossible. Et pas seulement à cause de Dorian. En dehors de leurs différences culturelles, leurs caractères sont trop différents pour qu'elles soient heureuses ensemble.

— Il paraît qu'on n'oublie jamais son premier amour ! me chuchote Isis, qui a aussi remarqué le malaise entre Sedna et Artémis.

Je lui fais discrètement signe de se taire, puis nous ne pouvons nous empêcher de rire en nous remémorant les innombrables histoires de mes deux amies, mais aussi les super soirées qu'on a passées ensemble dans cette somptueuse bâtisse.

Une fois que tout le monde est bien installé et mange à sa faim, ma mère se lève et s'avance vers l'escalier qui mène à la scène. Mon beau-père lui adresse un sourire pour lui donner de la force, car elle semble chanceler en découvrant une centaine de paires d'yeux braqués sur elle. C'est un de nos points communs : toutes les deux, nous sommes des pipelettes dans la vie privée, mais, dès que nous nous retrouvons devant un public, nous perdons le contrôle de nos émotions.

Elle soulève délicatement la traîne en mousseline de sa longue robe noire avant de monter les marches, puis elle se poste au milieu de la scène. Elle n'a même pas à demander le silence dans la salle. Tout le monde s'est déjà tu devant son charisme incontestable.

— Merci, dit-elle, rougissante, tout en s'inclinant devant la foule qui l'acclame.

Les applaudissements repartent de plus belle.

— Merci à toutes les sœurcières d'être présentes en ce jour festif, reprend-elle lorsque le calme est revenu. Merci à nos frères également. C'est, chaque année, un réel plaisir de vous retrouver toutes et tous, pour célébrer notre nouvel an… bien plus que magique ! J'aimerais remercier tout particulièrement mes âmes sœurs qui me secondent depuis des décennies, Kali et Aphrodite, dit-elle en désignant de la main la mère de Sedna et celle d'Artémis.

Elle les invite toutes deux à la rejoindre.

— Elles pourraient au moins changer de discours, non ? nous souffle Artie en picorant dans l'assiette de Sedna, qui semble ne plus avoir faim.

— Hélas, répliqué-je en m'enfonçant davantage dans mon siège.

Nos mères continuent leurs grands discours, proclamant que le Noxa est un endroit sûr, bienveillant et magique où chaque âme doit se sentir à sa place et ne pas hésiter à faire appel à ses sœurs – ou ses frères. Elles expliquent que, si les nouvelles recrues ont des questions sur la pratique de la magie, elles doivent se tourner vers Kali, ou vers sa fille, Sedna, qui sont les enseignantes attitrées de notre Coven. Si jamais l'un ou l'une d'entre nous se sent seul, incompris, a subi un quelconque harcèlement en dehors ou même au sein de notre communauté, il doit à tout prix s'adresser à Aphrodite, ou à sa fille, Artémis, qui sont les garantes de la sociabilité et de l'harmonie. Enfin, si quelqu'un enfreint le règlement, il subira un sermon de la part de ma mère, Dana, et désormais de ma part également car je fêterai, dans quelques mois, mon vingt-quatrième anniversaire.

— Si elles savaient qu'à toi seule tu enfreins toutes les règles du Coven ! glousse Artie.

— Elle n'est pas la seule, ma chère sœur de l'harmonie, rétorque Sedna en prenant ma défense.

— Chut, les filles ! nous souffle Isis. Ça va être à vous.

Ma mère demande aux invités de nous acclamer. Artémis, Sedna et moi nous levons et la rejoignons sur l'estrade. Nous saluons d'une révérence les nouvelles recrues mais également nos sœurcières plus anciennes, celles avec qui nous avons tissé des liens forts au fil des années. Nous nous plaçons toutes trois en triangle, face à face. Aphrodite s'assied au piano et commence à faire glisser ses doigts pour nous accompagner d'une douce mélodie. Kali suit le même rythme avec un petit tambour africain et ma mère sort son éternelle harpe irlandaise. Nous commençons à chantonner la chanson de Samhain en chœur.

— *Cette nuit, les portes s'ouvrent*
Entre l'ombre et la lumière
Les deux mondes se rejoignent
Le lien entre spiritualité et rationalité s'établit
Laisse ton esprit être guidé par la magie

Ooooh

Puis nos mères laissent leurs instruments pour nous rejoindre et chanter à nos côtés. Elles prennent délicatement nos mains, venant agrandir le cercle de la trinité lunaire : Kali et Sedna représentant la Nouvelle Lune, Aphrodite et Artémis représentant la Lune Croissante, et ma mère et moi représentant la Pleine Lune.

Je sens quelques âmes entrer en résonance avec notre chant. Des esprits qui n'avaient jusque-là pas encore trouvé la paix partent vers une autre vie, plus sereine, tandis que nos guides entendent notre prière et se permettent d'accompagner chacune des sœurcières présente dans le manoir. Les pouvoirs des nouvelles recrues s'éveillent, tandis que ceux des anciennes s'amplifient. Des petites étoiles blanches ressemblant à des lucioles virevoltent au-dessus de la grande table. Celles qui sont dotées du don de télékinésie font léviter des bouteilles d'eau, de grenadine et de jus d'orange pour resservir celles et ceux qui ont déjà vidé leur verre.

J'observe les auras des invités se mêler les unes aux autres. Les différentes couleurs se mélangent pour ne devenir qu'une belle lumière blanche rayonnante.

Cela me rend heureuse. À force de côtoyer mes camarades de classe dépourvus d'étincelle spirituelle, j'en avais presque oublié la force et l'amour que le Coven est capable d'invoquer à travers une simple incantation. C'est dans ce genre de moment que je me rappelle pourquoi je suis ici et pourquoi je fais partie de ce magnifique cercle de sororité, même si je ne suis pas douée en magie.

Soudain, le sol se met à trembler, ainsi que les

couverts sur la table et les grandes baies vitrées de la salle commune.

— Oh… Nos invités sont arrivés ! déclare maman en posant les mains devant son cœur, l'une sur l'autre.

Kali et Aphrodite quittent l'estrade et font signe à leurs filles de les suivre.

— C'est à toi de présenter ta future belle-famille, me glisse ma mère en souriant.

Mon souffle se coupe. Je ne connais même pas leur nom.

Au même moment, un des majordomes ouvre la porte de la grande salle pour y faire entrer cinq personnes, cinq têtes toutes blondes aux yeux clairs qui semblent tout droit sortis d'un magazine de mode scandinave. Cependant, l'un deux se distingue des autres. Il a une mâchoire carré parfaite, un nez bien dessiné et des yeux bleus perçants. Sa fine barbe bien taillée est aussi dorée que sa longue chevelure, digne de ses ancêtres vikings et ramassée en un chignon lâche. Sa démarche transpire l'assurance et semble indiquer qu'il n'a pas de temps à perdre.

Je dois avouer que ça me plaît.

Il me rejoint sur scène, accompagné du reste de sa famille. Dès qu'il me voit, il me sourit et me fait signe.

Audin.

Audin Bergsson.

Dans un flash, je reçois un tas d'informations sur lui, comme si je le connaissais depuis toujours. Une douce chaleur envahit mon corps. Je reprends rapidement mes esprits et annonce à nos consœurs et nos confrères l'entrée de la famille Bergsson. Lorsque mon soi-disant « fiancé » arrive à ma hauteur, je m'incline dans une petite révérence. Mais, au lieu de faire de même, Audin me prend la main et me serre dans ses bras.

Je suis prise de court par le sentiment de familiarité et de douceur que je ressens à son contact. Ma mère ne peut s'empêcher d'applaudir et tout le monde l'imite. À l'exception de Sedna et d'Artie qui restent de marbre, le regard fixé sur moi. Elles joignent leurs mains, comme pour se donner de la force – et m'en envoyer par la même occasion.

Ce qu'elles n'avaient plus fait depuis des années.

Chapitre 20

Ritualisation

Nous avons passé la journée en compagnie des nouvelles recrues, tandis que nos mères organisaient divers ateliers pour les initiées. Les jeunes sorcières sont toutes fans de « Madame Sedna » qui maîtrise un tas de sortilèges tous plus impressionnants les uns que les autres. Elles adorent jouer avec les cheveux d'Artémis, qui a accepté de retirer son voile juste pour elles, et lui ont donné le surnom de « Sorcière Jasmine ». Moi, en revanche, je n'ai droit qu'à des grimaces et des coups de pied dans les tibias parce que je suis incapable de faire quoi que ce soit de potable avec mes deux mains. Mon don pour percevoir les auras ne les intéresse pas car ce n'est pas assez « wow » à leurs yeux. Même mon amie, Isis, a son lot de fans ! Les enfants la surnomment « Impératrice Tarot » car elle tire merveilleusement bien les cartes et devine les intentions des petites farceuses.

Je les déteste toutes et tous. Enfin, sauf un : Mimir, un petit garçon qui reste à mes côtés et qui prend ma défense dès qu'on dit du mal de mes boucles rousses.

— Freïa, pourquoi n'y a-t-il pas plus de garçons ? Je m'ennuie avec les filles.

— C'est la question que je me pose tous les jours, mon petit Mimir.

— Comment ça se fait que tu ne maîtrises pas beaucoup de sortilèges ?

— Je ne suis pas très douée en magie... Mais je ne fais pas beaucoup d'efforts non plus. Sûrement par esprit de contradiction envers ma mère.

— Je vois beaucoup de pouvoirs en toi ! lâche-t-il tout à coup. Mais tu ne les utilises pas...

Je suis surprise de l'entendre dire ça.

— Je suis capable de voir la source de magie de ceux qui se trouvent autour de moi.

— Oh... Leur potentiel magique, tu veux dire ?

Le petit bonhomme opine.

— Madame Sedna et Sorcière Jasmine ont de très grands pouvoirs elles aussi. Beaucoup plus que l'Impératrice Tarot qui a juste un don d'intuition. Par contre, je n'ai pas apprécié les pouvoirs des nouveaux invités de Suède.

— Ah bon ?

— Oui. En plus, le grand garçon a osé te prendre dans ses bras avant moi. Je trouve que ce n'est pas correct.

Je ris de cet enfantillage. Même si je dois avouer qu'il n'a pas tort. Je ne m'attendais pas moi-même à ce que mon « fiancé » prenne aussi vite ses aises avec moi.

— J'ai faim, je vais aller chercher à manger ! déclare-t-il soudain. À tantôt[1] !

Mimir m'envoie des bisous volants et je lui réponds

1. Tantôt : belgicisme familier signifiant « à tout à l'heure » ou « à plus tard ».

en agitant vivement la main alors qu'il se dirige vers le buffet en courant.

Je cherche alors mon téléphone pour envoyer un message à Lionel et le prévenir que je vais bientôt décoller. La grande horloge de la salle commune retentit, il est déjà 20 heures. Cependant, je me rends compte que je l'ai laissé dans mon manteau – qui se trouve dans le vestiaire, à l'accueil du manoir. Ma chère mère a refusé que je le garde sur moi durant notre méditation collective. Prise de panique, je me dirige rapidement vers l'entrée du château.

— Oui ? me fait froidement le majordome en apercevant ma crinière rousse pour la dixième fois de la journée.

— Je pense que j'ai laissé mon téléphone dans mon manteau.

L'homme soupire et disparaît, une nouvelle fois, à la recherche de mes affaires.

Il revient quelques minutes plus tard et me tend mon manteau noir en laine ainsi que mon sac à dos – rapporté, contre mon gré, par mon beau-père quelques heures auparavant. Je fouille aussitôt toutes les poches mais je ne trouve rien. La panique commence à gagner tous mes membres. Mon souffle s'emballe et mes poumons sont prêts à exploser. Des sueurs froides glissent le long de mon dos.

Apparemment, les bienfaits de la séance de méditation n'auront duré que cinquante ridicules petites minutes. Quel exploit ! Mes chakras sont, de nouveau, totalement déséquilibrés.

— Mais comment est-ce…

— *Excuse me ? Are you looking for this ?* m'interpelle une voix, assez sensuelle je dois l'admettre, avec un accent scandinave.

Je fais volte-face et croise le regard bleu d'Audin. Il lève la main et dévoile l'objet de mes convoitises.

— OUI ! hurlé-je. Où était-il ?

— Je l'ai trouvé sur un coussin de la salle de méditation.

— Oh…

Avec ma maladresse habituelle, j'ai dû le faire tomber lorsque mon beau-père a pris mon sac à dos, sur ordre de ma mère.

Je me mords l'intérieur de la joue.

— Comment as-tu su que c'était mon téléphone ? m'enquiers-je en récupérant mon trésor technologique et connecté au monde extérieur, même au fin fond de cette campagne paumée.

— Le fond d'écran. C'est bien toi, non ? Sur les falaises de Moher ?

Effectivement, sur cette photo, on distingue au loin une chevelure rousse, assise face à l'océan Atlantique, qui se détache dans le décor verdoyant. Sedna avait pris cette photo pour illustrer l'article de son blog dédié à notre road trip irlandais. C'est sûrement un de mes plus beaux souvenirs.

— Oui. Merci beaucoup.

— De rien.

Audin me dévisage avec curiosité. Je rougis légèrement en détournant les yeux car, en dehors de Lionel, je n'ai pas l'habitude d'être observée de la sorte par un homme.

— Tu t'es éclipsée après les présentations.

Oui, et j'espérais bien ne pas te recroiser avant de quitter ce satané lieu, songé-je en me mordillant la lèvre inférieure.

— Et, vu la situation, j'aurais aimé qu'on fasse plus ample connaissance.

Pourtant, être fiancé à une belgo-irlandaise qui ne sait pas manier la magie correctement et qui a un sale caractère, c'est pas l'idéal. Si tu cherches à te convaincre que je ne suis pas un si mauvais parti que ça, tu risques d'être déçu, bellâtre suédois.

Voyant je ne réponds pas, il continue.

— Est-ce que ça te dirait d'être ma partenaire pour le rituel de Pleine Lune ?

Je m'étouffe en entendant ces mots. Il semble remarquer ma réaction et fait un pas en arrière.

— Sache que cette situation est tout aussi inconfortable pour toi que pour moi. J'ai vu que tu avais trois appels manqués d'un certain Lionel, lâche-t-il en me rendant mon téléphone. Avant de t'éclipser pour le rejoindre ce soir, pourrais-tu au moins me laisser une chance de faire bonne impression ?

— Parce que, toi, tu ne crois pas que nos parents sont fous de vouloir nous marier ? Alors qu'on ne se connaît ni de Vénus ni de Mars ?

— Si, je le pense. Enfin, je le pensais...

Il tend une main vers moi en souriant.

— Jusqu'à ce que je pose les yeux sur toi tout à l'heure. Et je sais que tu as ressenti la même chose, n'est-ce pas ?

Je ne sais même pas pourquoi j'ai accepté de faire ce rituel lunaire avec lui. Mes pensées se mélangent, tout est confus dans ma tête. De nouveaux sentiments sont en train de naître au fond de moi et ils ont déclaré la guerre à ceux que je ressens déjà pour Lionel. Ce qui est en train de se dérouler au fond de mes entrailles est pire qu'une bataille entre les dieux et les Titans.

J'essaie de faire bonne figure face à toutes les personnes qu'on croise sur notre chemin et qui ne peuvent s'empêcher de nous féliciter pour nos « fiançailles » en nous disant qu'on forme « un beau couple ». Mais, en réalité, je n'ai qu'une envie : les étouffer avec une citrouille et du jus de betterave.

Audin, lui, est né sous le signe de la Balance, il est donc bien mieux armé que moi pour faire une première bonne impression. Le charisme et la sympathie sont des qualités innées chez lui. En plus d'avoir une gueule d'ange, qui n'a rien à envier à Lucifer[1], mon partenaire du soir est doté d'une carrure de hockeyeur, d'une voix suave et sensuelle, il est aimable à souhait, bien habillé et charmant envers les enfants et la gent féminine. Et puis, il excelle dans l'art de la sorcellerie.

Cette perfection me hérisse les poils.

Il est mon parfait opposé.

Mon jumeau astral.

— Tu ne dis plus rien, fait-t-il en haussant un de ses sourcils dorés.

— Je pensais qu'on faisait une méditation avant de commencer le rituel, rétorqué-je en m'installant en tailleur sur un coussin que j'ai violemment balancé sur le sol.

Nous sommes dans la véranda, seuls. J'ai l'étrange impression que mon « fiancé » a tout prévu. Il a réussi

1. Lucifer est un ange déchu dont la beauté a toujours été comparée à celle du soleil levant, d'où son surnom « l'Étoile du matin ».

à choper mon téléphone avant qu'une de mes sœurcières le retrouvent, il m'a amadouée avec ses beaux yeux bleus, son air de Viking et son accent nordique et, pour finir, il m'a conduite jusqu'à un endroit magnifique et isolé du reste des invités. À cause de lui, je n'ai même pas eu le temps de répondre à Lionel pour le rassurer concernant notre rendez-vous.

Justement, mon smartphone vibre. Je le sors aussitôt, prête à répondre.

— Je croyais qu'on devait méditer avant d'adresser nos prières à la Lune ? me rappelle Audin en me dévisageant.

Je soupire et mets mon téléphone en silencieux. Plus vite ce rituel lunaire sera passé, plus vite je pourrais rejoindre Sedna, appeler un taxi et décamper *illico presto* pour rejoindre la capitale et oublier cette rencontre troublante.

— Voilà qui est mieux, ajoute Audin en se plaçant face à moi, en tailleur également.

Cette réplique lui vaut un regard assassin. Il a dû également remarquer mon brusque mouvement de recul, mais il se contente de me faire un sourire narquois.

Il pose les mains sur ses genoux, paumes tournées vers le ciel, et me fait signe de déposer mes mains sur les siennes. Je retiens mon souffle, me rapproche de lui à contrecœur et m'exécute.

— Inspire et expire profondément, murmure-t-il.

Je ferme les yeux et tente de me concentrer. Cela fonctionne l'espace de quelques minutes jusqu'à ce que je perçoive la fragrance de mon partenaire. Un subtil mélange d'eucalyptus, de pin et de cannelle. Cela m'ensorcèle presque.

— Tu es prête ? me demande-t-il lorsque je rouvre les yeux.

— H-hum.

— Pose ta première intention. À voix haute de préférence, mais si tu es intimidée par ma présence…

— Chère Séléné, déesse de la Lune, je t'offre ce cœur de sélénite en gage de ma reconnaissance et de mon entière gratitude, déclaré-je en coupant la parole à Audin avec une pointe d'arrogance.

Je saisis le cristal en question dans une trousse que j'ai apportée pour l'occasion et dépose la sublime pierre blanche dans un petit chaudron placé à côté de nous.

— Je t'offre ce présent, en ce jour de Pleine Lune, pour que tu puisses me guider et faire jaillir la lumière parmi les ténèbres qui sont logées au fond de mon cœur.

Je pose cette intention en rivant mes prunelles à celles d'Audin, qui ne cille pas et m'écoute avec attention. Il sort de la poche de sa veste noire un flacon d'huile essentielle de palmarosa, une petite bouteille d'eau de rose, un rouleau de sauge ainsi qu'une allumette.

— Chère Hécate, ce n'est pas la Lune Noire aujourd'hui, mais je souhaite faire appel à toi, déclare-t-il en versant quelques gouttes d'huile essentielle dans le chaudron. Je t'offre, en cette nuit particulière, mes peurs, mes angoisses et mes secrets les plus noirs. Je te donne également de quoi te les approprier en les brûlant.

Il ajoute la sauge. Puis il brandit le flacon d'eau de rose et remplit la moitié du chaudron avec cette substance particulière.

— Je t'offre cela, en ce jour de Pleine Lune, pour que tu puisses aider mon amie Freïa, ici présente, à regarder simultanément le passé, le présent et l'avenir. Permets-lui de renaître et d'éclairer sa vision intérieure.

Je le toise en entendant ces mots. Il continue à me provoquer en posant une intention pour moi via ces offrandes qui sont très personnelles. Il craque l'allumette puis embrase le petit morceau de bois avant de le laisser tomber dans le chaudron. La braise se noie rapidement dans le récipient.

— Fais-moi plaisir, Freïa, me dit-il. Donne-moi tes mains.

Je fronce les sourcils mais je finis par reposer mes mains sur les siennes. Au contact de sa peau avec la mienne, le petit chaudron s'embrase d'un coup. Et ce n'est pas tout. Ma vision se brouille et une vision du passé m'apparaît.

Je suis enfant. Je n'ai que cinq ans, voire un peu moins. Je porte des moufles, un gros manteau en fausse fourrure et des cache-oreilles bien chauds. Je suis habillée tout en vert et je me prends pour un sapin de Noël sous les flocons de neige qui tombent sur moi. Je cours dans la forêt recouverte d'une épaisse couche de poudreuse brillante, le ciel est d'un bleu profond et le soleil est haut, proche du zénith.

Je ressens un sentiment grisant de liberté. Mais aussi d'euphorie. Les forêts magiques de la Laponie semblent n'avoir aucun secret pour moi. Je comprends que je cherche à me cacher et que j'ai peur d'être trouvée, par mes parents ou par mon camarade de jeu.

Soudain, une main chaude se pose dans mon dos.

— Je t'ai trouvée.

Je me retourne et croise les yeux cristallins d'un petit Audin.

— Oh…

— J'ai gagné ! lance-t-il, un grand sourire aux lèvres.

— On dirait ! dis-je, boudeuse, en croisant les bras.

— Ce qui veut dire que j'ai gagné notre pari. Tu me devras un bisou quand on sera grands.

Je cligne plusieurs fois des yeux pour sortir de ma vision. Mon regard finit par se réhabituer à la pénombre dans laquelle je me trouve. Je jette un regard à gauche, puis un autre à droite. Je suis de nouveau baignée dans la douce lumière de la pleine lune, au sein de la véranda, en compagnie d'Audin et de notre chaudron.

Mon partenaire me regarde toujours aussi intensément.

— Tu as vu ce que je viens de voir ? lui demandé-je.

— Mon premier souhait a été exaucé, répond-il. Enfin, *notre* premier souhait car il me semble que tu cherchais certaines réponses.

Il me montre le cœur de sélénite qui fond dans le petit récipient.

— Tu as eu un flash du passé. C'est la première étape. Les autres visions se manifesteront plus tard.

— Q-quoi ? Ça s'est vraiment passé ?

— Tu ne t'en souvenais pas ?

Je repense aux images qui me sont apparues lorsque mon regard s'est posé sur Audin au moment des présentations. Des bribes de souvenirs, assez flous, qui semblaient dater de notre enfance. Je pensais que c'était l'effet de la magie mais il semblerait que l'odeur particulièrement plaisante de mon camarade ait agi sur moi comme une madeleine de Proust.

— Je suppose que c'est normal. C'était il y a longtemps, reprend Audin en observant mon désarroi. En plus, avec nos parents, on a été ballotés un peu partout. Surtout toi.

— On s'était déjà rencontrés avant aujourd'hui ?

— Oui, quelques fois. Mais on était des enfants. J'estime que nous sommes devenus des personnes différentes aujourd'hui.

— Oh... En effet.

Je rougis jusqu'aux oreilles en remarquant qu'Audin serre toujours mes mains dans les siennes.

Mes parents, et particulièrement ma mère, ne sont peut-être pas si fous que ça finalement. Il semble vraiment y avoir un lien entre nous. Je crois que ne m'étais jamais sentie aussi désirée par un homme. Cela vient embraser mon feu intérieur, malgré moi. Mais j'ai besoin d'en savoir plus. Comment se fait-il que nos parents se connaissent ? Qu'on se soit déjà rencontrés ? Est-ce qu'ils vont venir vivre ici, en Belgique ? Ou bien repartir à Stockholm ?

Je ne sais pas quoi penser de tout cela.

— Tu m'avais fait une promesse, ajoute Audin en se rapprochant un peu plus de moi.

Je penche la tête sur le côté, l'air confus. Il lâche une de mes mains pour écarter une mèche de cheveux qui tombe devant mes yeux, puis il effleure ma bouche de ses doigts.

Mon pouls s'accélère.

Le baiser, pensé-je soudain en sentant le feu me monter aux joues.

Avant même que j'aie le temps de répondre, Audin se penche vers moi. Il prend délicatement mon visage entre ses mains et dépose ses lèvres sur les miennes, dans un geste plein de tendresse. Je suis incapable de résister face à tant de douceur. Et face à ce lien qui semble nous relier depuis toujours. Une connexion paraît avoir été établie entre nos deux âmes bien avant notre incarnation présente.

Je me surprends à en vouloir un peu plus car, lorsque mon partenaire se décolle légèrement de moi, je le retiens. Je lui rends alors son baiser avec cette passion brûlante dont je suis capable. Le contact entre nos deux langues m'électrifie, ce qui semble ravir Audin, qui se permet d'enlacer ma taille et de me coller contre lui. Soudain mis en confiance par ma réaction, il s'empare de ma nuque pour intensifier notre baiser. Sans réfléchir, totalement enivrée, je passe une main sous son pull, l'autre derrière sa nuque, et je m'abandonne à cette étreinte langoureuse et au désir de fusionner chaque parcelle de nos corps.

Jusqu'à ce que je sois brutalement rappelée sur terre. Mon smartphone vibre et me fait sursauter. Instinctivement, je saisis mon portable et décroche. Mais Audin me prend le portable des mains et répond à ma place.

— Allô ?

Je cesse de respirer en prenant conscience de l'énorme erreur que je viens de commettre. Ce qui vient de se passer n'est pas le fruit d'une vision, ni de mon inconscient. J'ai réellement embrassé Audin… et j'en ai même éprouvé un certain plaisir. Je maudis mon Soleil et ma Vénus en Bélier qui font de moi une séductrice qui ne pense qu'à flirter, suivre ses pulsions – et, accessoirement, satisfaire son plaisir individuel. Sans jamais songer aux potentiels dommages collatéraux.

— Non, ce n'est pas Freïa, mais Audin, son fiancé. Elle n'est pas disponible pour l'instant. S'il y a un message à lui faire passer, dites-moi. Je lui transmettrai.

— N-non ! glapis-je en récupérant mon smartphone et en le plaquant contre mon oreille. Lionel, ce n'est pas ce que tu...

Mais la ligne a été coupée.

Je me lève d'un bond et tente tout de suite de le rappeler.

Aucune réponse.

Mon cœur se serre.

— Pourquoi tu as fait ça ? crié-je en me retournant vers Audin, qui arbore toujours sa gueule d'ange à qui on donnerait le bon dieu sans confession.

— Je pense que c'était nécessaire. Ou alors, j'ai mal compris la signification du baiser que l'on vient d'échanger.

Quelle idiote ! pensé-je en me mordant les lèvres presque jusqu'au sang. Qu'est-ce qui m'a pris de tomber dans ses bras au bout de cinq minutes ?

Soudain, je remarque l'heure qui s'affiche sur l'écran de mon téléphone. Il est 21 h 30. L'heure à laquelle je suis censée rejoindre Sedna. Mais je n'ai aucune nouvelle de mon amie. Cela ne lui ressemble pas, vraiment pas.

Au même instant, la porte de la véranda s'ouvre à la volée et je vois apparaître Artie.

— Freïa ! hurle-t-elle, le visage couvert de larmes et les cheveux emmêlés. Je te cherchais partout ! J'ai appelé une ambulance...

— Hein ? Pourquoi ?

— C'est Sedna. Elle... elle est inconsciente et elle a perdu beaucoup de sang. Elle doit être prise en charge au plus... au plus vite, si-sinon... J-je... je ne sais pas quoi faire...

Mon amie me tombe dans les bras, tandis que le sol se dérobe sous nos pieds.

Chapitre 21

Autodestruction

Artémis pleure toujours, sa tête est posée sur mon épaule. Son mascara a coulé le long de ses joues. Cependant, elle n'a plus de spasmes. Elle doit être à bout de forces. Plus aucun muscle de son corps ne semble réagir depuis au moins dix minutes. Elle pleure en silence, un mouchoir en tissu près de ses lèvres rougies. Ses yeux noirs sont gonflés comme des petites billes.

Je suis sûrement dans état très similaire. Cela fait déjà une bonne heure que nous sommes dans la salle d'attente des urgences. Dès qu'une infirmière pointe le bout de son nez, nous levons les yeux vers elle, pleines d'espoir. Mais notre joie retombe aussi vite lorsqu'on la voit se diriger vers d'autres familles pour leur apporter des nouvelles.

Je m'en veux terriblement.

Le nouvel an des sorcières n'a jamais été aussi désastreux que cette année. Je savais pourtant depuis ce matin que Sedna était mal en point, mais je n'ai averti personne. J'ai préféré flirter avec un beau blond que je connais à peine, puis paniquer en pensant à mon amoureux que je venais de trahir et que je ne reverrai peut-être plus de ma vie.

Je me sens nulle.

Encore plus que d'habitude.

Surtout que ni ma magie, ni celle de mes sœurcières ne semblent pouvoir guérir l'âme qui compte le plus pour moi. En effet, Kali a immédiatement fait une incantation à la vue de sa fille évanouie sur le marbre blanc des toilettes du manoir. Hélas, même ses guides et ses protecteurs n'ont pas réussi à la remettre sur pied.

Les portes coulissantes de la salle d'attente s'ouvrent. Un bel homme, aux courts cheveux dorés, entre. Son aura torturée attire mon attention. Il est encore à moitié déguisé. Il a retiré ses dents de vampire ainsi que sa cape, mais du faux sang séché coule toujours le long de sa bouche. Sa mine est encore plus affreuse que s'il était réellement déguisé. Son teint est cadavérique, ses mains tremblent et ses yeux sont ternes.

— Dorian, on est là ! m'écrié-je en lui faisant signe.

— C'est ta faute tout ça ! hurle Artie en se redressant d'un bond pour pointer du doigt son éternel rival amoureux. C'est toi qui l'as mise dans cet état, je ne te le pardonnerai jamais !

Je me lève et lui attrape le bras. Elle se tourne vers moi. Je lui fais comprendre d'un regard qu'elle doit se calmer tout de suite si elle ne veut pas que la sécurité intervienne et la fasse sortir de l'hôpital sur-le-champ.

— Mais c'est sa faute, dit-elle en retombant dans mes bras, en pleurs.

Je ravale mes larmes, tente de rester aussi stoïque que

je le peux et me détache doucement de mon amie pour aller à la rencontre de Dorian.

— Gats… Euh… Dorian, je suis désolée pour Artie. Ne fais pas attention. Tu sais comment elle est.

Il hoche faiblement la tête, l'air totalement ailleurs.

— Elle va s'en sortir, dis-je pour le rassurer en frottant doucement son bras.

Une larme roule sur sa joue.

— T-tu es sûre ? dit-il, la voix brisée.

J'esquisse un sourire et hoche de la tête.

— Q-que… Que s'est-il passé exactement ? J'aurais dû l'emmener à l'hôpital hier. Je le savais. Mais elle n'en a fait qu'à sa tête… Comme d'habitude. J'aurais dû insister. C'est ma faute.

— Dorian ! répliqué-je en le regardant droit dans les yeux. Ce. N'est. Pas. Ta. Faute.

Mais il ne me regarde déjà plus et se contente de fixer le sol, l'air las.

Une infirmière, dont l'aura oscille entre le violet et le rouge, se dirige vers nous. Elle a l'air inquiète, elle n'arrête pas d'agiter nerveusement le stylo à bille qu'elle tient dans la main. Elle lève finalement les yeux vers nous et pince les lèvres.

— La gynécologue a bientôt fini. Vous allez pouvoir lui rendre visite, mais pas plus d'un à la fois. Je suis désolée. Votre amie a besoin de repos, elle va rester une nuit avec nous pour qu'on puisse lui faire passer d'autres examens.

— Elle est saine et sauve ? beugle Artie en traversant la salle pour se joindre à nous.

— Oui. Mais, il va lui falloir du calme durant les prochains jours.

— J'y vais en premier ! déclare Artie.

— Non, rétorqué-je. C'est son fiancé qu'elle a besoin de voir en priorité, pas nous.

— Non, mais tu t'entends ? C'est lui peut-être qui l'a conduite aux urgences ?

— Mesdemoiselles, fait l'infirmière en nous regardant sévèrement. C'est un hôpital ici, je vous prierai de baisser le ton, s'il vous plaît. Monsieur, ajoute-t-elle à l'adresse de Dorian, suivez-moi.

— Non. Je ne viendrai pas sans ses deux sœurs, répond-il.

À ces mots, les larmes me montent aux yeux. Je ne peux qu'être reconnaissante envers cet homme qui s'est si facilement, et depuis longtemps, habitué aux rites et aux coutumes de notre Coven. Bien plus vite que certaines de mes sœurcières elles-mêmes. D'aussi loin que je le connaisse, il n'a jamais remis en question les liens qui nous unissent les unes aux autres.

— C'est grâce à elles qu'elle a pu recevoir les soins dont elle avait besoin.

L'infirmière soupire en nous regardant tous les trois longuement.

— Bon, d'accord. Je vais m'arranger avec la gynécologue. Mais promettez-moi de rester calmes. S'il y a le moindre problème, j'appelle la sécurité.

— C'est promis, dis-je en prenant la main d'Artie et celle de Dorian.

Sedna est sous perfusion. Elle a une petite mine. Ses lèvres sont sèches et livides, et de grands cernes se sont dessinés sous ses beaux yeux bruns. Elle ne bouge presque pas. Elle se contente de regarder fixement sa blouse blanche et la chambre tout aussi immaculée dans laquelle elle se trouve.

Quand elle nous voit arriver, elle nous sourit et nous fait signe d'entrer. Je laisse Dorian passer le premier, tandis qu'Artie fait la moue et reste sur le seuil, appuyée contre le mur du couloir.

— Ma beauté, lâche Dorian dans un soupir en s'asseyant au chevet de sa bien-aimée.

Il essaie de rester le plus calme possible, mais ses légers tremblements et ses yeux mouillés trahissent son inquiétude. Sans parler de son aura qui est tourmentée et passe par toutes les couleurs, agressant mes yeux d'hyperperceptive.

— Je vais bien, lui répond Sedna en lui souriant.

Elle pose une main sur la joue de son partenaire tandis qu'il dépose un baiser sur son front.

— Si j'avais su…

— Chut. Ce n'est pas ta faute. C'est moi qui n'en ai fait qu'à ma tête.

Je prends place sur le siège situé de l'autre côté du lit, en face de Dorian.

— Tu as besoin de quelque chose ? ne peut-il s'empêcher de demander en lui prenant les mains.

— Juste de votre présence.

Sedna regarde un instant autour d'elle, puis elle se tourne vers moi.

— Artémis n'est pas là ?

— Si, dans le couloir, dis-je en posant une main sur

son bras. Elle refuse d'être dans la même pièce que l'homme qui va t'épouser.

Sedna grimace faiblement.

— Au moins, elle est là, ajouté-je en souriant.

— Oui… Je lui parlerai après.

Dorian se crispe, mais Sedna le rassure et lui fait comprendre qu'il n'a rien à craindre. Elle lui lance un de ces regards plein d'affection qu'eux seuls sont capables d'échanger.

— Que s'est-il passé ? demandé-je finalement, le cœur lourd, même si je devine ce qu'elle a à nous annoncer.

Sedna lève les yeux vers le plafond et essuie une larme naissante au coin de son œil.

— J'ai fait une fausse couche, déclare-t-elle subitement.

Le visage de Dorian se décompose. Son aura passe d'un rose profond à un noir intense.

— T-tu es… enceinte ? souffle-t-il.

— Oui… répond-elle, la voix brisée. Enfin, je l'étais.

Un silence plane au-dessus de nos têtes.

Je sais que cette triste nouvelle est un soulagement pour elle, car elle ne désire pas d'enfant pour le moment. Mais son courage m'impressionne une fois de plus. Je n'ai jamais compris d'où elle tirait sa force de Scorpionne. Cette fille est capable de garder ses émotions les plus sombres pour elle et de ne jamais les laisser transparaître.

— De trois mois. J'ai fait un déni de grossesse, ajoute-t-elle en brisant notre long silence.

Elle s'efforce de nous transmettre les informations qu'on lui a données, même si ce n'est pas son rôle de nous dire tout cela. Les médecins s'en chargeraient très bien. Mais je comprends qu'elle souhaite que Dorian l'apprenne de sa bouche, et non de celle de quelqu'un d'autre. Elle sait très bien que si, elle, refuse pour l'instant de porter un enfant, son amoureux, lui, a un tout autre avis sur le sujet.

Ce dernier se lève brusquement, sans nous regarder, et s'avance vers la fenêtre. Il pose les mains sur son visage, étouffant un sanglot, puis prend appui contre le mur. Je vois à son reflet qu'il pleure. À chaudes larmes. Il avait sûrement deviné la cause qui nous a conduits tous les quatre ici, à cette heure tardive, quand l'infirmière a mentionné la présence de la gynécologue. Mais le fait de l'entendre à voix haute le bouleverse totalement.

Il voulait cet enfant, je comprends tristement en observant son aura changeante.

— Selon les médecins, ce qui m'est arrivé est assez courant. L'embryon n'était pas viable. Ça a juste pris un peu de temps pour que mon corps… pour que mon corps l'expulse…

Je serre la main de mon amie.

— La gynécologue nous expliquera tout ça, repose-toi et…

— Non, me coupe-t-elle. Apparemment il y a un truc… Un truc qui cloche. J'ai besoin de vous en parler… de vive voix.

Elle jette un regard à son fiancé, qui semble inconsolable, puis elle prend une grande inspiration.

— Normalement, cela ne devrait pas arriver au-delà de deux mois de grossesse. Ils vont devoir me faire passer des examens supplémentaires pour vérifier qu'il n'y a pas de séquelles au niveau de mon utérus. Et voir si ce n'est pas une malformation qui a pu causer cela. Si jamais un jour…

Elle se tait un instant et grimace de douleur en posant une main sur son ventre.

— Si un jour, je me sens prête à devenir… maman.

Dorian nous tourne toujours le dos. Son aura change sans cesse de couleur mais garde toujours une dominante de noir. Il est totalement déboussolé. En même temps, cela se comprend. Apprendre que sa future femme risque de se retrouver stérile à seulement vingt-cinq ans, c'est dur. Surtout que je l'entends encore, l'été dernier, me faire part de tous ces plans pour leurs fiançailles, leur futur mariage et me confier qu'il ne peut s'imaginer vivre sans enfants et ne veut les élever qu'avec Sedna. Sans parler de tous les autres projets qu'il a en tête. Car à ses yeux, elle est « la femme de sa vie ». Rien que ça.

Il l'aime d'un amour profond et pur.

D'un de ces amours qu'on ne peut que souhaiter à nos fidèles amies.

— Mon amour, murmure Sedna en se redressant un peu. Je pense que tu devrais prendre un peu l'air, ça te fera du bien.

Dorian se retourne enfin, les yeux rouges et humides. Mon premier réflexe est de sortir un mouchoir de mon sac pour le lui tendre.

— Merci, me dit-il.

Il s'essuie les yeux et se mouche.

— Tu es sûre que ça va aller ? ajoute-t-il en se tournant vers sa fiancée.

— Oui. De toute manière, je dois passer la nuit ici. Je suppose que tu vas rester avec moi ?

— Bien sûr, ma belle. J-je… Je reviens vite.

Il l'embrasse tendrement puis quitte la chambre. Avant de s'éloigner, il fait signe à Artémis d'entrer.

— C'est pas trop tôt ! s'écrie celle-ci en faisant son entrée. Il nous lâche enfin la grappe.

— Artie, la grondé-je. Sois un peu plus sympa avec lui.

Sedna hausse les sourcils en la regardant et lui accorde un petit sourire. Notre amie tente de jouer la rebelle et de soutenir son regard mais elle fond en larmes et s'installe près de nous. Elle pose la tête sur les genoux de Sedna en continuant de pleurer.

— T-tu vas... Tu vas bien ? J'ai eu si peur. Tout allait bien et puis t-tu... Tu t'es évanouie. Et...

— C'est fini, murmure Sedna en lui caressant le dos.

Artie relève mollement la tête et prend appui sur ses coudes.

— Vraiment ? demande-t-elle tandis qu'une cascade de larmes ruisselle sur son visage.

— Oui. On va juste me faire quelques examens pour être sûr que... tout va bien. Mais je ne crains plus rien. On a évité le pire.

Elle me jette un regard plein de compassion, puis elle se tourne vers Artémis, les yeux emplis de gratitude.

— C'est grâce à toi, Artie. Merci.

Les yeux noirs de notre amie s'emplissent à nouveau de larmes.

— C'est normal. Je ne pouvais pas te laisser dans cet état.

— Il serait peut-être temps d'enterrer la hache de guerre, tu ne crois pas ? lui suggère Sedna en passant une main dans sa chevelure brune, toute décoiffée, que son voile couvre à peine malgré toutes ses tentatives pour le remettre dans la salle d'attente.

— Mais... je t'aime.

— Justement, si c'est vraiment le cas, tu accepteras mes choix. Même s'ils ne te plaisent pas tous.

— Frey, prends ma défense ! ronchonne Artie en levant les bras vers moi. Dis-lui de quitter son footballeur à deux balles et de redevenir ma seule et unique !

— Tu abuses, Artie. Je n'ai jamais vu Sedna aussi heureuse qu'avec Dorian. Même s'il a des airs de gosse de riche un peu snob, il faut avouer qu'il a un cœur en or. La seule chose que je peux te souhaiter en retour, c'est de trouver ta perle rare, toi aussi.

Artémis se redresse, croise les bras et tourne la tête vers la gauche pour éviter nos regards inquisiteurs.

— OK, lâche-t-elle finalement après de longues secondes. Je vais faire en sorte d'améliorer notre karma relationnel. Cela me permettra peut-être d'être ton amour dans une prochaine vie.

— Peut-être, confirme Sedna. C'est un bon début.

— Mais il est hors de question que je devienne amie avec Dorian !

— Je ne t'ai jamais demandé ça et je ne te le demanderai jamais. Mais si on pouvait repartir sur de bonnes bases, toi et moi, et si je pouvais t'inviter à mon mariage en étant sûre que tu ne feras pas un scandale, ça me ferait très plaisir.

Artémis tourne la tête vers Sedna.

— C'est une invitation ?

Mes deux amies se dévisagent un moment, très sérieuses.

— D'accord, d'accord, fait Artie d'un air théâtral. Mais je viendrai seulement si je suis demoiselle d'honneur avec Freïa et Isis !

Sedna éclate de rire et nous la rejoignons très rapidement dans sa joie. La tension se relâche et nos auras vibrent à l'unisson. Je me sens apaisée, presque heureuse, malgré tous les événements de cette journée.

— Freïa, dit soudainement Sedna en prenant un air grave.

Je comprends à son ton qu'elle vient de se rappeler une information urgente à me confier.

— Oui ?

— J'ai eu des visions assez effrayantes quand j'étais en salle d'opération.

— Comment ça ?

— Lionel...

Je me frappe le front de la paume de la main. J'ai complètement oublié ma propre situation avec tout ça.

— Il faut que tu le retrouves. Ce soir.

— Mais si tu savais ce que j'ai fait...

— Justement, me coupe-t-elle.

Je me tais, intimidée par ses yeux sombres qui savent déjà tout de mes péchés du soir.

— C'est flou... Mais je l'ai vu commettre une terrible erreur alors qu'il était soûl... Une histoire avec un tram...

Mon sang se glace. Il est très rare que Sedna soit aussi paniquée à la suite d'une vision. Il ne peut y avoir qu'une seule raison.

— Quelle heure est-il ? demande-t-elle.

— 23 heures, répond Artie.

— Ok, alors il vous reste une heure pour le trouver.

— Euh... vous ?

— Oui. Artémis, il est de ton devoir d'accompagner Freïa.

— Tu me fais peur, gémis-je en tirant sur mes cheveux.

— Place de Brouckère. Avant minuit. Retrouvez-le, avant…

Elle plisse les yeux et se masse les tempes.

— Avant *quoi* ? la pressé-je, au bord de l'hystérie.

— Avant qu'il se fasse percuter par un tram. Seul Lucifer connaît la suite.

Je suis sur le point de réagir, mais quelqu'un frappe à la porte. C'est une dame, vraisemblablement quadragénaire, aux cheveux bruns tirés en queue-de-cheval. Elle porte des lunettes et une longue blouse blanche de médecin. Elle a entre ses mains un dossier sur lequel est noté le nom « Sedna Sika Claes ».

— Chères demoiselles, je vous prierai de partir. Il se fait tard et Mme Sika Claes a besoin de repos.

Artémis et moi lançons un regard à Sedna.

— Allez-y, il n'y a pas de temps à perdre.

Nous sortons en trombe de la chambre et nous empressons de quitter l'hôpital.

— Il faut qu'on trouve des balais ! m'écrié-je. On doit s'envoler tout de suite ! On n'a pas le temps de…

— Frey, je suis désolée mais j'ai déjà utilisé beaucoup de magie aujourd'hui. Je ne pourrai jamais voler jusqu'à Bruxelles.

Elle n'a pas tort. Nous avons passé la journée entière à entraîner les nouvelles recrues, à lancer des sortilèges, à aider nos mères à préparer les divers ateliers magiques et à jouer des farces aux majordomes. Nos taux vibratoires sont à plat. Ce dont nous aurions bien besoin, c'est de sommeil, mais ce n'est clairement pas une option.

Je soupire de frustration. Devant l'entrée, nous croisons Dorian, qui semble s'être un peu remis de ses émotions. Il est assis sur un banc, les yeux dans le vide.

Il a repris des couleurs, ses larmes ont séché et son aura est moins agitée.

— À plus tard, Gatsby ! lui lancé-je. Prends bien soin de ta femme, je reviens vous voir demain.

Il sursaute et sort de ses pensées en me faisant un petit signe de la main.

— Merci encore, les filles. Si vous avez besoin de quoi que ce soit...

Soudain, je me fige. Artémis aussi. On échange un regard, et mon amie comprend tout de suite ce qui vient de me traverser l'esprit. Nous sommes perdues au beau milieu de la campagne, entre Genval et Rixensart. Sans balai. Ni poudre de fée noire. Ni aucun autre moyen de transport.

— Euh... Gatsby ?

L'intéressé lève la tête vers moi.

— Oui ? répond-il de manière hésitante.

— Tu as pris quelle voiture aujourd'hui ?

— Ma Lambo. Pourquoi ?

— On aurait besoin que tu nous accordes une faveur. Là. Tout de suite.

Chapitre 22

Action

Je ne sais pas par quel miracle je me retrouve au volant d'une Lamborghini rouge pétant, à plus de 11 heures du soir le jour d'Halloween, dans une robe noire de sorcière, à moitié démaquillée et décoiffée, alors que je n'ai même pas encore le permis.

Pourtant, j'en suis là.

Sur ma liste d'interdits bravés, celui-ci arrive sûrement en pole position. Heureusement, je suis accompagnée d'Artémis qui ne m'a jamais semblé aussi amicale qu'en cet instant même. OK, elle se cramponne à la poignée qui se trouve au-dessus de sa tête et fait des yeux ronds comme des soucoupes dès que j'accélère un peu trop, mais au moins elle a trouvé le bouton « play » sur l'énorme tableau de bord, digne d'un vaisseau spatial, pour lancer une musique *chill* et apaisante. Elle a également réussi à mettre en route le GPS et rentrer l'adresse du centre-ville de Bruxelles. Elle joue son rôle de copilote à merveille.

— Détends-toi, dit-elle une fois que nous sommes sur l'autoroute.

Je ne réponds pas.

— Toutes les visions de Sedna ne se réalisent pas, si ?

J'enfonce mon pied sur l'accélérateur en guise de réponse et mon amie comprend que les visions de notre médium attitrée se révèlent aussi exactes que deux plus deux égalent quatre.

— Oups, murmure-t-elle.

Elle se regarde dans un petit miroir et tente de se recoiffer comme elle peut. Finalement, après plusieurs tentatives vaines, elle défait son voile, le balance sur la banquette arrière et se met à brosser sa magnifique chevelure brune.

— On arrive dans combien de temps ? demandé-je en freinant un peu.

— Dans quinze minutes, normalement. S'il n'y a pas d'embouteillage.

— Et il est quelle heure ?

— 23 h 20.

Mon sang ne fait qu'un tour.

— Que s'est-il passé ? me demande-t-elle finalement en se décrispant un peu.

Je serre les dents et secoue la tête pour empêcher les larmes de me monter aux yeux.

— J'ai merdé, commencé-je en passant, non pas la cinquième, mais la sixième vitesse.

Artémis doit se tenir vivement à son siège pour ne pas basculer vers la gauche, lorsque je m'élance sur la troisième voie à plus de cent cinquante kilomètres/heure.

— Si tu chopes une amende…

— Je la paierai à la place de Dorian.

— Si tu le dis…

Artémis déverrouille mon portable, dont je lui ai

donné le code, et tente un nouvel appel, mais elle tombe encore une fois sur le répondeur de Lionel.

« Vous êtes bien sur le répondeur de Lionel Dubois. Si vous avez trouvé la solution miracle pour sauver les pingouins du réchauffement climatique, appuyez sur un, si vous êtes membre du parti libéral, veuillez raccroch... »

Mon amie raccroche violemment en grognant de rage. Je comprends qu'elle ne supporte plus d'entendre cette blague. Je l'ai moi-même trop entendue durant ce dernier quart d'heure.

— J'ai embrassé Audin, lâché-je finalement en me maudissant une fois de plus lorsque j'entends ces mots sortir de ma bouche.

— *Wait... What ?* s'écrie Artie, prête à sortir le pop-corn et à appeler tous les paparazzis du Coven.

— Tu as bien entendu. Je sais pas ce qui m'a pris... Je me suis dit que ce serait le meilleur moyen de savoir si mes sentiments envers Lionel étaient vraiment sincères ou pas.

— Moui... Ça se justifie.

— *Not at all !* m'emporté-je. Car je ne me suis pas contentée de l'embrasser, je lui ai sauté dessus l'instant d'après. *I don't know why*. Bref, Lionel m'a appelée juste à ce moment-là et mon *fucking* soi-disant fiancé s'est permis de répondre à ma place.

— *Oh my...*

— C'est bon, je me passerai de tes commentaires.

Artémis pose ses pieds sur le tableau de bord et rejette la tête en arrière.

— Ma petite Freïa, tu as toujours eu un cœur d'artichaut, lâche-t-elle en regardant loin devant elle.

— C'est toi qui me dis ça ?

— Hum... Oui. Je flirte ouvertement avec tout le monde : hommes, femmes, trans, non binaires... Mais mon cœur, lui, a toujours appartenu à Sedna.

Je soupire en levant les yeux au ciel.

— Mais toi... On dirait bien que t'es perdue, mon chou.

— Merci, tu m'aides vachement là.

— Quand on aura sauvé les miches de ton *chéri,* prends le temps de venir nous voir, maman et moi. Et ramène ta mère aussi. Je pense que vous avez besoin de discuter.

— Pourquoi donc ?

— Meuf ! Tu as toujours fait les pires conneries au sein du Coven et dans ta vie perso. Tu cherches sans doute inconsciemment à attirer son attention et à lui montrer que tu ne souhaites pas obéir à son autorité. Même si tu adores ton beau-père, tu n'as peut-être jamais vraiment assouvi ton complexe d'Œdipe. Il serait temps qu'elle te dise la vérité sur ton père...

— Tu la connais, toi, cette vérité ? Hein ? dis-je abruptement en freinant d'un coup et en rétrogradant tout aussi vite.

La voiture fait un minidrift avant de s'arrêter dans la file de droite au bord du Ring[1] de Bruxelles. Mes mains tiennent fermement le volant. Artie a abusé de mon peu de patience, comme à chaque fois.

— Eh bien, Sedna a une bonne théorie concernant ton paternel, oui.

1. Périphérique de la ville.

— Pfff ! Sedna est Scorpion, elle a une théorie sur tout !

— Celle-là mériterait d'être entendue, continue Artie. Une fois, ta mère m'a fait un sermon, pour me défendre je lui ai lâché le morceau et elle a semblé choquée. Puis elle m'a aussitôt congédiée et ne m'a plus adressé la parole pendant au moins trois semaines.

Je me tourne vers Artémis, qui a piqué ma curiosité. Puis je me concentre à nouveau sur la route et redémarre doucement.

— Pourquoi Sedna ne m'en a-t-elle jamais parlé ?

— Parce qu'elle estime qu'elle n'a pas à interférer dans tes histoires familiales.

— En effet, c'est bien son genre.

Artémis et moi restons silencieuses. Comme si nous avions besoin de ce silence pour assimiler les trois dernières heures que nous venons de vivre. De plus, les embouteillages semblent interminables pour rentrer dans Bruxelles. C'est dans ce genre de situation que je me dis que le balai volant est vraiment le meilleur moyen de locomotion – et écologique, qui plus est.

— Il est quelle heure ? demandé-je.

— 23 h 30.

— *Fuck*.

— En effet. Dis-moi, tu vas te garer où quand on sera arrivées ?

Exaspérée au plus haut point, j'appuie sur le bouton du frein à main, défais ma ceinture de sécurité et ouvre ma portière. Nous sommes arrêtées en plein milieu de la route, devant l'immense théâtre national de Bruxelles. Les phares de la voiture se reflètent dans la large baie vitrée de l'édifice, tout comme ma mine affreuse qui fait office de déguisement en ce jour de sainte horreur.

— Je te laisse la voiture, dis-je en filant les clés à Artémis, qui me dévisage avec effroi.

— Non, non, non ! fait-elle, paniquée. Toi, au moins, tu as passé tes vingt heures d'auto-école, pas moi ! J'ai même pas mon permis balai ! Je fraude à chaque fois que je m'envole dans les airs. Je suis censée faire quoi ?

Je soupire en jetant un œil dans le rétroviseur central pour inspecter la longue file de voitures qui klaxonnent derrière nous.

— Tu n'as qu'à les faire patienter avec ton charisme légendaire. Personne ne te résiste. Dis-leur que je reviens dans quinze minutes maximum.

— Freïa, attends !

Mais je claque déjà la porte et m'élance en direction de la place de Brouckère à toute allure.

À cette heure-ci, tous les défilés d'Halloween sont terminés. Cependant, la zone est toujours noire de monde. On retrouve les éternels touristes qui se promènent pour immortaliser les fameuses gaufres de Bruxelles à coups de flash de smartphone, boire une célèbre bière belge ou encore poser sur la Grand-Place et saluer le Manneken-Pis. Comme c'est samedi soir (et jour de fête qui plus est), il y a aussi énormément de groupes d'amis et de familles qui se réunissent pour manger un bout sur la place Sainte-Catherine. Sans parler des étudiants déguisés, qui déambulent dans les rues pour prolonger leur soirée commencée au cimetière d'Ixelles ou à Saint-Gilles.

Les déguisements ! C'est pas vrai, j'avais oublié ! songé-je en me mordant l'intérieur de la joue. *Comment vais-je retrouver Lionel alors que des dizaines de Frankenstein se baladent dans le centre-ville ?*

J'ose espérer que, comme je ne suis pas déguisée, ma crinière rousse suffira à attirer l'attention de Lionel ou d'un de ses amis.

Les minutes défilent. Et parmi tous les faux monstres qui crient à tue-tête qu'ils veulent davantage de bonbons, je ne croise pas Lionel. Je n'arrête pas de frissonner. J'ai beau être une sorcière, je suis une vraie froussarde. Mais si les déguisements d'Halloween me font aussi peur, c'est justement parce que je suis bien placée pour savoir que parmi ces personnes déguisées se cachent de vraies goules et des fantômes mal intentionnés qui profitent de l'occasion pour s'immiscer dans nos vies mortelles. Malheureusement, le portail énergétique du jour ne fait pas entrer que des âmes bienveillantes sur terre.

Je chasse mes sombres idées puis je me dirige vers un Frankenstein, la boule au ventre. Hélas, je fais aussitôt demi-tour quand je m'aperçois que ce n'est pas celui que je cherche. Celui-là appartient déjà à une autre demoiselle qui s'est mise dans la peau de Cléopâtre pour une nuit.

Mon téléphone sonne. Je décroche aussitôt.

— Allô ? dis-je le cœur battant, en espérant entendre la voix de Lionel.

— Frey, tu l'as retrouvé ? chuchote Sedna.

— Non ! répliqué-je tandis que mon dernier espoir disparaît. Tu as eu une nouvelle vision ? Des indices supplémentaires à me donner ?

— Je l'ai vu près de la Bourse. Il est seul, je pense qu'il a fait faux bond à son groupe de potes. Et… Et ce n'est pas un tram que j'ai vu… Mais un métro.

— Il est dans le métro ? crié-je en plaquant une main sur ma bouche.

— Oui, pitié, Frey. Fais vite et vérifie qu'Artie…

Au même instant, je reçois un double appel. Je regarde l'écran de mon téléphone et une joie immense m'envahit. Enfin. Il me rappelle.

— Sed, je te laisse. Tu devrais te reposer.

— Frey ? Attends…

Je raccroche et accepte le deuxième appel entrant. Au même instant, je me fais bousculer par une bande d'enfants affublés de draps de lits jaunâtres avec des trous à la place des yeux qui scandent « des bonbons ou une farce » en brandissant d'horribles lanternes lumineuses. Je manque de faire tomber le seul outil qui me relie instantanément à mon amoureux, non sans balancer un juron. Cela me vaut les regards désapprobateurs de plusieurs paires d'yeux appartenant vraisemblablement aux parents des petits monstres. Je m'échappe en courant puis je colle mon téléphone à l'oreille en prenant soin de boucher la deuxième.

— Lionel ? haleté-je en sursautant à la vue d'un petit loup-garou qui sort d'une impasse pour se jeter sur ses amis.

Pas de réponse.

Je n'entends qu'un énorme fracas.

Je comprends qu'il m'a appelée sans le vouloir, sûrement à cause d'une mauvaise manipulation.

— Lionel ! Je suis là ! crié-je tout de même, essoufflée, fendant la foule pour rejoindre la première rue qui mène à la place de la Bourse.

Je me fais bousculer de toutes parts. Un groupe de diablesses et de vampires me marchent sur les pieds. Un des mecs m'attrape par les épaules en hurlant « *This is Halloween, this is Halloween* » et m'entraîne avec lui. Je me défais de son étreinte en jetant un regard meurtrier à la bande d'adolescents mais ils ne se retournent même pas pour s'excuser.

— Lio…, soufflé-je à nouveau, désespérée.

La connexion se coupe. Il a fini par raccrocher.

Je cours jusqu'à la station de métro la plus proche, dévale les escaliers sans prêter attention aux gens qui me hèlent et me sermonnent à cause de ma précipitation et j'atteins finalement le quai réservé aux métros 3 et 4 qui desservent tous les lieux culturels – ou presque – de la ville entre la gare du Midi et l'hypercentre.

Je tourne la tête de droite à gauche, sans succès. Bien évidemment, la station est bondée et les lumières se mettent à clignoter, menaçant de s'éteindre à tout instant – comme si l'ambiance n'était déjà pas assez glauque. Un train entre en station et vient raviver ma migraine naissante. Une fois de plus, je me fais bousculer par les gens pressés autour de moi. La panique me gagne.

— Putain ! juré-je en tapant du pied sur le sol. C'est pas le moment !

— J'aurais pas mieux dit.

Mon cœur s'arrête.

— On dirait que la sorcière s'est égarée.

Je fais volteface et me retrouve devant un Lionel frankensteinisé qui arrive à peine à mettre un pied devant l'autre. S'il était sobre, sa ressemblance avec le monstre vert ne serait pas aussi réussie. Là, clairement, son taux d'alcool lui permettrait de décrocher un oscar et un rôle dans le prochain remake de *La Nuit des morts-vivants*.

Il jette son gobelet dans la poubelle la plus proche puis tire sur une cigarette qui n'en est pas une.

— Sur ta liste d'interdits bravés, t'as déjà coché le mélange alcool et joint ? me demande-t-il.

Je blêmis et avance vers lui d'un pas décidé. Je tente de lui prendre des mains l'objet de sa folie du soir.

— Hop hop, qu'est-ce que tu essaies de faire ? crie-t-il en levant le bras et en reculant d'un bon mètre.

— Tu n'as pas les idées claires, lui dis-je.

— C'est toi qui n'es pas claire. Tu fais des promesses que tu ne tiens pas. Tu me fais croire que tu es folle de moi, que tu es accro à moi, à mon humour, à nos parties de jambes en l'air et que tu veux tenter le tout pour le tout. Alors que, depuis le début, je ne suis qu'un simple plan foireux pour toi.

— Ce n'est pas ce que tu crois. Laisse-moi t'expliquer.

— Mais oui, bien sûr. Je suppose que c'est ce que tes ancêtres ont dit à mon père le jour où elles ont failli lui transpercer le cœur pour l'offrir en sacrifice.

Cette réflexion me fait clairement l'effet d'un coup de couteau planté dans le dos. Ces mots me font mal et m'empêchent de continuer à respirer correctement. Au même moment, les lumières de la station grésillent une dernière fois avant de s'éteindre, nous plongeant dans la pénombre. Les personnes agglutinées sur le quai se mettent à paniquer avant de se rassembler en petits groupes un peu plus loin.

— Il aurait dû toutes vous brûler vives ! crache Lionel en me balançant son joint en pleine figure.

— OK. Ça, c'était vraiment pas cool, lâche Artémis, qui vient de surgir à côté de moi.

— Qu'est-ce que tu fais là ? m'écrié-je, au bord de la crise de nerfs.

— J'ai ensorcelé les conducteurs des voitures qui se trouvent derrière la nôtre, puis j'ai suivi ta chevelure dans la foule.

— Eh merde ! Encore une de ces sorcières ! fait Lionel en titubant et en montrant Artie du doigt. Ce sont de vraies bombes à retardement. Il faudrait les brûler. Les brûler vives !

C'en est trop. Artémis lance un regard noir à Lionel, prête à lui arracher les yeux de la tête. Son aura devient noire puis rouge sang.

— Artie, il n'est pas dans son état normal.

Mais elle ne m'écoute déjà plus. Elle tend un bras dans sa direction et jette un sort. Et pas n'importe lequel. Non, elle utilise un sortilège de télékinésie pour l'envoyer valser violemment cinq mètres plus loin.

— NON ! hurlé-je en courant vers lui.

Lionel est allongé sur les rails du métro, inconscient. Je m'accroupis à ses côtés et prends délicatement sa tête entre mes mains pour la poser sur mes genoux. Une plaie sur son front se met à saigner tandis que son corps reste inerte. Sa peau est glacée et son teint est livide.

Je panique.

La scène de notre rencontre dans le métro, alors que je venais de m'évanouir, me revient alors subitement en mémoire. Je sens des larmes rouler sur mes joues.

— Freïa ! crie Artémis en me rejoignant aussi vite qu'elle peut.

Mais elle s'arrête en manquant de trébucher sur la

voie à son tour. Elle fait des mouvements de bras pour tenter de retrouver l'équilibre puis elle tourne la tête vers la gauche d'un air effrayé. Son visage se retrouve baigné d'une grande lumière.

Des phares, je comprends en écarquillant les yeux.

La cloche de l'église Sainte-Catherine retentit. Ce son ne m'avait jamais paru aussi lugubre.

Ding dong. Ding dong. Ding dong.

Il est minuit.

Je tourne mon visage dans la direction qu'Artémis contemple avec effroi.

Un train arrive à grande vitesse. Ce qui ne devrait pas être grave, a priori. Sauf que je suis sur les rails, avec un homme inconscient dans les bras. Et que je n'aurai jamais la force ni le temps de le ramener sur le quai avant que le train nous percute.

C'est à ce moment-là que quelque chose se déclenche au fond de mon être. Des fourmillements traversent chacun de mes membres. Je n'ai pas le temps de réfléchir davantage, je tends un bras devant moi et fixe le train avec détermination. J'ouvre la paume de ma main et me laisse envahir par ma magie.

— *Not today, Satan !* crié-je.

Chapitre 23

Intrusion

Freïa 1 – Lucifer 0.

C'est bien la première fois que je peux l'affirmer fièrement.

Je ne comprends toujours pas ce qu'il s'est passé dans cette station de métro. C'était comme une réaction chimique – et spirituelle. Tout ce que j'ai compris, c'est que Mimir avait raison. Une immense magie sommeille en moi. Il me suffit de trouver le déclencheur pour libérer ces pouvoirs. Même si cette part de moi me fait peur.

Je pose les lèvres sur le front de Lionel, toujours inconscient, et je jette un dernier coup d'œil à l'horloge électronique de la chambre d'hôpital.

Me retrouver deux fois aux urgences en l'espace de quelques heures n'était pas vraiment quelque chose que je souhaitais cocher sur ma liste d'expériences à vivre avant de mourir. Heureusement, dans les deux cas, il y a eu plus de peur que de mal.

Il est 1 heure du matin. Il me semble que c'est une bonne heure pour (enfin) me reposer un peu et permettre à mon esprit de s'évader à mille lieues d'ici. Je m'installe aussi confortablement que possible dans le fauteuil qui se trouve à côté du lit de Lionel et ferme les yeux.

Étrangement, mon esprit ne s'envole ni en Irlande, ni en Scandinavie. Non, je revis les dernières heures que j'ai passées à Bruxelles en imaginant un tout autre scénario. Je rêve que je n'ai pas fait ce foutu rituel avec Audin et que je me suis éclipsée à temps, aux côtés de Sedna qui est en pleine forme et dont le ventre s'est arrondi de bonheur. Je m'élance dans les airs et vole sur un balai – comme une vraie pro – jusqu'à la capitale. Je passe une superbe soirée avec mes amis et, bien évidemment, avec Lionel, qui me lance tout un tas de défis concernant ma liste d'interdits. On s'amuse à se raconter nos pires cuites, nos pires hontes, et on se livre nos secrets les plus intimes.

On finit par rentrer chez moi. On se débarbouille dans la salle de bains, on se marre à cause des affreux déguisements qu'on a portés toute la soirée, et Lionel n'en rate pas une pour se moquer de ma peur bleue des films d'horreur. On joue à Mario Kart, puis il me remercie pour cette soirée magique. Il me dit qu'il m'aime et qu'il est heureux que je sois revenue, juste pour lui.

On s'embrasse, on se câline et on finit par se déshabiller. C'est si bon, si doux. J'en oublie que je rêve tellement la sensation de ses mains sur mon corps me paraît réelle. Jusqu'à ce qu'il enlève son T-shirt… et que sa chevelure noire vire au blond.

Ce n'est plus Lionel qui me fait face, mais Audin avec son minois parfait et son regard séducteur. Il s'approche de moi et m'enlace.

— Et si on reprenait là où on s'est arrêtés ? me chuchote-t-il.

Je frissonne de tout mon être et prie pour que cette vision disparaisse.

Là.

Maintenant.

La porte de la chambre s'ouvre au même moment, me tirant de ma rêverie. Deux âmes dont les auras me sont familières viennent d'entrer dans la chambre.

— Où suis-je… ? dit Lionel d'une voix ensommeillée.

Je reprends mes esprits et tente de me rappeler pourquoi je me trouve à l'hôpital.

Il est 3 heures du matin.

Tout pile.

The Witching Hour[1].

Je me rapproche de Lionel et lui prends la main. Je lui souris et suis soulagée de voir qu'il me sourit en retour.

— Mais… et tes parents ? me chuchote-t-il.

— Ses parents, c'est bien le dernier de ses soucis ! lâche sèchement ma mère en croisant les bras. Dès qu'on lui interdit quelque chose, elle ne peut pas s'empêcher de désobéir.

— Ça, je l'avais déjà remarqué, répond Lionel, sans gêne.

Ma mère fait les yeux ronds.

— Elle ne supporte pas qu'on lui réponde, expliqué-je en soupirant.

Ma mère se met à taper du pied et passe une main gracieuse dans sa chevelure auburn.

1. *The Witching Hour* ou « l'heure des sorcières » : l'heure à laquelle théoriquement la frontière entre le monde visible et le monde invisible est la plus fine. De nombreux films d'horreur y font référence.

— Comment est-ce que cela a pu m'échapper ? s'écrie-t-elle en nous désignant tous les deux du doigt, l'air sévère.

— *Darling*, intervient mon beau-père. On est partis en voyage pendant plus de trois mois à l'autre bout de l'Europe. Il a pu se passer plein de choses en notre absence.

Angus 1 – Dana 0.

Ma mère lui lance un regard agacé et, perdant sa classe habituelle, elle lève les bras en l'air comme une folle puis tire sur son écharpe avec nervosité.

— Mais justement. On l'a fait pour Freïa !

J'éclate de rire, mais d'un rire mauvais. Je m'attendais à les voir débarquer, mais pas à une heure aussi matinale. Il faut croire qu'ils se sont rappelés, au milieu de leurs chaudrons et de toutes leurs obligations, qu'ils ont une fille et que cette dernière a subitement disparu après son rituel de Pleine Lune. J'aurais préféré qu'ils m'oublient le plus longtemps possible. Comme ils savent si bien le faire.

— Sérieusement ? dis-je, indignée, en secouant la tête, maman, tu penses *sérieusement* que m'avoir laissée seule pendant trois mois, non, plutôt pendant vingt-trois ans était pour mon bien ?

Je finis par craquer, incapable de retenir mes larmes plus longtemps. J'explose alors et poursuis en me levant d'un coup :

— Pendant toute mon enfance, j'ai cru que tu me détestais. Que tu ne m'aimais pas assez pour passer du temps avec moi. Tu avais toujours mieux à faire : préparer les sabbats du Coven, organiser tes cours, sortir avec tes amies, partir en voyage. Tu ne m'accordais jamais d'attention ! Heureusement, j'ai eu la chance d'avoir un père, qui n'est même pas mon vrai père d'ailleurs, mais qui s'est montré plus présent que ma propre mère !

Mon beau-père a un mouvement de recul. Mes mots l'ont ébranlé, même s'il sait que je ne voulais pas le blesser. Ses yeux se ternissent derrière ses lunettes.

— Maman, si tu savais toutes les choses que j'ai faites pour te plaire. Pour te montrer que j'étais digne d'être ta fille. Mais ce n'était jamais assez bien à ton goût. Tu as toujours fait preuve d'indulgence envers mes sœurcières, et tu as toujours été injuste avec moi. Je suis désolée de ne pas être la parfaite petite sorcière que tu aurais aimé que je sois !

Le visage de ma mère se décompose. Elle semble prendre dix ans d'un coup. Elle lève faiblement une main vers Lionel et pose l'autre sur sa bouche, l'air choqué. Mon beau-père la soutient, de peur de la voir vaciller. J'imagine qu'elle est choquée que je parle ouvertement de notre cercle de sorcières devant un être humain. C'est sûrement ce qui arrive en premier sur sa liste d'interdits. Elle-même cache son secret au monde entier depuis des décennies.

— Il n'y a que ça qui t'inquiète, n'est-ce pas ? rétorqué-je en levant les yeux au ciel et en agitant les bras. La peur de révéler notre secret à un « simple mortel », hein ? Sache qu'il est déjà au courant depuis un bon bout de temps.

— Tu as osé ? s'exclame-t-elle en faisant deux pas vers moi.

— Qu'est-ce que tu comptes faire ? Le transformer en petit cochon, en corbeau ou en…

— Comment oses-tu *nous* exposer à un tel danger ?

s'emporte-t-elle. Et lui ? Sais-tu au moins qui il est ? As-tu remarqué l'aigle tatoué sur son bras ?

— Bien sûr que je l'ai déjà vu. De très près même.

— Alors tu oses mettre le Coven en péril en révélant notre existence à un chasseur ?

— Quoi ? Dana, tu vas trop loin ! dit mon beau-père en s'interposant entre ma mère et moi.

— Angus, regarde-le. Il a la marque. Cet aigle sur son bras, c'est le même que celui de Cillian. C'est la marque des chasseurs.

Lionel se fige.

— De quoi est-ce qu'ils parlent ? lui demandé-je, méfiante. Tu m'avais dit que…

— C'est le même tatouage que mon grand-père. Mon père se l'est fait tatouer aussi. Je ne savais pas que…

Je le dévisage.

— Ne me regarde pas comme ça. Je t'assure que je ne connaissais pas sa signification !

Bien sûr, il a failli faire une syncope dans mon appartement le jour où je lui ai confié mon secret. Je sais qu'il ne ment pas mais toutes ces révélations me rendent dingue. Si j'avais connu la signification de ce tatouage dès le début, j'aurais su à quoi m'attendre.

— *Who is Cillian ?* m'enquiers-je en regardant tour à tour mes parents dans les yeux tandis qu'ils se tiennent côte à côte et continuent leurs messes basses.

Mon beau-père blêmit tandis que ma mère lui lance un regard effrayé.

— J'en ai assez de tous ces secrets.

— Tais-toi ! m'implore ma mère, au bord de la crise de nerfs.

— Il faut lui dire ! laisse tomber mon beau-père. On

ne pourra pas lui cacher indéfiniment la vérité. Et ça fait déjà trop longtemps.

Angus 2 – Dana 0.

Comme toujours, mon beau-père prend mon parti. Il a beau considérer ma mère comme son plus grand trésor, lui non plus ne supporte pas ses cachotteries. Cependant, quand j'observe les diverses couleurs qui traversent l'aura de ma mère, je crains le pire. Mon souffle se coupe face à tant d'énergies négatives. Je sens que la tournure de cette discussion ne va pas me plaire. Mais alors, pas du tout.

— *Let's go !* fait-elle d'un air théâtral en tournant sur elle-même pour me faire face.

Lionel saisit spontanément ma main et me fait signe de m'asseoir. Une fois de plus, il semble lire dans mes pensées

— Pumpkin, reprend ma mère sur un ton plus doux, presque avec une pointe d'affection et de tendresse. Cillian est…

Elle s'arrête et pince les lèvres.

— Il est…

Sa voix se brise. Une larme naît dans le coin de son œil droit. Elle l'essuie puis reprend la parole.

— Ton père. Il est issu d'une lignée de chasseurs de sorcières, lui aussi.

Je manque de m'étouffer en entendant ces mots.

— Il faut que tu sache que… q-que… je n'ai pas seulement fui l'Irlande à cause de la guerre civile. J'avais peur des représailles de la famille de ton père quand ils apprendraient que j'étais enceinte de toi.

Mes yeux se voilent. Je suis prise de vertiges et vois plein de petites étoiles défiler devant mes yeux. Lionel pose une main sur mon bras, comme pour me donner de la force.

— Ton père n'a jamais su où j'allais. Je l'ai aimé, énormément, mais je n'ai pas réussi à lui dire que j'étais enceinte avant de partir. Cela l'aurait tué. Il aurait tout fait pour que je reste et qu'on trouve une solution pour t'élever ensemble. Mais c'était impossible. Notre histoire était condamnée avant même d'avoir commencé.

Je sens que je suis sur le point de m'évanouir mais je tente de tenir le coup. On a déjà eu suffisamment d'accidents pour ce soir.

— J'avais tellement peur que tu m'en veuilles que… que je… j-je ne t'ai jamais rien dit de tout cela. Je voulais que tu gardes le souvenir d'un père qui s'est battu pour sauver l'honneur de ton grand-père. En réalité, ton grand-père paternel a été abattu par… ma mère, ta grand-mère, Granie, quand elle l'a aperçu sur le pas de la porte avec un fusil en mains. Elle lui a lancé un maléfice qui lui a valu de partir tôt… C'est pourquoi tu l'as si peu connue. Mes Aînées n'ont jamais accepté que je tombe amoureuse d'un homme issu d'une famille de chasseurs. Et elles avaient raison car j'ai risqué ma vie, *notre* vie. Ton grand-père avait deviné, bien avant tout le monde, que je te portais et te protégeais. Il aurait tout fait pour nuire au Coven.

Ma mère tombe à genoux, en larmes.

— Toute ma vie, j'ai eu peur que tu découvres la vérité, peur qu'une de nos sœurcières ne te révèle tout, que tes difficultés à utiliser tes pouvoirs te mettent la puce à l'oreille. Tu es une *sang-mêlée*. C'est la raison pour laquelle j'ai toujours été aussi dure envers toi. Je voulais t'empêcher de commettre la même erreur que moi. Si tu savais… Certains chasseurs ont cette emprise sur nous, les sorcières, qui est inexplicable et dangereuse. Ils en profitent pour nous approcher et nous séduire.

Elle étouffe un sanglot.

— Je voulais juste te protéger.

Mon beau-père lui caresse doucement le dos et l'aide à se calmer.

— J'espérais qu'en retrouvant ton jumeau astral, tu ne serais pas tentée à ton tour par le diable, comme on l'a toutes été dans la famille Guinness depuis des générations. Je pensais que ton alliance avec la famille Bergsson rétablirait notre karma.

À ces mots, tout le scénario kitsch, en mode comédie romantique à l'eau de rose, que je me suis imaginée vivre avec Lionel s'effondre. Et mon existence entière m'apparaît soudain comme un immense tissu de mensonges.

— Dis quelque chose, Pumpkin. *Please*, me supplie ma mère, en larmes dans les bras de mon beau-père.

Je relève les yeux. Je me sens aussi vide qu'une coquille. On m'a bercée d'illusions depuis ma naissance.

Même si je crois qu'au fond de moi je l'ai toujours su.

Chapitre 24

Raison

Mes parents sont partis. Ils ont compris qu'ils ne pourraient rien tirer d'autre de ma part ce soir. J'ai besoin de temps, j'ai besoin d'air, j'ai besoin d'espace. Toutes ces révélations vont clairement me faire passer une nuit blanche. Savoir que pendant toutes ces années ma vie n'a été qu'un mensonge et que certaines de mes sœurcières le savaient me donne la sensation d'avoir été profondément trahie.

Mon smartphone vibre. Sur l'écran, un message d'Artémis s'affiche :

Désolée, Frey. Mais ta mère était morte d'inquiétude. Je lui ai dit où tu te trouvais. J'espère que tu n'as pas eu de soucis. Sinon, j'encaisserai la sentence avec toi.

Si seulement. Mais cette sentence, je suis la seule à pouvoir la porter cette fois-ci.

— Je suis désolé, me dit Lionel.

Il me faut quelques secondes avant de prendre conscience qu'il s'adresse à moi.

— Pourquoi ?

— Pour ce soir. Et pour tout le reste.

Je dépose mon téléphone près de celui de Lionel, sur la table de chevet, puis je m'installe à ses côtés, sur le lit.

Il a l'air surpris par mon geste.

— Je n'aurais pas dû réagir comme ça, ni insulter Artie… J'sais pas ce qui m'a pris.

— Hum… Tu veux que je te rafraîchisse la mémoire ? Joint plus alcool, ça ne fait pas bon ménage. Bref, tu as reçu un sacré coup sur la tête, sans parler des grammes que tu avais dans le sang. Tu es resté inconscient pendant plusieurs heures.

— Ça ne justifie pas mon comportement. Ni les paroles blessantes que j'ai pu avoir et…

Je ne l'écoute plus car je me rends compte que, s'il y a une fautive dans cette histoire, c'est moi. Mais il ne le sait pas encore. C'est pourquoi je dois lui dire ce qui s'est passé.

— Je… j'ai mes torts aussi.

— Disons qu'on est quitte alors.

— Mais avec Audin…

J'observe le cathéter planté dans le bras droit de Lionel, puis les points de suture sur son front et les quelques égratignures qu'il a sur le visage. Il a encore un peu de peinture verte de son déguisement d'Halloween sur les joues, et ses boucles sont en bataille.

Les mots n'arrivent pas à sortir de ma bouche. Je ne me suis jamais sentie aussi coupable, sûrement parce que c'est la première fois que j'éprouve des sentiments aussi forts et que je n'arrive pas à comprendre comment j'ai pu trahir Lionel.

— Frey ? Je t'ai perdue… Tu voulais dire quelque chose ?

— J'ai été idiote, dis-je en le serrant dans mes bras.

— J'ai été idiot aussi, dit-il à son tour, en posant sa tête sur la mienne.

— M-mais… Ce que j'ai fait est bien pire. Je ne suis pas une fille bien.

— Ça, je le sais déjà, dit-il en passant sa main dans mes cheveux. Mais je te rappelle que tu m'as quand même sauvé la vie après que je t'ai dit les pires horreurs, donc… Tu as une part de bon en toi. Une immense même. Alors, merci.

Des larmes roulent sur mes joues. Je ne trouve plus rien à dire. Je reste donc silencieuse en encaissant le poids émotionnel des cinq dernières heures de mon existence.

— Tu penses qu'on devrait se séparer ? me demande Lionel en plissant les yeux.

— Je ne sais pas…

Je le lâche et me recule pour le regarder dans les yeux. Je me perds, une fois de plus, dans la noirceur de ses iris.

— Ce serait sûrement mieux, surtout maintenant qu'on sait que notre histoire devra se terminer tôt ou tard, déclare-t-il en reprenant son sérieux.

— Si je respectais toutes les règles que mes parents m'ont imposées dans ma vie…

— Oui, je sais. Tu aimes trop « braver les interdits », raille-t-il en mimant les guillemets.

— Et tu es mon plus bel interdit. Je n'ai pas envie qu'on se sépare, Lio… mais je comprendrais que tout ça soit trop pour toi.

— Je crois que je peux tout supporter, Frey, tant qu'on reste honnêtes l'un envers l'autre.

Je blêmis.

— Pourquoi tu me regardes comme si j'étais un fantôme ? dit-il en essayant de me prendre la main.

Mais je me lève du lit et instaure une distance de sécurité entre nous deux.

C'est définitif, si je ne veux pas le perdre, il faut que j'enterre mon secret avec moi. *Après tout, ce n'était qu'un baiser. Je ne l'ai pas vraiment trompé, n'est-ce pas ?* tenté-je de me rassurer en sentant mes lèvres trembler. Je n'aurais qu'à éviter le sujet « Audin » pendant quelques jours et faire comme si rien ne s'était passé.

— Frey, tu me fais flipper. Qu'est-ce qui t'arrives ? Tu as des petites flammes qui sortent de tes mains.

Je baisse les yeux vers mes paumes et observe l'effet de mes émotions sur ma magie.

— C'est rien. C'est le choc émotionnel. T-tu sais, j'ai tellement eu peur quand Sedna m'a fait part de sa vision. Elle a vu que tu te faisais renverser par un métro…

— Je comprends mieux pourquoi tu m'as appelé vingt fois. Moi qui pensais que c'était parce que tu voulais t'excuser.

— Bien sûr, je voulais m'excuser aussi.

Au même instant, mon téléphone vibre.

Numéro inconnu.

Je reste figée en priant pour que cela cesse, même si une part de mon cœur espère l'inverse – par curiosité, mais aussi pour échapper à cette discussion difficile.

— Tu ne décroches pas ? s'enquiert Lionel en observant mon smartphone sonner pour la troisième fois consécutive. À cette heure-ci, ça doit être un appel important.

Je me rue sur l'appareil et coupe la communication.

Il n'y a que le roi de l'enfer pour me contacter au beau milieu de la nuit, ou du moins son sbire favori.

— Si c'est important, on me laissera un message !

— Tu es bizarre, Frey. Tu devrais peut-être te reposer, tu trembles de fatigue.

S'il n'y avait que ça, tout irait bien. Mais je n'arrive pas à avoir les idées claires.

— Alors tu es sûr que tu ne veux pas me quitter ? murmuré-je, la voix presque brisée.

— Pour être sincère, je crois que je n'ai pas envie de prendre cette décision maintenant.

— S'il te plaît, réponds-moi.

— On en parlera demain, pour l'instant on a tous les deux besoin de se reposer et je...

— Réponds-moi ! explosé-je en sentant des flammes crépiter dans mes paumes.

Lionel se mord les lèvres, serre les poings et détourne le regard.

— Freïa, tout ce que je veux, c'est qu'on s'endorme dans les bras l'un de l'autre et qu'on oublie cette horrible soirée.

Je retrouve un souffle régulier et m'approche doucement de lui en veillant à éteindre le brasier qui s'est allumé au fond de moi. Je réussis à me calmer – ce qui est très rare – et décide de me rasseoir à côté du garçon qui m'a fait chavirer, à plus d'une reprise, en l'espace de quelques semaines. Car je reste persuadée qu'un lien fort nous unit et je ferai tout ce qui est en mon pouvoir pour le sauver.

— Malgré tout ce qu'il s'est passé, tu as décidé de passer le reste de ta soirée d'Halloween avec moi, continue Lionel en souriant tristement. Alors que je suis l'humain qui a foutu le bordel dans ta vie. Je t'en suis reconnaissant, vraiment.

— On s'est fait une promesse.

— Merci de l'avoir tenue.

Il marque une pause et prend ma main.

— Et encore merci de m'avoir sauvé la vie.

— C-c'est… euh… normal ?

Lionel rit doucement.

— Non, ce n'est pas « normal ». Mais j'ai un peu du mal à savoir où se place la normalité ces derniers temps. La seule chose dont j'ai envie de me souvenir, c'est de toi qui as levé cette main pour arrêter le métro qui fonçait sur moi… enfin, sur nous.

Je tressaille.

— Tu as vu ce que je faisais ?

— C'est la dernière chose dont je me souviens. Enfin, c'est peut-être mon imagination qui me joue des tours. Ce qui est très probable vu que j'ai pris un sacré coup sur la tête.

Je pince les lèvres.

— Non, tu as bien vu.

— Wow.

— Je ne sais pas comment j'ai réussi à faire ça. J'ai toujours été…

— Nulle en magie, m'interrompt-il en passant sa main sur ma joue.

— Oui.

Il me sourit.

— Je commence à te connaître.

Je ne peux m'empêcher de repenser à toute la force que j'ai invoquée pour arrêter ce métro. Je revois le visage du conducteur, terrorisé et impuissant, en me découvrant au beau milieu des rails, une personne inconsciente dans les bras. Même en freinant, il nous aurait percutés. Mais j'ai réussi à le stopper. Un groupe de personnes s'était rassemblé autour de nous, curieux de voir ce qui avait causé autant de raffut. Heureusement, Artémis a aussitôt jeté un sort à tous les témoins de la scène pour leur faire oublier ce spectacle invraisemblable. Puis elle a appelé les secours et a repris le volant de la voiture de Dorian pour nous suivre jusqu'aux urgences.

Je me revois, tremblante et épuisée, en train de répondre à un appel de Sedna tout en montant dans l'ambulance. Les choses n'auraient pas dû se passer comme ça. Si je n'avais pas raccroché au nez de ma meilleure amie, je l'aurais entendue me prévenir qu'Artémis ne devait pas être présente avec moi lorsque je retrouverais Lionel, que je devais tout faire pour la garder éloignée.

Même si Lionel aurait peut-être quand même frôlé la mort.

Car toutes ses visions avaient la même issue.

Cela devait se produire.

Pour réveiller certaines choses enfouies en moi.

— Je crois que c'est ta présence qui a réveillé une partie de mes pouvoirs.

— Tu crois ? Malgré tout ce que ta mère t'a avoué ?

— Oui. Je ne sais pas encore quoi penser de tout ça. Ni de cette révélation au sujet de mon père. Ça fait beaucoup de choses à digérer. Mais je suis certaine que notre rencontre n'est pas due au hasard. Il doit y avoir une bonne *raison* à tout cela… Karma ou pas.

Lionel fait mine de réfléchir. Il s'adosse contre les oreillers en plissant un peu les yeux.

— Je suis d'accord avec toi.

Il passe une main derrière sa tête et se tourne légèrement vers moi. Je ne peux m'empêcher de me pencher vers lui pour l'embrasser. Mon amoureux ne fait rien pour m'arrêter. Au contraire. Je le surprends même à passer une main dans mes cheveux pour me serrer davantage contre lui.

— Tu m'avais manqué, chuchote-t-il en souriant.

— Toi aussi, répliqué-je en posant mon front contre le sien. On devrait essayer de dormir un peu.

— Non, on devrait plutôt essayer de s'embrasser, encore une fois.

Je ris et me penche à nouveau vers lui.

Mais la sonnerie de son téléphone nous interrompt. Je saute du lit, attrape le smartphone et lui tends.

— Oh… ma mère, dit-il, surpris, avant de décrocher.

Il met le haut-parleur, alors que je retiens mon souffle.

— Allô ?

— Lionel ! L'hôpital m'a appelée en me disant que tu étais hospitalisé suite à une commotion cérébrale !

— Oui, désolé, maman. Je ne voulais pas vous inquiéter.

— Ton frère est malade.

— Gabriel ?

— Oui. Je ne peux pas me permettre de venir te voir à Bruxelles. Ton père n'est pas au courant de ton état. Sinon, il ne t'adresserait plus jamais la parole.

— T'en fais pas, je suis entre de bonnes mains.

— C'est à cause de cette fille, tout ça ?

— Non.

— Tu mens.

— Maman. Je vais bien. C'est grâce à cette fille si je suis encore en vie.

Sa mère ne répond plus.

— Maman, tu es toujours là ?

— Oui. Tu... tu la remercieras.

— Compte sur moi.

— Bien. Je te laisse alors. Prends soin de toi, mon fils.

Puis la communication est coupée. Lionel balance son téléphone sur le lit. Il se prend la tête entre les mains et soupire.

— Ils me gavent, ces parents...

Je veux répondre. Mais mon téléphone vibre à nouveau. Encore un numéro inconnu. Les vibrations s'arrêtent puis je reçois un message. Curieuse de connaître l'identité de mon mystérieux interlocuteur, je m'empare de mon smartphone et lis :

Je n'arrête pas de repenser à notre baiser. J'ai très envie de te revoir. Fais-moi signe quand tu voudras discuter. Bonne nuit, Audin.

Je me demande comment il a réussi à obtenir mon numéro de téléphone.

Et, surtout, je me demande pourquoi Lucifer s'acharne sur mon sort.

Chapitre 25

Vision

Le lendemain, 1er novembre 2019

— Tu es sûre que tu n'as besoin de rien ? Je m'habille et je peux être là dans une heure ! dis-je, insistante, une brosse à dents dans la bouche et une main plaquée sur ma serviette de bain pour l'empêcher de tomber.

— Non, tout va bien ! crie ma meilleure copine dans le téléphone. Do' prend soin de moi, mes beaux-parents, aussi. Je réfléchis pas mal. Je me demande si je n'ai pas envie d'adopter un chaton.

Je sursaute à cette phrase en me demandant quelle araignée a piqué Sedna pour qu'elle ait une idée pareille. À croire que sa fausse couche a réveillé plus d'un sentiment au fond de son cœur, même si elle refuse encore de l'admettre.

Je ne relève pas, me rince la bouche et pose ma brosse à dents sur l'évier en marbre blanc – ou du moins j'essaie de lui trouver une place – car ça fait moins de vingt-quatre heures que ma colocataire est partie se reposer à la campagne et, pourtant, j'ai déjà réussi à foutre le bazar dans toutes les pièces.

— Reste à l'appartement et accueille Lionel comme il se doit. Vous *devez* parler. Et dis-lui la vérité avant qu'il l'apprenne de quelqu'un d'autre.

— De qui veux-tu qu'il l'apprenne ? Artie et toi êtes les deux seules au courant, et je vous fais confiance.

Je l'entends soupirer longuement, visiblement contrariée.

— Comme d'habitude, tu n'en fais qu'à ta tête. C'est peine perdue !

— Tu as vu quelque cho…

Mais je suis interrompue par la sonnette.

— Tu attends un colis ? m'enquiers-je en enfilant un peignoir rose en fausse fourrure.

— Non.

Quelqu'un frappe déjà à la porte, alors que je n'ai même pas encore décroché l'Interphone ni ouvert la porte du rez-de-chaussée.

— Oh ! ça doit être mes parents, dis-je, résignée, en avançant dans le hall d'entrée.

Il n'y a qu'eux pour se pointer à l'improviste.

Le temps que j'atteigne la porte, Sedna continue à me raconter combien elle est soulagée d'être en congé maladie car elle commence à se lasser de son boulot au magazine. Si elle pouvait choisir entre sa vie d'humaine et celle de sorcière, le choix serait vite fait.

Je lui réponds brièvement, tout en m'étonnant que mes parents ne m'aient pas prévenue de leur visite, surtout après notre dispute d'hier soir. De plus, je ne perçois pas leurs auras à travers la porte.

— … plus besoin d'entendre Aline se plaindre à longueur de journée parce qu'elle ne rentre plus dans son jean taille 34. Le bonheur ! Et j'ai enfin le temps de créer du contenu pour mon blog ! Hier, j'ai atteint les 90 000 abonnés sur Instagram, et mon dernier article a dépassé les 100 000 vues. En moins de vingt-quatre heures ! Et tu sais quoi ? J'ai…

J'ouvre la porte d'un coup et manque de défaillir en découvrant les yeux bleus perçants de la personne qui se trouve sur le seuil.

C'est bien la dernière âme que je m'attendais à voir.

— … je crois que je vais poser ma démission et enfin prendre mes ovaires en main pour lancer ma propre entreprise !

Audin ne peut s'empêcher de sourire en observant ma mine rougie par la surprise. Je suis *tellement* gênée qu'il me voie dans mon accoutrement « spécial dimanche » : peignoir rose, chaussons pilou, cheveux humides et visage sans artifice. Les visites surprises devraient être interdites ! Je vais demander qu'on intègre cette règle dans le grimoire du Coven.

— Frey, tu es toujours là ?

— Sed… Je dois te laisser. Je te rappelle. Au lieu de penser au boulot, repose-toi. Et *toi aussi* tu as besoin d'avoir une vraie discussion avec Gatsby. Arrête de jouer la Madame Parfaite qui veut toujours tout gérer toute seule. Je t'aime.

Je ne lui laisse pas le temps de répondre et raccroche.

— Tu me laisses entrer ? demande Audin, appuyé nonchalamment contre le chambranle de la porte.

En guise de réponse, je fais mine de lui fermer la porte au nez, mais il cale son pied dans l'embrasure.

— T'es pas très accueillante. Pourtant, il me semblait que les Irlandaises étaient sympathiques.

À ces mots, mon taux de susceptibilité monte en flèche. Je lui lance un regard noir alors qu'il m'attrape délicatement par le poignet.

— S'il te plaît. Cinq minutes. J'te demande rien de plus. Après je te laisserai tranquille.

Vu sa carrure, il pourrait très bien enfoncer la porte et forcer le passage s'il le voulait. Je ne pourrais pas l'en empêcher. Je finis par me résigner et m'écarte pour le laisser passer. Je suis alors happée par son odeur d'eucalyptus, de pin et de cannelle, ce qui ravive aussitôt le souvenir de notre baiser échangé la nuit dernière. Je dois me faire violence pour ne rien laisser paraître, même si le sang me monte aux joues et que des petites flammes se mettent à crépiter dans mes mains. Je les dissimule rapidement en enlevant la serviette humide qui entoure mes cheveux. Le contact de l'eau sur ma peau calme immédiatement mes ardeurs.

Je referme la porte, réajuste mon peignoir en pilou-pilou et suis mon invité surprise du jour jusqu'au salon en traînant les pieds.

— Vous êtes mignonnes avec tes copines, lance Audin qui se penche vers la grande bibliothèque en bois où trônent quelques clichés de Sedna, Artémis et moi lorsque nous étions adolescentes.

Je ne relève pas et m'installe sur une chaise à l'autre bout de la pièce pour être le plus loin possible de lui. Je refuse de me laisser ensorceler.

— Qu'est-ce que tu fais là ? lâché-je d'un ton sec.

— Si je veux quelque chose à boire ? Oui, un thé, s'il te plaît, merci.

Je me mords l'intérieur de la joue et détourne le regard

quand il pose les yeux sur moi. Je refuse de faire acte de faiblesse devant Monsieur Gueule-d'Ange.

— Ok. Je vais faire comme chez moi alors.

Il disparaît dans la cuisine en sifflotant l'air d'une chanson de U2 comme si c'était la chose la plus banale et normale du monde.

Je croise les bras et arbore une mine boudeuse jusqu'à son retour. Il revient quelques minutes plus tard et dépose une tasse fumante devant moi, ainsi qu'un paquet de gâteaux. Puis il prend un tabouret et s'installe à moins de cinquante centimètres de moi. Son comportement m'agace, même si je dois avouer qu'il sait se montrer aimable et charmant.

— La boîte de thé au gingembre était presque vide, j'en ai déduit que c'était ton favori.

— Non, c'est celui de ma coloc.

— Tu veux que je t'en prépare un autre ? s'empresse-t-il de demander.

— Non, lâché-je face à son excès de politesse. En fait, c'est notre préféré à toutes les deux.

Pour confirmer mes dires, je relève les yeux vers lui et esquisse un semblant de sourire pour lui assurer qu'il a fait le bon choix. Il sirote la boisson et sourit à son tour, comme pour approuver notre préférence.

— Tu as passé une bonne fin de soirée, hier ? Tu n'as pas répondu à mes appels…

— Viens-en aux faits. *What do you want ?*

— *Nothing*. J'avais juste envie de te voir avant de quitter la Belgique. Et savoir si tu avais eu cette *vision* toi aussi.

— Je ne vois pas de quoi tu parles.

Audin se détourne soudain de moi et jette un regard vers la fenêtre.

J'en profite pour étudier son profil, si parfait que cela me hérisse les poils. Son *man bun* est soigneusement attaché, ses sourcils dorés, parfaitement dessinés, sa peau laiteuse est sans défaut et même sa petite barbe naissante semble être faite de fils d'or. Sans parler de ses yeux azur, de ses épaules carrées ou encore de sa voix suave. Même sa tenue semble avoir été étudiée au détail près, avec son gilet à capuche beige du dimanche, son jeans Levi's et ses sneakers plus blanches que les nuages dans le ciel. C'est à se demander s'il n'est pas un descendant direct des dieux nordiques.

— Tu sais quoi ?

Je reste muette en le toisant.

— Je n'aurais pas dû venir, je perds mon temps, déclare-t-il en se levant. Je vais retourner à ma vie et te laisser tranquille.

Mais je n'en crois rien. Son aura vrille et passe du bleu au noir l'espace d'une demi-seconde, indiquant que son ego a été touché, voire plus.

— Tu mens.

— Non, affirme-t-il en prenant appui sur le dos de la chaise avec ses mains. Je ne suis pas là pour te forcer la main, contrairement à ce que tu as l'air de penser. Je te rappelle qu'on est deux dans cette situation. Moi aussi, mes parents m'ont bassiné avec toi pendant des années.

Ce que j'ai pris pour un mensonge est en fait de la contrariété. Son aura s'assombrit et se remet à vibrer. Il n'a pas tort, je pourrais me montrer plus indulgente envers lui car nous avons sûrement subi la même pression et la même éducation stricte. Pourtant, je n'ai pas envie de lui accorder ne serait-ce qu'une once de sympathie.

— Et jusqu'à hier, je les détestais pour ça, continue-t-il en plantant son regard dans le mien. Mais si je suis là, aujourd'hui, c'est parce que...

Je passe une main dans ma chevelure, toujours humide après la sortie de ma douche, et joue avec quelques boucles pour apaiser mes tensions intérieures.

Pour une Balance, ce mec a l'air de savoir ce qu'il veut. Et ce constat m'effraie car je crois que je trouve ça séduisant.

— Freïa, tu me plais vraiment.

Mon souffle se coupe à cette déclaration.

— Et j'attendrai que tu me désires toi aussi pour réapparaître dans ta vie.

— Q-que... Quoi ? m'écrié-je en me levant à mon tour, totalement abasourdie.

— Le jour où ton cœur me désirera, nos chemins se recroiseront, énonce-t-il comme un sortilège.

Il prend ma main, y dépose un baiser puis il disparaît en une pluie d'étoiles noires.

De la poudre de fée noire, constaté-je, toujours sous le choc de son aveu.

Audin s'est volatilisé, me laissant seule avec mes pensées, encore plus désorganisées qu'avant. Je n'étais vraiment pas prête à entendre ça. À quel moment est-ce que cette histoire de fiançailles a semé la pagaille dans mon cœur ? En une soirée, ce mec m'a fait commettre la pire des erreurs et sa visite surprise vient encore tout chambouler.

La tête me tourne et je suis prise de vertiges. J'ai

besoin de me rasseoir pour reprendre mes esprits mais, au même moment, on frappe à la porte.

Cette fois-ci, je reconnais l'aura de mon visiteur : c'est Lionel. Je soupire de soulagement tandis que les battements de mon cœur redoublent. Sentir sa présence a toujours le même effet sur moi, cela me rassure. Je bondis sur mes pieds pour aller lui ouvrir, un sourire illuminant déjà mon visage. Mais alors que je tourne la poignée de la porte, tout ce qui m'entoure se transforme soudain. Je perds pied et me retrouve téléportée dans une grande salle grise avec deux portes devant moi. Je panique avant de comprendre à quoi correspond cette déformation de l'espace-temps.

Ce n'est qu'une vision, Freïa, me dis-je en frissonnant dans l'espoir de me rassurer.

J'entoure ma poitrine de mes bras, frotte mes muscles pour faire circuler la chaleur et avance doucement en direction des deux portes. Comme Sedna me l'avait déjà fait comprendre, deux solutions s'offrent à moi. Le destin n'est pas encore gravé dans le marbre.

Et cette vision ne fait que me le confirmer.

J'avance encore d'un pas et me tourne vers la porte de gauche, en espérant que ce soit la bonne. Mais le sol se met soudain à trembler. Je perds l'équilibre et tombe en arrière. Un vacarme assourdissant envahit la pièce, m'obligeant à me boucher les oreilles. Puis, dans un craquement de bois, une troisième porte surgit au milieu des deux autres. J'essaie de me relever tant bien que mal quand j'aperçois la poignée tourner d'elle-même. La porte s'ouvre en grinçant et quelqu'un apparaît. Ce n'est aucun des deux hommes auxquels je m'attendais. Ce n'est ni une crinière blonde ni une chevelure sombre qu'il arbore mais des boucles aussi rousses que les miennes, des yeux noisette semblables aux miens, des taches de rousseur et une peau pâle. Quelques pattes d'oie encadrent son regard, certaines de ses mèches de cheveux virent au gris et sa bouche est dissimulée sous une épaisse barbe.

— Pa... papa ?

Il me sourit, marche vers moi et me prend dans ses bras. Je me mets à pleurer à chaudes larmes tandis qu'un sentiment nouveau s'installe dans mon cœur, un mélange de plénitude et de douceur. Pour la première fois depuis longtemps, je me sens à ma place.

J'aimerais poser un tas de questions à cet inconnu, qui n'en est pas vraiment un, mais en quelques secondes seulement la vision s'arrête et je me retrouve de nouveau dans mon appartement.

— Frey ? fait Lionel en me secouant vivement.

— C-c... ce n'est rien...

J'ouvre péniblement les yeux et essaie de calmer mes tremblements.

— Je viens d'avoir une vision.

— J'ai cru que tu faisais une crise d'angoisse. Tu... tu pleures ?

Il me serre alors dans ses bras et mes larmes redoublent. Je sens un déclic s'opérer en moi. Mes lèvres brûlent et je sens que je ne vais plus pouvoir lui cacher mon secret plus longtemps, car malgré mes doutes c'est lui que je veux à mes côtés et c'est avec lui que je veux vivre cette aventure, même si j'ai encore des traumatismes, des blessures familiales et un problème de karma à résoudre.

Il est temps que j'accepte mes sentiments et que je

me batte pour mes convictions profondes. Je refuse de commettre les mêmes erreurs que mes Aînées.

Il est grand temps de briser ce cercle de haine.

Pour le métamorphoser en cercle d'amour.

Chapitre 26

Interdictions

Une semaine plus tard, 7 novembre 2019

Je m'époumone au beau milieu du salon sur le bon vieux tube *What The Hell* d'Avril Lavigne, qui ne m'a jamais semblé autant d'actualité qu'en ce moment. J'ai une bouteille d'eau en guise de micro, un T-shirt Salamèche (piqué à Lionel) trois fois trop grand pour moi, un string et des moufles roses comme tenue de scène. Je me déchaîne, monte sur la table basse en bois et secoue ma chevelure rousse dans tous les sens. Ça y est ! Mes chakras sont en train de s'aligner. Je le ressens au fond de moi. La méditation n'est peut-être pas la seule solution à mes conflits intérieurs finalement. Je m'excuserai auprès de mes Aînées pour ce nouvel affront mais je pense que le chant et la danse ont un bien meilleur effet sur moi. J'en suis même persuadée… jusqu'à ce que je trébuche lamentablement et tombe de ma scène improvisée.

— Heureusement que je suis là, Miss Vendredi-13 ! me taquine Lionel en me sauvant la vie – ou presque.

Mon fessier a frôlé le sol de près, mais il m'a rattrapée juste à temps. Si le vendredi 13 porte vraiment la poisse aux mortels, je veux bien être sauvée par mon beau brun ténébreux à chacune de mes gaffes.

Je lève la tête vers lui, souris de toutes mes dents et me redresse d'un bond.

— Joyeux anniversaire ! m'écrié-je en lui sautant dessus.

Lionel, surpris, doit faire un pas en arrière pour ne pas perdre l'équilibre et nous éviter de tomber tous les deux.

— Merci, réussit-il à dire entre deux baisers.

— Tu étais passé où ? J'ai essayé de t'appeler plusieurs fois.

— Je suis allé chercher le petit déj.

Étonnée, je repose les pieds sur le sol et lance un regard interrogateur à mon amoureux.

— Je voulais te faire une surprise. J'avais réservé un brunch à emporter. Je voulais t'amener le petit déjeuner au lit mais je vois que tu es déjà debout.

En effet, il est 8 heures du matin et ça ne me ressemble pas du tout de me lever de si bonne heure un samedi. Encore moins après avoir fait des folies avec mon corps (et surtout avec celui de Lionel) jusqu'à pas d'heure. Mais en ce jour spécial, j'espérais le réveiller en lui chantant l'hymne de sa révolution solaire[1] de l'année. Il m'a prise de court. Comme à son habitude.

1. La révolution solaire : le retour du Soleil exactement à la même position, sur le thème astral d'une personne, qu'au jour de sa naissance. Cela se produit une fois par an, lors du fameux jour nommé « anniversaire ».

Je le serre dans mes bras, bien décidée à ne plus me décoller de lui de sitôt.

— Mais Lio, c'est ton anniversaire. C'est à moi de te faire une surprise.

— Je voulais te remercier pour cette semaine.

Je soupire profondément de joie et le serre un peu plus fort.

Finalement, avouer ses sentiments et se laisser porter par ce qu'on ressent est tellement plus agréable. Je regrette de ne pas avoir lâché prise plus tôt. Je regrette d'avoir nié tout ce que je ressentais et d'avoir dû attendre l'accident de Lionel pour avoir un déclic. Je regrette d'avoir mis en péril notre relation parce que j'ai une peur bleue de tomber amoureuse et de ne pas savoir gérer mes sentiments.

Mais cette semaine passée tous les deux, à partager un quotidien (presque) banal, nous a énormément rapprochés. Entre la préparation de notre blocus et mes recherches intensives dans le grimoire de mes ancêtres pour mieux comprendre mes pouvoirs, on s'est amusés à se raconter presque tout sur nos vies. On s'est demandé où étaient passés nos anges gardiens lorsqu'on avait eu le plus besoin d'eux. Finalement, on en est venus à la conclusion que chaque expérience de notre vie avait été une chance car ce n'était qu'une étape sur le chemin qui menait jusqu'à notre rencontre. Et pour rien au monde nous ne voudrions changer quoi que ce soit à notre histoire.

À sa sortie de l'hôpital, Lionel s'est installé à l'appartement – temporairement bien entendu, le temps de sa convalescence.

Une nouvelle intimité s'est tissée entre nous. Et ça

me plaît beaucoup. Même si, au fond de moi, je crains toujours qu'il apprenne ma trahison lors du réveillon des Sorcières. J'ai bien tenté de la lui avouer à plusieurs reprises, mais je n'ai pas réussi.

— Tu as des nouvelles de Sedna ? demande Lionel en se dirigeant vers la cuisine.

— Oui, opiné-je en le suivant. Pas beaucoup mais je ne m'inquiète pas. Je pense qu'elle a besoin d'un peu de temps après ce qu'il s'est passé. Je sais qu'elle va s'en sortir, comme d'habitude. C'est une guerrière.

Je sors deux grandes assiettes du placard, ainsi que des verres et des couverts. Lionel dresse la table avec notre festin du jour.

En réalité, l'état de santé de ma meilleure amie m'inquiète plus que je n'ose le dire. Mais je sais que la bombarder de messages ne servira à rien. Et puis, Dorian a promis de me tenir au courant s'il y avait le moindre souci. Cela fait déjà une semaine qu'elle est partie vivre chez lui, juste au moment où Lionel s'est installé ici. Avant de quitter l'appartement, elle m'a envoyé un long message. Elle m'a écrit qu'elle éprouvait le besoin de se recentrer sur elle-même, de passer du temps avec son chéri et de se remettre des récents événements qui ont chamboulé nos vies, la sienne comme la mienne. Je ne peux que comprendre et respecter son choix.

— On pourrait aller leur rendre visite ce soir, non ? suggère Lionel en préparant du café. Ou leur proposer de faire ce fameux restau à quatre ?

— Hum… Je ne sais pas. Laissons-leur encore un peu de temps.

Je presse quelques oranges, le regard lointain.

— Et puis, j'ai une surprise pour toi ! dis-je, tout excitée.

— Ah oui ?

— Oui, dis-je en m'installant à table, face à lui. J'ai deux surprises en réalité.

— Rien que ça ! Tu essaies de te racheter ou quoi ?

— Qu-quoi ? dis-je la voix tremblante en renversant presque mon verre de jus d'orange.

Il hausse un sourcil, l'air suspicieux, et se met à rire. Sans le savoir, il vient bel et bien de tomber juste. Inconsciemment, tous ces cadeaux sont un peu un moyen de me faire pardonner. Je mords dans un croissant sans relever sa plaisanterie puis je m'éclaircis la gorge.

— Je… Je voulais juste te faire plaisir. En tout cas, les deux vont te faire voyager.

Et sans lui laisser l'occasion de me charrier à nouveau, je tends une main dans le vide et lance un sortilège. Une enveloppe posée sur le plan de travail entre le grille-pain et une bouteille de lait s'élève dans les airs et se met à virevolter jusqu'à moi. Lionel lâche son toast et me regarde avec des yeux ronds, l'air de dire : « Depuis quand tu sais faire ça, toi ? »

— Tiens, dis-je en lui tendant son premier cadeau.

Il soutient mon regard puis attrape l'enveloppe avant de l'ouvrir délicatement. Il en sort deux tickets pour le festival de Werchter.

— Tu voulais revoir les Red Hot Chili Peppers il me semble ?

Mon amoureux se lève d'un coup et son aura devient rayonnante, presque éblouissante pour mes yeux d'hyper-perceptive. Il vient jusqu'à moi et me serre fort dans ses bras puis il m'embrasse tendrement. Je comprends que mon cadeau d'anniversaire est, sans conteste, un succès.

— Tu es la meilleure, Frey ! Merci, merci !

— Je sais.

— Et la deuxième surprise ? fait-il, les yeux brillants d'excitation et d'impatience comme un enfant.

— Si tu me laisses conduire ta voiture, tu la découvriras cet après-midi !

— Hum… OK. Marché conclu !

Il plaque ses lèvres sur les miennes avec ardeur et me soulève en me tenant fermement par les cuisses. Je comprends qu'on va passer au dessert plus vite que prévu.

Novembre hurle la fin du cycle du soleil ; le mercure affiche zéro degré, les routes et les trottoirs sont couverts de givre et de vives rafales de vent soufflent dehors. J'en viens à me demander pourquoi j'ai choisi une robe fendue sur les cuisses avec un décolleté plongeant. Et surtout, à quel moment j'ai pensé que des talons hauts étaient une bonne idée pour conduire. Ce n'est pratique ni pour embrayer ni pour débrayer, et encore moins pour faire un créneau.

— Arrête de te plaindre ! me gronde gentiment Lionel. Tu devrais te dépêcher de prendre rendez-vous pour passer ton permis avant qu'il commence à neiger. Là, tu feras moins la maligne.

Je lui lance un regard noir avant de reprendre ma manœuvre. Je dois recommencer une fois, deux fois, trois fois. Je finis par garer la petite Renault Zoe et serrer le frein à main en guise de reddition. Puis je vérifie pour la énième fois mon maquillage dans le rétroviseur pour être sûre que mon trait d'eyeliner est intact.

— J'sais pas pourquoi tu te donnes tant de mal, tu sais très bien ce qui t'attend dès qu'on aura franchi le pas de la porte ce soir, me murmure Lionel au creux de l'oreille en glissant sa main le long de ma cuisse.

Mon cœur s'emballe et mes joues rosissent. Je me ressaisis rapidement, décale la main de mon amoureux et le regarde avec sérieux.

— Tu m'as emmené où ? demande-t-il, curieux.

— Au manoir.

— C'est-à-dire ?

— Chez mes parents.

Sa mâchoire se décroche. Il reste immobile, l'air paniqué.

— Je te promets qu'ils ne vont pas te transformer en petit mouton noir. C'est eux qui nous ont invités. Pour discuter et faire ta connaissance.

— C'est ça, ma deuxième surprise ?

Je croise les bras sur ma poitrine, vexée.

Je songe à la vision que j'ai eue l'autre soir.

La porte.

Mon père.

Ce foutu karma à briser.

Je n'ai pas osé faire part de ma vision à Sedna, et encore moins à mon amoureux malgré son inquiétude en voyant mon état de choc. En revanche j'en ai parlé à mon beau-père, et je sais très bien que tout ce que je lui confie est répété à ma mère. Cette dernière m'a donc appelée, au beau milieu de la semaine, pour me proposer ce souper[1]. Quand je lui ai annoncé que c'était l'anniversaire de Lionel, elle a eu l'air ravie. Elle m'a même dit qu'elle allait nous faire une surprise pour l'occasion, ce que je trouve assez surprenant, voire effrayant. Je vais peut-être regretter d'avoir accepté l'invitation de mes parents. Même si le ton de ma mère avait l'air sincère, je redoute toujours le pire avec eux.

Je coupe le contact, détache ma ceinture et attrape mon manteau posé sur un des sièges arrière. J'ouvre la portière et me retrouve fouettée par un vent glacial. J'ose un regard en direction de Lionel, qui n'a pas bougé d'un pouce. Son aura passe par toutes les couleurs.

— Je comprends mieux pourquoi tu m'as dit de mettre une chemise et des chaussures classes, marmonne-t-il.

Je sors de la voiture et contourne le véhicule pour lui ouvrir.

— Apparemment, c'est moi aujourd'hui la *gentlelady*, dis-je en lui offrant mon bras.

Lionel relève le menton et soutient mon regard.

— Je t'assure que tu ne feras pas office de sacrifice. Mes parents ont même un cadeau pour toi. C'est ma mère elle-même qui a tenu à organiser ce repas. C'est sa manière à elle de lever le drapeau blanc, continué-je en souriant.

— OK.

— Allons-y.

Il se lève et prend mon bras.

— Promis, on ne s'éternisera pas. On est attendus ailleurs après. Et Cédric me brûlera vive si je l'empêche de fêter l'anniversaire de son meilleur pote.

1. Le « souper » en Belgique désigne ce qui est le dîner pour les Français.

Jusqu'à présent tout se déroule à merveille.

Mes parents ont préparé un apéro dînatoire en respectant le régime végétarien de mon amoureux. Ils lui ont même fait visiter le manoir, construit avec des vieilles pierres du pays qu'ils ont trouvées dans la région d'Uccle, un peu après leur mariage en 1999. J'ai passé toute mon enfance dans cette immense demeure aux plafonds hauts ornés de moulures, aux énormes fenêtres aux châssis en bois avec des grilles en fer forgé doré sur lesquels des plantes de toutes sortes ont pris racine, et aux murs décorés de papiers peints colorés qui datent du siècle dernier. Un immense escalier en chêne se trouve dans le hall d'entrée et permet l'accès aux trois étages de la maison.

Ils n'ont jamais souhaité moderniser cette vieille bâtisse, préférant conserver son authenticité. Une vieille odeur de sauge, d'encens et de bougies aux senteurs non identifiées enveloppent les lieux. Être ici me rappelle un tas de souvenirs, et pas uniquement la liste d'interdits et de règles strictes que mes parents m'ont imposée dès mes cinq ans. Je dois avouer que je suis heureuse de faire découvrir cette partie de moi à Lionel. Je n'ai encore jamais eu l'occasion de présenter un de mes petits copains à mes Aînés.

Ma mère revient de la cuisine avec des gâteaux qui lévitent derrière elle. Puis elle fait un signe gracieux de la main et chaque assiette garnie d'une succulente pâtisserie vient se déposer sur la table. Aussitôt, mon estomac se creuse malgré le brunch gargantuesque j'ai déjà englouti ce matin. Il se met à crier « famine » à la vue du moelleux au potiron, du gâteau au chocolat et de la tarte aux pommes.

Lionel a l'air tout aussi surpris que moi par ce festin d'anniversaire. Il se penche légèrement vers moi.

— Je ne m'attendais pas à tout ça. Merci, me chuchote-t-il en souriant.

— C'est plutôt moi que tu devrais remercier, intervient ma mère qui, comme à son habitude, entend tout, même le miaulement d'un chat à l'autre bout de la rue. Ce n'est pas Freïa qui a passé l'intégralité de sa matinée en cuisine.

Je me crispe devant son manque de tact et fais signe à mon amoureux de s'exécuter.

— Merci pour tout, Mme Guinness-O'Connell, c'est très aimable de votre part. Merci également à votre mari pour l'accueil, je suis ravi.

Mon beau-père sourit et lève son verre de champagne.

— J'ai dû faire preuve de persuasion pour convaincre ma femme de ne pas te transformer en petit mouton noir. Promis, on ne terrorisera plus les amoureux de notre Pumpkin.

— Je n'en suis pas si sûre, répliqué-je en reprenant un morceau de gâteau au chocolat. Vous lui avez quand même montré des photos de moi quand j'étais enfant et vous avez osé lui faire visiter le grenier, où j'ai sacrifié plein de poupées flippantes. Ça relève de l'horreur tout de même !

Lionel et mon beau-père éclatent tous deux de rire tandis que ma mère, surprise, leur adresse un regard doux avant de s'attarder sur moi. Je pense comprendre à ses yeux et à son aura dans les tons rosés qu'elle approuve mes sentiments pour Lionel.

— Tu as quand même frappé fort cette fois-ci, ne peut-elle s'empêcher de dire en s'asseyant. Je revois encore la liste d'interdits qui était affichée sur la porte de ta chambre, continue-t-elle, l'air songeuse, en coupant une part de cake au potiron.

En effet, je me souviens de ce vieux papier jauni par le temps, sur lequel étaient notées en rouge toutes les choses « interdites » que j'avais osé commettre et qui m'avaient valu d'être privée de souper et envoyée dans le grenier (là où je m'amusais à torturer mes poupées). Je redoutais, chaque jour, cette terrible liste, pourtant je continuais à n'en faire qu'à ma tête pour rendre mes parents fous. Il y a tout de même deux ou trois choses notées en vert sur cette liste. Il s'agissait des bonnes actions qui m'avaient valu des « récompenses », comme le fait de m'être toujours bien occupée de l'immonde tarentule de ma mère ou d'avoir demandé la permission de sortir avec Sedna et Artémis, après le sabbat d'Imbolc[1], pour fêter le carnaval à la manière du commun des mortels.

Je soupire en songeant à tout cela. Et je me dis que, finalement, mes parents n'étaient peut-être pas si durs que ça avec moi. Ils essayaient simplement de me protéger.

Maman continue à me dévisager en sirotant sa coupe de champagne. Je vois très bien où elle veut en venir.

— Oui, je sais, dis-je après avoir pris une gorgée du jus de betterave qu'elle nous a servi, à Lionel et moi.

1. Imbolc : fête celtique aussi connue sous le nom de « Chandeleur ». Elle marque le début du printemps ésotérique.

Tu sais, j'ai fait une nouvelle liste d'interdits quand j'ai emménagé avec Sedna, il y a cinq ou six ans.

Mes parents s'immobilisent et se lancent un regard complice.

— Ah oui ? fait mon beau-père. Moi qui pensais que tu t'étais empressée de trouver un appartement avec ta meilleure amie pour fuir nos règles, après ton retour de ton année sabbatique en Irlande.

— C'est vrai. J'imagine que passer du manoir familial et ses règles strictes à une totale liberté me faisait peur, avoué-je soudainement. Peut-être que cette liste d'interdits me rassurait.

Dire ces mots à haute voix me fait frissonner. Cette confession a un réel effet cathartique. Je crois n'avoir jamais été aussi sincère envers mes parents, et envers moi-même.

— La chose qui se trouve au sommet de cette liste d'interdits, c'est… l'amour.

À son tour, Lionel se fige. Il pose sa fourchette et me regarde intensément.

— Ce n'est même pas à cause de cette histoire de fiançailles, continué-je en rougissant et en agitant mes mains dans tous les sens. C'est juste que, en tant que jeune femme moderne de vingt-trois ans, j'ai plein d'autres préoccupations, sans parler du Coven. Ma vie est déjà tellement remplie que l'amour ne pouvait pas faire partie de cette équation. Garder la forme physiquement, être une élève exemplaire tout en étant une bonne amie, chercher un stage de fin d'études mais aussi un potentiel futur job, trouver du temps pour rédiger mon mémoire et pour étudier, dis-je en énumérant le tout sur mes doigts.

Lionel et mes parents sont bouche bée.

— Et en plus je suis nulle en magie ! Je dois à tout prix apprendre à maîtriser mes pouvoirs si je veux être digne de notre cercle de sœurcières. Et je sais que tomber amoureuse d'un mortel n'améliore pas mon cas. Mais j'aime vraiment Lionel. Alors, j'espère sincèrement que vous serez capables de l'accepter.

Je reprends une gorgée de jus de betterave et décide de m'arrêter là car j'en ai déjà beaucoup trop dit. J'ai la sensation de ne plus du tout avoir de filtre et de dire enfin tout haut ce que je pense tout bas depuis des semaines, voire des mois.

— Merci pour ta franchise, Pumpkin, me dit ma mère en me souriant chaleureusement. Et merci d'avoir accepté l'invitation, Lionel. Je vois bien que tu es sincère envers ma fille et qu'elle t'apprécie beaucoup en retour. Je ne remets pas vos sentiments en question, mais…

Ma mère se tait et réajuste sa frange au-dessus de ses yeux verts. C'est le signe qu'elle va se permettre de faire une remarque cinglante dans les secondes qui viennent.

— Mais comme vous le savez tous les deux, Freïa est déjà promise à un autre. Et rien ne me fera changer d'avis. C'est avec Audin qu'elle doit se lier… pas avec un chass…

— Dana ! s'écrie mon beau-père en frappant du poing sur la table. Pas de tels mots dans cette maison.

— Comme bon te semblera, Angus. Mais tu es d'accord avec moi, n'est-ce pas ?

— Quoi ? m'exclamé-je, soudain prise de vertiges. Mais papa, tu m'avais dit que…

Ce dernier se contente d'éviter mon regard, tandis

que ma voix se brise. Je resserre mes doigts autour de mon verre.

— Je ne comprends pas. Pourquoi m'avoir invité, alors ? demande Lionel.

— On voulait s'assurer que tu n'étais une menace ni pour notre fille, ni pour le Coven, explique mon beau-père en repositionnant ses lunettes sur son nez.

— Et on espérait que tu fasses comprendre à Freïa qu'elle doit respecter ses engagements, ajoute ma mère. Si tu l'aimes vraiment, tu devrais comprendre qu'elle doit laisser sa chance à Audin.

À ces mots, je me lève d'un bond et des flammes apparaissent dans mes mains.

— Mais je lui ai déjà laissé sa chance ! crié-je, à bout de nerfs. Et tout ce qu'il a fait, c'est essayer de m'ensorceler lors du sabbat de Samhain pour que je cède à ses avances.

— *What ?* s'écrie ma mère, les yeux brillants de curiosité.

— *What happened* ? renchérit mon beau-père, beaucoup moins enthousiaste, presque sur la défensive. Tu ne nous as rien dit.

— J'ai fait mon rituel de Pleine Lune avec Audin, il était mon « partenaire ». Il m'a embrassée et je l'ai embrassé moi aussi, expliqué-je en secouant mes paumes pour éteindre les petites flammes qui crépitent. Je mentirais si je disais que je n'ai rien ressenti. Parce que, oui, même si je vous trouve complètement fous, je reconnais que vous avez raison sur un point : il y a une alchimie entre nous.

Mes parents se lancent un regard du coin de l'œil que

je ne parviens pas à déchiffrer mais qui est sûrement lourd de sens.

— Mais ce n'est pas pour ça que c'est avec lui que je veux passer le reste de ma vie ! Vous ne pouvez pas m'imposer votre choix !

À ma droite, je sens le taux vibratoire de Lionel s'agiter et son aura s'assombrir. Il ne s'attendait visiblement pas à de tels aveux. Voilà que le secret que je lui cache depuis plus d'une semaine vient de lui être révélé. Et pas de la manière la plus douce, ni dans les meilleures circonstances. Je me maudis en réalisant ce que je viens de faire. J'ai parlé trop vite, sans réfléchir, emportée par mon impulsivité légendaire. Tout ça pour en plus donner raison à mes parents de s'acharner sur mon sort.

Mes mains cessent de cracher du feu. J'en profite pour me rasseoir et boire une gorgée de mon jus de betterave dans l'espoir de me calmer.

Et c'est là que je comprends. J'ai été piégée.

Par mes propres parents.

— Maman ! dis-je en reposant violemment mon verre sur la table. Tu nous as fait boire de l'élixir de vérité, n'est-ce pas ?

Elle ouvre la bouche pour prendre la parole, mais le téléphone de Lionel sonne au même moment.

— Ce sont mes parents, dit-il en se levant, sans m'accorder un regard.

Il s'empresse de quitter la salle à manger et part s'isoler dans une pièce voisine.

— Comment as-tu osé me faire ça ? m'écrié-je en me levant d'un coup. Et toi, tu étais au courant ? ajouté-je en me tournant vers mon beau-père.

Il secoue mollement la tête.

— Je suis désolée, Pumpkin, dit ma mère, les larmes aux yeux. Je voulais être sûre que ce garçon était bien sincère envers toi. Je ne l'ai fait que pour ton bien.

— Évidemment, « pour mon bien ». Comme me fiancer à un inconnu que tu as vu trois fois dans ta vie ?

— *Ladies*, intervient mon beau-père pour nous rappeler à l'ordre.

Ma mère et moi nous taisons, croisons les bras et tournons la tête dans des directions opposées, l'air boudeur. Voir à quel point nous réagissons de la même manière amplifie ma colère. Il est évident que j'ai hérité de certains traits de caractère de ma lignée féminine. Ma grand-mère avait exactement le même genre de réaction.

— Dana, tu es la première à sermonner ta fille sur le respect des règles et tu te permets d'utiliser la magie en dehors du Coven, sur un mortel qui n'a rien demandé en plus ! Quant à toi, Freïa, tu adores nous contrarier et n'en faire qu'à ta tête, mais…

— Je l'aime vraiment, papa ! Ça n'a rien à voir avec vous !

— Je sais. J'ai compris, m'interrompt-il en levant une main devant lui. Mais tu ne penses pas que cette situation est dangereuse ? Oui, Lionel a l'air d'avoir vraiment des sentiments pour toi. Mais, et ses parents ? Que se passera-t-il s'ils découvrent qui nous sommes ? Je n'ose même pas imaginer ce qu'ils pourraient *te* faire.

Les larmes brouillent ma vue.

— Tu avais dit que tu prendrais mon parti ! m'écrié-je en lançant un regard implorant à mon beau-père.

— Oui. Mais c'était avant d'apprendre que ce jeune homme est un descendant d'une lignée de chasseurs de sorcières.

— Je ne vous ai jamais présenté personne en vingt-trois ans d'existence. C'est bien la preuve qu'il compte vraiment à mes yeux, et vous n'essayez même pas de comprendre !

Mon beau-père détourne les yeux et pose le menton sur ses mains. Il déteste me voir pleurer, et encore plus me voir pleurer pour un homme. C'est la dernière chose qu'il me souhaite, je le sais.

Nous restons plusieurs minutes sans parler, tous les trois en prise avec nos émotions.

— Vous allez recommencer avec vos interdits et m'empêcher de vivre cette histoire avec Lionel ? lâché-je finalement, excédée.

Mes parents veulent répliquer mais le bruit d'un moteur de voiture les interrompt. Je cours vers la fenêtre et écarte le rideau juste à temps pour voir mon amoureux partir.

Et là, en une fraction de seconde, toute la semaine qu'on a passée ensemble, à partager de beaux moments, tisser des liens profonds, se confier nos secrets les plus intimes et se faire mille et une promesses, s'effondre dans le plus grand des calmes.

Chapitre 27

Trahison

« Vous êtes bien sur le répondeur de Lionel Dubois. Si vous avez trouvé la solution miracle pour sauver les pingouins du réchauffement climatique, appuyez sur un, si vous êtes membre du parti libéral, veuillez raccroch... »

La colère me gagne. Je balance mon portable sur le lit de mon ancienne chambre, shoote dans une vieille maison de poupées, jette par terre toutes les fioles d'élixir qui me tombent sous la main, fait tomber les livres de la bibliothèque et finis par me laisser tomber de rage sur mon vieux matelas à ressorts. Je tousse à cause de toute la poussière que j'ai remuée. Puis je hurle de rage.

— Pumpkin, dit ma mère derrière la porte. Je peux entrer ?

Je ne réponds pas.

Je suis sûre que Lionel me déteste et qu'il est parti à cause de cette histoire de baiser. J'ai gâché son anniversaire alors que je voulais lui offrir une belle journée.

Les larmes coulent à flots sur mon visage. Je me

sens triste, vidée, et cette douleur qui me transperce la poitrine ne semble pas vouloir s'atténuer. *C'est donc ça d'avoir le cœur brisé ?*

Je n'ai qu'une envie, c'est de me l'arracher une bonne fois pour toutes et de l'offrir à Lucifer pour qu'il le mange s'il le désire tant que ça. Je suis sûre qu'il est en train de se délecter de mon malheur en ce moment même, et qu'il m'observe, un petit sourire aux lèvres, tout en jouant avec sa fourche.

Je saisis un coussin et en arrache le tissu, comme une adolescente en pleine crise. Un nuage de plumes noires envahit la pièce.

— Mais enfin, que fais-tu Pumpkin ? lâche ma mère, qui a finalement réussi à ouvrir la porte grâce à un de ses sortilèges.

Je jette le coussin par terre et me retourne sur le ventre pour cacher mon état déplorable.

— Je sais ce que tu penses, me dit-elle en venant s'asseoir à côté de moi et en posant une main sur mon dos. Mais je ne crois pas que Lionel soit parti à cause de ta révélation…

— À cause de quoi alors ? crié-je, la tête enfoncée dans les couvertures.

— Qu'est-ce que tu dis ? fait-elle, alors que je sais très bien qu'elle m'a entendue malgré ma voix étouffée.

Je reste silencieuse.

— OK. Je vais te confier un secret. Durant les premières années que nous avons vécues en Belgique, je revenais souvent en Irlande pour espionner ton père.

Sans prendre l'avion ni chevaucher mon balai de sorcière, tu sais, grâce au voyage astral[1].

Je me redresse, le visage couvert de larmes et de morve. Ma mère s'offusque en me voyant. Elle attrape un mouchoir en tissu dans la poche de sa robe et me le tend pour que je me mouche.

— *Thanks*, je lui réponds en reniflant.

Elle me regarde en souriant puis reprend son récit.

— J'ai arrêté quand j'ai vu qu'il avait refait sa vie, lui aussi. Et rencontré l'amour, à nouveau.

Elle pose une main sur son cœur.

— Quand on aime sincèrement quelqu'un, tout ce qu'on peut lui souhaiter, c'est de trouver le bonheur et d'être libre.

— Pourquoi me dis-tu tout cela ?

— Parce qu'aujourd'hui je suis très heureuse avec ton beau-père. Je remercie tous les jours le ciel de me l'avoir envoyé mais je ne peux m'empêcher d'avoir des regrets concernant… ton père.

Ma respiration se bloque.

— Je ne veux pas que tu fasses la même erreur que moi.

L'air n'entre toujours pas dans mes poumons. Mes chakras, ainsi que toutes mes énergies corporelles, sont bloqués. Je m'attendais à tout sauf à ce genre de confessions mère-fille. Maman ne m'a jamais rien raconté de personnel. Nous n'avons jamais parlé d'amour ou de sexualité ou encore de menstruations ensemble. C'est auprès de mes sœurcières et de ma marraine, Kali, que

1. Voyage astral : expérience ésotérique qui prétend séparer l'esprit du corps physique pour lui permettre d'explorer librement son environnement.

j'ai tout appris, ce sont elles qui répondaient à toutes mes questions.

— J'ai trahi Cillian. Il ne sait même pas que tu existes. Chaque nuit, je fais ce cauchemar…

— Quel cauchemar ? réussis-je à souffler en tapotant ma poitrine.

— Celui où je découvre dans les faits divers qu'un certain Cillian Downey s'est donné la mort, en se noyant au fond du Loch nEathach[1] sans même savoir qu'il avait une fille née de son premier amour.

Je ne sais pas quoi répondre. J'ai besoin d'intégrer cette information avant de savoir ce que je dois en faire.

— *My dear daughter*, dit ma mère en me souriant et en posant une main sur ma joue. Je ne te l'ai jamais dit, mais je crois profondément en toi. Tu as la flamme du feu sacré, celle qui permet d'éclairer la plus sombre des pénombres. Je l'ai su dès l'instant où tu as ouvert tes yeux. Je sais que tu as, au fond de toi, les ressources nécessaires pour briser notre karma. Et peut-être même plus…

Elle s'arrête un moment, pensive.

— C'est sûrement la raison pour laquelle j'ai toujours été aussi sévère avec toi. Et pour laquelle j'avais si peur que tu fasses les mauvais choix.

Elle se penche vers moi, dépose un baiser sur mon front, puis elle se lève et quitte la chambre sans me laisser le temps de lui répondre quoi que ce soit.

1. Lough Neagh (Loch nEathach, nom en gaélique) : lac d'Irlande du Nord réputé pour sa grandeur. En effet, c'est le plus grand lac des îles Britanniques et le troisième plus grand de l'Europe occidentale. De nombreuses légendes celtes lui sont associées.

Allongée sur le tapis poussiéreux de ma chambre d'enfant, je regarde fixement le plafond en bois. De grosses bougies rouges et blanches sont disposées en cercle tout autour de moi. J'ai également pris soin d'ouvrir en grand les fenêtres et de purifier l'air avec de la sauge juste avant me commencer mon incantation. Enfin, j'ai mis un réveil qui doit sonner à 18 h 18 exactement pour empêcher mon âme de s'égarer trop longtemps et de ne plus retrouver son chemin.

Je sens mon taux vibratoire s'agiter dans tous les sens et mon plexus solaire se contracter. L'angoisse essaie de prendre le dessus.

Même si ma mère m'a implicitement conseillé de faire un voyage astral pour mieux comprendre le brusque départ de Lionel, je sais que ce n'est pas un sortilège à prendre à la légère. Il faut énormément de puissance pour le réussir. Je redoute que les choses ne se déroulent pas comme prévu, vu mes compétences en magie. J'aurais préféré avoir de l'aide mais je n'ai pas le temps d'appeler Sedna ou Artémis. Et je refuse que de dire à ma mère que j'ai suivi son conseil à la lettre.

— Chère âme céleste, envole-toi vers les ténèbres. Pars dès maintenant à la recherche de la cause de tes tourments. Et ne reviens que lorsque tu auras la réponse à tes interrogations, murmuré-je en levant l'index vers le plafond.

Je sombre instantanément dans un sommeil des plus mystérieux. Dans mes songes, je me retrouve face à un grand mur de briques sur lequel du lierre grimpant forme une espèce de portail qui semble fermé. Je m'avance et pose une main sur la pierre glacée. Je ferme les yeux en visualisant le visage de mon amoureux.

— Montre-moi Lionel Pierre Philippe Dubois.

À ces mots, les briques s'écartent les unes des autres et ma main traverse le mur. Comme tout le reste de mon corps. J'avance et m'enfonce dans la pénombre jusqu'à ce que le décor change radicalement. Le ciel s'éclaire et je me retrouve à la campagne, plus exactement devant la magnifique demeure des Dubois. La voiture de Lionel se gare juste devant dans un crissement de pneus. Je le vois sortir du véhicule et courir jusqu'à la porte d'entrée. L'air pressé, il ne prend même pas la peine de sonner et tambourine jusqu'à ce qu'on lui ouvre.

— Oh ? Tu es venu ? Merci encore d'avoir répondu à mon appel, chantonne la voix d'une jeune fille brune qui doit avoir à peu près le même âge que moi.

Un feu vif s'éveille au creux de mes entrailles. Je comprends que je ressens de la jalousie envers cette femme qui se permet d'être aussi familière avec mon homme. Elle tente de le serrer dans ses bras pour l'embrasser, mais il fait un pas de recul.

— Où est ma mère ? Pourquoi est-ce que c'est toi qui as appelé ? s'écrie Lionel, visiblement au bord de la crise de nerfs.

— Oh ! mon pauvre, répond-elle en plaçant une main devant sa bouche. Tes parents sont dans un sale état. Ton frère… Gabriel… Le médecin dit qu'il n'en a peut-être plus pour longtemps.

Lionel blêmit. Des larmes emplissent ses yeux mais il secoue vivement la tête pour les chasser.

— Laisse-moi passer, grogne-t-il en poussant la fille sur le côté pour entrer.

Elle réagit à peine et semble envoûtée par ce simple contact physique avec lui. Juste avant qu'elle referme la porte, je me faufile à la suite de Lionel, qui ne peut pas me voir. Mon âme, qui a laissé son enveloppe charnelle à plus de cinquante kilomètres d'ici, est invisible aux yeux de tous. C'est dans ce genre de moments que je me dis que la magie est fascinante, mais aussi très effrayante.

Mon amoureux monte les escaliers, toujours d'un pas pressé. Une fois en haut, il ouvre une des premières portes sur sa gauche. Il découvre ses parents au chevet de Gabriel, qui est couché, le teint pâle, les yeux vitreux, les lèvres gercées et le front moite de sueur. Ses bras sont rouges et recouverts de petites pustules. Il fait peur à voir. C'est étonnant de voir qu'une aura blanche et douce flotte autour de son corps car on dirait plutôt qu'il est à l'agonie.

— Que se passe-t-il ? demande, plutôt calmement, Lionel en s'installant près de ses parents.

Sa mère se tourne vers lui la bouche ouverte comme pour prendre la parole mais aucun son n'en sort. Son père, remarquant le désarroi de sa femme, se lève et fait signe à son fils de le suivre dans le couloir.

— Fils. Je… Je ne sais pas par où commencer. N-nous… Nous pensions que Gabi avait attrapé un vilain rhume ou une grosse grippe.

Il s'arrête et pose une main sur le mur.

— Mais, selon le médecin il s'agirait d'une maladie orpheline se rapprochant d'un streptocoque. Les traitements qu'on lui a donnés jusqu'à présent sont inefficaces.

Sa fièvre ne cesse de grimper. S'il ne va pas mieux demain matin, nous l'emmènerons à l'hôpital.

— Qu-qu'est-ce… que… tu insinues ? demande Lionel d'une voix tremblante.

— On ne sait pas s'il va s'en sortir.

Cette déclaration semble lui faire l'effet d'un coup de poignard. Il titube et son père doit le soutenir pour l'empêcher de tomber.

Moi-même, j'ai la tête qui tourne, et des étoiles défilent devant mes yeux. Alors je n'ose pas imaginer la peine d'un grand-frère – et d'une famille entière – qui doit affronter la perte de leur benjamin du jour au lendemain.

Lionel s'empresse, du mieux qu'il le peut, de retourner au chevet de son cadet.

— Gabi, fait-il en ravalant un sanglot. Je suis là maintenant. On ne te laissera pas tomber. Tu es fort, tu vas t'en sortir.

— Lio, tu es là…, chuchote Gabriel en tournant faiblement la tête vers son frère et ses parents. Je voudrais être seul avec Lionel, s'il vous plaît.

Leurs parents se jettent un regard inquiet mais ils finissent par sortir de la chambre. Ils referment la porte derrière eux et font signe à Daniel, qui vient d'arriver avec un bol d'eau chaude et du lait, de rester en retrait pour ne pas déranger ses frères.

— Qu'est-ce que je peux faire pour toi, Gabi ? demande Lionel en se penchant vers son frère.

— Il faut que tu saches que notre famille ne fait que récolter ce qu'elle a semé.

— Qu-que… veux-tu dire ?

— C'est un châtiment des sorcières.

Lionel s'immobilise. Son aura passe d'un rouge vif à

un noir intense, il se fait violence pour ne pas se laisser happer par ses sombres émotions.

— P-papa… papa… Il a essayé de faire de la magie noire récemment.

— Impossible.

— Non, Lionel. Tu dois m'écouter. Je t'en prie.

Lionel passe une main dans ses cheveux, vérifie que la porte est toujours fermée puis il se rapproche de son petit frère et baisse le ton de sa voix.

— Bien sûr, je t'écoute.

— Nous avons des dons, nous aussi. Je sais que tu le sais. Ou du moins, tu le ressens.

Il se met soudain à tousser violemment. Lionel panique et lui tend le verre d'eau posé sur la table de nuit, mais son frère le refuse et s'enfonce davantage dans ses oreillers en secouant la tête.

— C'est inutile. Écoute-moi, c'est important.

— Est-ce que tu as la force d'écrire ? Ce serait peut-être moins fatigant pour toi ?

Gabriel hoche doucement la tête. Lionel se lève, trouve un calepin et un stylo à bille dans le tiroir du bureau et revient près de lui.

— Je suis persuadé que nous-mêmes… Nous sommes des sorciers.

— Qu'est-ce que tu racontes ?

— Oui, c'est logique. Ça fait des mois que je fais des recherches, depuis que j'ai eu mes premières visions.

Le petit continue d'inscrire plein de mots sur le carnet. Il finit par déchirer la page et la donne à Lionel.

— Cache ça dans ta poche. Tu le liras quand tu seras loin d'ici.

— Mais…

— Vite !

Lionel range le morceau de papier et, au même moment, la poignée de la porte s'ouvre, et la fille brune refait son apparition.

— Le dîner est prêt. Tu viens manger un bout ? demande-t-elle en s'adressant à Lionel. Gabriel a besoin de repos.

— Isaline, je…, lui répond mon amoureux.

Ah ! C'est donc elle, la fameuse ex-copine parfaite que ses parents aiment tant. Tout s'éclaircit dans mon esprit et je n'ai qu'une envie : l'étriper. Je vois clair dans son petit jeu. Elle profite d'un moment aussi tragique pour amadouer Lionel et le faire retomber dans ses bras. Son petit sourire, son joli minois maquillé, ses cheveux bien coiffés et son aura rose ne font que me le confirmer. Elle se prend pour un véritable succube[1] dans un moment de recueil et de tristesse. C'est révoltant. Lionel fond en larmes et cette garce accourt pour le prendre dans ses bras et le consoler. C'est le geste de trop. Je décide de lui lancer un sortilège, là, tout de suite. Je lève une main dans sa direction, déterminée à la faire disparaître.

— Freïa, ne fais pas ça, chuchote Gabriel dont les yeux noirs me transpercent.

Je me fige, horrifiée, et tourne lentement la tête vers lui.

— Ne fais pas la même erreur que nos Aînés. La magie ne doit pas être utilisée pour faire du mal…

Au même moment, mon réveil sonne.

Mon âme se retrouve aspirée par les ténèbres avant de retrouver sa place initiale dans mon corps.

1. Un *succube* est un démon féminin qui séduit les hommes et se nourrit de leur énergie durant leur sommeil.

Lucifer n'a jamais été aussi proche de son but. Je l'imagine en train de déguster son pop-corn au piment rouge tout en m'observant reprendre mes esprits. Il doit savourer à l'avance sa future victoire, ravi de prendre enfin sa vengeance sur les sorcières qui l'ont trahi autrefois.

Que Lilith soit avec nous, pensé-je.

Chapitre 28

Malédiction

— Freïa ! Réveille-toi, je t'en prie ! crie une voix.

Je me réveille d'un coup en inspirant profondément par la bouche, comme si j'étais restée en apnée pendant plusieurs minutes. Il me faut du temps avant de comprendre où je suis et ce qu'il vient de m'arriver.

— Freïa, regarde-moi ! Combien de doigts est-ce que tu vois ?

Je cligne plusieurs fois des yeux, grimace et tente de fixer mon regard sur un point. Cela me demande un effort incommensurable.

— Combien de doigts ?

— Tr... trois ?

— Oui ! fait Sedna dans un soupir en me serrant de toutes ses forces.

Je tremble encore pendant quelques minutes, frigorifiée, haletante et épuisée. Mais la douceur et la chaleur de mon amie me réchauffent assez vite. Je reprends enfin mes esprits et comprends que je suis toujours allongée sur le sol de mon ancienne chambre, dans le manoir de mes parents, et que j'ai mis trop de temps à revenir de mon voyage astral. J'aurais pu y rester si Sedna ne m'avait pas réveillée.

— Pourquoi tu ne m'as pas appelée ? s'écrie mon amie en me lançant un regard inquiet et sévère.

— Je…

— Tu es restée en voyage plus de dix minutes !

— Pourtant j'avais mis un réveil.

— Oui, et il a sonné pendant cinq minutes le temps que ton âme retrouve son chemin !

— Oups…

Sedna desserre son étreinte, pose une main sur mon front pour prendre ma température, observe de près mes pupilles dilatées, prend mon pouls et secoue ma crinière désordonnée.

— OK. Tu sembles presque normale.

— Presque.

Cette *private joke* détend immédiatement l'atmosphère.

— Sed… Je…

— Oui, je sais. Tu as besoin de mon aide pour commettre le plus gros des interdits qui n'est même pas écrit sur ta liste.

— Q-quoi ?

— Sauver la vie d'un descendant de chasseurs de sorcières qui fait partie de la même famille que celle qui a voulu décimer ton Coven.

Je m'étouffe presque en entendant ces mots.

— Tu penses que je suis là pourquoi ? J'ai été assaillie par une rafale de visions alors que j'étais installée bien tranquillement dans mon jacuzzi. C'est le bazar dans ta vie ! Pour ne rien changer.

J'hésite à me pincer pour savoir si je rêve encore ou

pas, mais Sedna me flanque une tape sur le dos qui m'indique que je suis bien éveillée et consciente.

— Allez, grouille ! On n'a pas de temps à perdre ! La nuit vient de tomber. Si tu veux sauver le frère de Lionel et briser ton karma une bonne fois pour toutes, il ne nous reste que trois heures devant nous. Enfin, deux si on enlève le trajet jusqu'à ce bled perdu.

Je me redresse en prenant appui sur le sol avec les paumes de mes mains et lève le menton vers elle.

— Pourquoi tu me regardes comme ça ? dit-elle d'un air étonné. Tu as ton permis balai, non ?

Nous survolons les lumières de la capitale sur nos balais, dans la nuit faiblement éclairée par une lune décroissante. Je dois me cramponner pour suivre la cadence de Sedna et ne pas tomber, sous peine de me retrouver six pieds sous terre – cette fois-ci pour de bon. Les minilampes que mon amie a accrochées à nos balais font office de phares et nous éclairent. Nos capes noires nous permettent de passer inaperçues dans le ciel surtout lorsque nous volons à basse altitude.

Sedna ne cesse de parler depuis que nous avons quitté le manoir de mes parents – et emprunté deux balais volants dans le grenier avant de sortir en douce. Elle a l'air d'aller mieux. Sans perdre de vue l'objectif du soir, elle me fait part de toutes ses découvertes sur la famille Dubois, et plus largement sur le tragique destin lié des chasseurs et des sorcières. Apparemment, sa thérapie a été de faire des tonnes de recherches sur le sujet, en bonne journaliste, tout en profitant de son footballeur préféré et du calme de la campagne.

— Donc si je récapitule, commencé-je en évitant de justesse une branche de sapin, ta grand-tante avait lancé un maléfice bien plus puissant au grand-père de Lionel. Ce n'est pas uniquement sa mort qu'elle souhaitait, mais l'extinction complète de leur lignée ?

— Exact. Lionel aurait dû mourir le soir où tu l'as sauvé dans le métro.

— J'ai changé son destin. Du coup, le maléfice s'est répercuté sur son plus jeune frère.

— Oui. La faucheuse réclame son dû. Nous avons déjoué ses plans.

Elle se tait un instant pour prendre de la hauteur et me fait signe de la rejoindre.

— Je pense que le père de Lionel savait dès le début ce qui les attendait. S'il est vivant, c'est que lui-même a survécu alors qu'il aurait dû mourir lors de ce sabbat de Samhain. Je ne sais pas encore comment il a réussi à se protéger du maléfice, mais en tout cas cela n'a pas épargné ses fils. Et, à cause du maléfice lancé par ma tante, j'ai perdu l'enfant que je portais.

Mon sang se glace.

Nos Aînées nous ont toujours dit que chaque sortilège qu'on lance nous « revient » un jour ou l'autre. Si c'est un petit enchantement, de bonnes choses nous arrivent par la suite, mais pour une malédiction, le triple karma peut se révéler rude et sans pitié.

Je me cramponne à mon balai en prenant conscience du fait que la fausse couche de Sedna aurait pu avoir des conséquences encore pires. Heureusement que les anges veillent sur elle.

— Je suis désolée, je lui réponds, peinée.

— Tu n'y es pour rien, mon chou.

— Peut-être que si je n'avais pas rencontré Lionel, rien de tout ça ne serait arrivé.

— Cela n'aurait rien changé. Le mal a été fait par nos ancêtres. Ni moi ni Lionel ne devons payer pour ça. Et encore moins le petit Gabriel.

Elle redouble de vitesse en prononçant le prénom du petit garçon. J'accélère à mon tour pour rester dans son sillage.

Nous arrivons finalement à destination. Nous posons pied à terre à bonne distance de la maison des Dubois pour éviter qu'ils nous repèrent et cachons les balais derrière un tas de bois coupé.

— S'il te plaît, n'assassine pas Isaline ce soir, me dit Sedna en faisant glisser sa capuche le long de sa chevelure.

— Je ne vois pas de quoi tu parles, répliqué-je en feignant l'innocence.

— Bien sûr. J'ai tellement hâte que tu rayes une bonne fois pour toutes « tomber amoureuse » de ta liste d'interdits. J'espère que tu le feras dès qu'on rentrera. Enfin, si on ne termine pas la soirée brûlées sur un bûcher.

Je frissonne à cette idée.

— Au pire, je suis sûre qu'on ne s'ennuie pas en enfer ! reprend-elle. J'espère juste qu'il y a du chocolat et des beaux spécimens féminins et masculins à se mettre sous la dent.

— Sedna ! m'écrié-je en riant. Tu es incroyable !

— Toujours à ton service pour…

— TOI ! hurle une voix masculine. Tu as osé revenir ! C'est ta faute tout ça !

Nous nous retournons et croisons le regard assassin

de Daniel. Cet adolescent ne m'avait clairement pas manqué.

— Tu as ramené une autre sorcière en plus !

— Oh ! quel charmant jeune homme ! déclare Sedna en s'approchant de lui.

Daniel s'immobilise au son de la voix mélodieuse de Sedna.

— Des comme toi, j'en ai déjà mangé au petit déjeuner, continue-t-elle en posant ses mains sur les joues du garçon. C'est même eux qui m'ont suppliée de le faire à l'époque. Ah, la jeunesse ! Ça me rappelle de beaux souvenirs.

Daniel devient rouge pivoine en comprenant l'allusion sexuelle qu'elle vient de lui faire. Il n'a vraisemblablement pas l'habitude qu'une jeune femme mûre lui accorde autant d'attention. Sedna le remarque et en profite pour lui asséner le coup de grâce.

— Bien. Si tu es sage, je te donnerai ma recette secrète pour que tu puisses gagner quelques années en un temps record et te transformer en homme mûr, le temps d'une journée, et enfreindre toutes les règles que tu souhaites. Mais seulement si tu restes sage !

Elle se penche vers lui et dépose un baiser sur son front.

— C'est compris, répond-il finalement sans bouger d'un pouce.

Daniel reste immobile. Seules ses paupières clignent de temps à autre.

— Tu lui as lancé un sort ? m'enquiers-je, offusquée.

— Ne râle pas, Frey ! Il ne nous embêtera pas comme ça, au moins.

Sa manie d'utiliser la magie à tout-va me fascinera toujours. Surtout qu'elle ne s'en excuse jamais.

Elle prend la direction de la maison des Dubois et sonne à la porte. Je me remets de mes émotions et la rejoins sans attendre. La porte s'ouvre et nous nous retrouvons face à Isaline.

— Que voulez-vous ? demande-t-elle, l'air agacé.

— *Trick or Treat ?* Des bonbons ou une farce ? réplique Sedna en rejetant gracieusement ses frisettes derrière ses épaules.

— C'est une blague ? s'écrie Isaline en retroussant son petit nez. Halloween, c'était la semaine dernière. Qui sonne à 22 heures passées chez les gens pour ça ?

Mon amie soupire.

— Je suppose qu'on n'aura pas le droit à des bonbons alors, dit-elle en faisant la moue.

Elle brandit aussitôt son doigt en direction de ma rivale et la transforme en petit lapin brun. Je plaque mes mains sur la bouche pour retenir un cri.

— Tu es folle ? chuchoté-je.

— Bah quoi ? Au moins tu n'auras plus envie de lui faire de mal. On aurait presque envie de l'adopter sous cette forme.

Elle prend le petit lapin dans ses bras et lui caresse le dos.

— Tu es une bien gentille fille, toi ! Oh ! oui !

Je lève les yeux au ciel en me disant que cette soirée ne peut pas être pire, quand une voix masculine résonne.

— Que se passe-t-il ?

Je retiens mon souffle.

— Freïa ? dit Lionel en me dévisageant. Et Sedna ? Que faites-vous là ?

— On vient de trouver ce lapin, il appartient à tes parents ? lâche Sedna. S'il te plaît, essaie de les convaincre de ne pas le faire cuire. Je sais que c'est une viande succulente, mais tu pourrais le regretter…

Je manque de m'étouffer. Même si cette garce d'Isaline me met hors de moi, elle ne mérite pas d'être sacrifiée ainsi.

— Que faites-vous là ? répète Lionel, l'air ahuri.

— On…

— On est là pour sauver Gabriel, interviens-je en faisant signe à mon amie de se taire.

Chapitre 29

Poison

— Où sont tes parents ? demandé-je alors que Lionel nous sert du thé au beau milieu de la salle à manger.

— Ils dorment. Enfin, mon père seulement. Ma mère se relève toutes les cinq minutes pour faire les cent pas et vérifier l'état de mon frère.

— OK. Il faudra la tenir éloignée le temps qu'on lui administre l'antidote, dit Sedna en sirotant sa tasse de thé.

Lionel lui lance un regard indéchiffrable. Puis il regarde tout autour de lui et consulte son portable.

— Où est Daniel ? Il devait être rentré.

— Oh ! Il est dehors, il contemple les étoiles, répond ma meilleure amie.

— Et Isaline, vous l'avez vue ?

Je pique un fard et tente de me cacher derrière mes boucles. Même si cela me rend folle de jalousie qu'il demande où se trouve cette mante religieuse. La fille du pasteur, tu parles !

— Elle n'est pas très loin, répond Sedna en rejetant sa tête en arrière.

Lionel observe le petit lapin brun qui grignote une carotte sur la table. Il devient blanc comme un linge et montre le petit animal du doigt.

— C-c'est… C'est… C'est elle ? souffle-t-il en prenant appui sur la table en bois.

— Oui. Je me suis dit qu'au moins, sous cette forme, elle n'interférerait plus dans tes histoires avec Freïa. Et puis, ça lui donne un air plus sympathique ! J'ai cru qu'elle allait nous sauter à la gorge quand elle nous a vues sur le pas de la porte. Je comprends pourquoi vous n'êtes plus ensemble.

Lionel vient s'asseoir à côté de moi. Il est sous le choc, presque dans le même état que le jour où nous lui avons révélé notre secret de sorcières.

— Bon, je vous laisse entre amoureux. Je vais préparer l'antidote. Je suppose que la cuisine est par là ? demande Sedna en désignant l'autre bout de la vaste pièce, où se trouve effectivement un plan de travail et tout ce qui constitue une cuisine moderne.

Lionel hoche faiblement la tête.

— Parfait ! s'écrie-t-elle en me faisant un clin d'œil, qui est tout sauf discret.

Lionel et moi nous retrouvons seuls face à l'immense baie vitrée qui donne sur le jardin, la piscine et les champs à perte de vue. Les étoiles brillent de mille feux et se détachent de la toile noire et sombre qu'est le ciel en cette nuit glaciale.

Le lapin termine sa carotte et se colle à Lionel pour réclamer de l'attention et des caresses. Il ne semble pas comprendre, attrape l'animal, enfin son ex-copine, et la dépose sur le sol en marbre blanc.

— Que faites-vous là ?

— Je te l'ai déjà dit, Lio. On sait comment sauver Gabi.

— Alors qu'aucun médecin de la région n'a su nous expliquer ce qui lui arrivait ?

Je soutiens son regard et pose mes mains à plat sur la table en bois.

— Pourquoi nous serions-nous donné la peine de parcourir quarante-cinq kilomètres à dos de balais ?

Mon amoureux secoue lassement la tête et se renfonce dans sa chaise en plissant les yeux.

— Comment avez-vous su ce qu'il se passait ?

— Longue histoire. Tu n'as pas envie de savoir.

— C'est toujours pareil avec toi, dit-il d'un ton agacé. Tu te fermes dès que j'entre un petit peu trop dans ton intimité.

Je pique un fard.

— C'est faux. Je t'ai présenté à mes parents, je te signale ! Et c'est toi qui t'es enfui sans rien dire…

— J'en reviens pas que ta mère ait dû te faire boire un élixir de vérité pour que j'apprenne ce qui s'est réellement passé avec ce mec. Même si je m'en suis douté quand c'est lui qui a décroché ton téléphone. Sérieusement, Freïa ?

— Je suis désolée ! m'exclamé-je en me levant d'un coup. Je ne sais pas ce qui m'a pris. Mais ce baiser ne signifiait rien.

— Ce n'est pas ce que tu as dit à tes parents.

Je baisse la tête et croise les bras.

— J-je… Je suis amoureuse de toi. Je le sais. J'ai juste peur de l'admettre.

Je plante mon regard dans le sien.

— Je fous tout en l'air parce que… Parce que je suis bien avec toi. Vraiment. Parfois, j'en viens à croire que je ne te mérite pas. Je ne mérite pas tout ça.

Ma voix s'éteint tandis qu'une pression s'installe au niveau de ma poitrine et m'empêche de respirer correctement.

— Peut-être parce que tu n'as rien à me montrer de bon, finalement ? Les secrets de ton Coven ne sont pas confidentiels pour rien… Est-ce que mon père avait raison ? Parce que…

Des flammes jaillissent de mes paumes, ce qui le fait taire instantanément. Entendre ses mots me fait de la peine, mais il a raison. J'ai peur de lui dévoiler certaines parts de moi qui sont moins lumineuses. Parce que même si les sorcières ne mangent plus de petits enfants, à l'heure actuelle, elles cachent tout de même des sombres mystères. Comme cette histoire de malédiction qui s'abat actuellement sur sa famille – et tout particulièrement sur son petit frère.

— Ok. Dans ce cas, je suis ravie d'avoir passé cette magnifique semaine en ta compagnie, Lionel. Merci pour tous les beaux moments qu'on a partagés. Je te promets que, dès l'instant où ton frère ira mieux, je sortirai totalement de ta vie ! Et je n'oublierai pas de redonner à Isaline sa forme originelle, si jamais tu veux faire ta vie avec elle.

Contre toute attente, Lionel éclate de rire.

— Qu'est-ce que tu racontes ?

— Elle au moins, elle plaît déjà à tes parents.

— Je me fiche de ce que pensent mes parents.

Je soupire, épuisée et triste de me battre. Je décide finalement de lui donner les réponses qu'il souhaite tant connaître.

— J'ai fait un voyage astral. C'est un sort assez

dangereux qui permet de se rendre instantanément à l'endroit où se trouve la personne qu'on souhaite voir.

Lionel écarquille les yeux.

— Enfin, le corps lui ne se déplace pas, seule l'âme peut voyager. La mienne t'a suivi jusqu'ici et c'est comme ça que j'ai su pour ton frère et tout le reste.

Je marque une pause, mais il me fait signe de poursuivre.

— Pour Audin, je n'ai aucune excuse. J'ai mis notre relation en péril à cause de toutes les bêtises que mes parents me mettent dans le crâne depuis que je suis petite. Dès que je me suis rendu compte de mon erreur, je m'en suis voulu. Je voulais *tout* t'avouer, ce soir-là à l'hôpital, mais quand tu m'as parlé d'honnêteté, j'ai flippé et j'ai eu peur que tu ne me pardonnes pas.

Ses yeux noirs croisent les miens tandis que sa mâchoire se contracte. Son aura est sombre et agitée.

— Je m'en veux tellement. Ce baiser ne vaut rien comparé à tout ce que je ressens pour toi. Je ferais n'importe quoi pour...

— Ok, m'interrompt-il en levant un bras dans ma direction. J'ai capté le refrain.

Blessée par son ton froid, je me tais.

— Ah ! souffle-t-il avant de se prendre la tête dans les mains. Ça fait trois mois qu'on est ensemble et, pourtant, tu ne me connais pas si bien. Si tu m'avais tout expliqué dès le début, j'aurais pu comprendre. Maintenant, c'est un peu tard... Et qui me dit que tu ne me caches rien d'autre ?

— Je t'assure que tu sais tout !

Il me regarde, sans dire un mot.

— Si seulement je pouvais utiliser un enchantement

pour te montrer ce que je ressens là, dis-je en posant une main sur mon cœur. Tu comprendrais.

— Pas besoin d'un enchantement pour ça, mais...

Il se gratte la nuque, l'air gêné de m'avoir fait cette confidence.

— Pourquoi tu as transformé Isaline en lapin ?

— Parce que j'ai vu comment elle te regardait, comment elle t'a réconforté et, surtout, j'ai vu que tu ne l'avais pas repoussée. Si je me souviens bien, c'est elle l'ex-petite amie que tes parents aiment tant, celle qui est si *parfaite,* celle avec qui tu as eu ta première fois. Tu pourrais être heureux avec elle et avoir une vie... *normale*.

Je me tais et détourne le regard en sentant mes yeux qui s'emplissent de larmes. Lionel ne dit rien. Il se contente de m'écouter, silencieux.

— Je ne veux que ton bonheur, je reprends en fermant les yeux, tout en tentant de calmer le feu intérieur qui consume mon équilibre émotionnel. Que ce soit avec ou sans moi.

Je l'entends se lever, contourner la table et se planter devant moi. De mon côté, je n'ouvre toujours pas les yeux, de peur qu'une larme s'échappe et que je ne puisse plus retenir l'avalanche d'émotions qui menace de me submerger.

Tout doucement, je le sens s'approcher davantage de moi. Ses énergies ont l'air bien plus calmes et apaisées que les miennes. Il semble avoir retrouvé une certaine sérénité – par je ne sais quel miracle.

— Freïa... C'est *toi* l'ingrédient le plus important de mon élixir de bonheur, personne d'autre, répond-il finalement en me prenant dans ses bras.

Chapitre 30

Rébellion

— Je t'avais promis de te ramener une des petites sœurs de Freïa, commence Lionel en s'approchant de son frère, qui se réveille en nous entendant ouvrir la porte de sa chambre.

Gabriel nous regarde, surpris et à moitié endormi.

— Mais je n'ai tenu parole qu'à moitié. C'est sa grande sœur qui est là. Je suis sûr que tu l'aimeras bien aussi, elle a de quoi te remettre sur pied apparemment.

Le petit garçon sourit et tente de s'asseoir, mais une toux violente s'empare de lui. Lionel panique et se précipite à son chevet tandis que Sedna me lance un regard plein d'inquiétude.

— Il est très faible, me glisse-t-elle en chuchotant. Je prie que pour mon antidote fasse effet rapidement.

Je hoche la tête en pinçant les lèvres. Mon amie rejoint les deux frères et tend une fiole à Gabriel.

— Vous allez empoisonner mon fils ? Vous ne croyez pas que vous en avez déjà assez fait ?

Chaque cellule de mon corps frémit. Je me retourne

vivement et croise le regard gris acier de Béatroce, mon ignoble belle-mère.

— Maman, commence Lionel. Ce n'est pas ce que…

— Je savais que vous finiriez par vous attirer des problèmes, tes frères et toi, à cause de ces harpies qui vous tournent autour.

— La seule chose dont on aurait bien besoin en ce moment, c'est de solidarité féminine, grogne Sedna en s'asseyant tout de même près de Gabriel pour lui donner sa potion.

— Alors expliquez-moi pourquoi…

— Oh ! s'écrie une voix derrière nous. Encore ces maudites sorcières ! J'ai bien fait de préparer mon arme fétiche.

Le père de Lionel fait son entrée, un fusil entre les mains. L'aura de Lionel s'affole et passe par diverses couleurs avant de prendre une teinte rouge.

— Papa, tu n'as pas les idées claires, s'écrie-t-il presque en suffoquant.

— Papa… non…, dit faiblement Gabriel.

— Taisez-vous, tous ! tonne M. Dubois en vérifiant que son arme est chargée.

Il pointe le bout de son fusil sur Sedna, qui s'immobilise aussitôt, à deux doigts de faire boire la fiole à Gabriel. Mon sang ne fait qu'un tour et l'angoisse me gagne. Je lève la main, prête à utiliser ma magie. Personne ne touchera à un seul cheveu d'une de mes sœurcières, même si je dois mettre ma propre vie en péril. Je récite intérieurement un des seuls sortilèges de protection que je connais.

— Tu es une descendante de la lignée Sika, n'est-ce

pas ? reprend le père, furieux. Qu'est-ce qui me dit que tu ne viens pas terminer le travail de tes Aînées ?

— Rien de ce que je peux vous dire ne vous convaincra, répond Sedna. Vous êtes déjà déterminé à appuyer sur la gâchette puis à faire brûler mon corps.

Lionel déglutit. Il me lance un regard plein de sous-entendus, puis il se place devant mon amie, l'air résigné.

— Fils, que fais-tu ? C'est à cause de cette rouquine ? Elle t'a ensorcelé, c'est ça ?

— J'aimerais bien que ce soit le cas... Mais, à vrai dire, c'est à cause de notre karma transgénérationnel.

— Qu'est-ce que tu...

— Dois-je vraiment faire part à maman des actes ignobles que tu as commis ? Enfin, des actes que notre famille a commis ? Et lire devant elle la lettre que Gabriel m'a écrite ?

— Ne fais pas l'imbécile, fils. Pousse-toi, maintenant ! répond son père en continuant à pointer son arme sur Lionel et Sedna.

J'essaie de rester concentrée sur mon sortilège mais je ne parviens pas à retrouver le dernier mot de l'incantation.

— Bouge-toi de là ! Je vais tirer dans cinq, quatre, trois...

Soudain, un cercle de feu jaillit de ma main. Il se dirige droit sur le père de Lionel et le désarme. Bien loin de l'avoir calmé, cette attaque ne fait que redoubler sa colère. Il hurle de rage comme une bête féroce en se tournant vers moi. Je lui lance aussitôt un deuxième sortilège qu'il évite en se jetant sur le côté. Je me concentre à nouveau et lui envoie un dernier jet de flammes qu'il réussit à esquiver. Pour moi, c'est le sortilège de trop. J'essaie de réagir, mais mes dernières forces abandonnent mon corps. J'ai épuisé mes réserves de pouvoirs magiques.

— TOI ! Tu vas regretter de t'être mise en travers de…

Ma vue se brouille. Avant même que je comprenne ce qui se passe, la mère de Lionel saisit une bouteille en verre qui se trouve près de la porte de la chambre et la fracasse sur la tête de son mari. Ce dernier s'écroule à terre, dans une mare d'eau. Je m'approche de lui pour vérifier qu'il est bel et bien inconscient. Son aura a disparu, ce qui signifie qu'il n'est plus une source de danger – du moins pour le moment. La mère de Lionel shoote dans le fusil pour l'envoyer valser dans le fond de la pièce. Lionel et Gabriel sont abasourdis.

— Je rêve de lui remettre les idées en place depuis le jour où je l'ai rencontré, lâche Mme Dubois en soupirant de satisfaction.

— Que Lilith soit louée ! s'exclame Sedna en frappant dans ses mains pour l'applaudir. La solidarité féminine n'a pas complètement disparu !

— Oh non, elle a encore de beaux jours devant elle. Même si, chez moi, c'est Ève qu'on prie et non Lilith.

Ces mots sont les derniers que j'entends avant de sombrer dans le néant.

J'ouvre les yeux en me demandant si tout ce dont je me souviens a réellement eu lieu ou si c'est ma trop grande imagination qui me joue des tours. Après tout, j'ai englouti pas loin d'un kilo de sucre chez mes parents. Il serait tout à fait possible que j'hallucine et commence à voir des choses étranges. En étirant mon bras gauche, je réalise que Lionel n'est pas à mes côtés et que le lit est aussi froid que mon être en ce moment.

— Tu te réveilles enfin, ma belle au bois dormant ?

Je sursaute et distingue l'aura jaune, solaire et apaisée de Sedna. Démaquillée, les yeux cernés et les cheveux frisottant, elle semble inquiète mais retrouve le sourire en me voyant ouvrir les yeux. Elle éteint l'écran de son smartphone tandis que je me redresse. Je secoue doucement la tête et suis éblouie par la couleur bleu ciel des murs de la pièce. Je me demande, pendant une fraction de seconde, quand j'ai eu le temps de repeindre les murs de ma chambre avant de comprendre que je ne suis pas à l'appartement. J'ai dormi chez les Dubois, et plus précisément dans l'ancienne chambre de Lionel.

— Tout ça est bien réel, me confirme ma meilleure amie qui a lu dans mes pensées, ou plutôt qui a deviné ma future question.

— Mais alors Béatroce… Euh… Béatrice…

— … est une sorcière, elle aussi. Une sorcière « blanche » comme elle aime le préciser, me coupe Sedna en mimant des guillemets. Elle considère que nous sommes des sorcières « noires ».

Mon amie s'interrompt et se met à rire.

— Tu te rends compte que certains Covens vivent encore dans l'obscurantisme ? C'est un coup de la société patriarcale ça ! Les hommes ont mis cette idée dans la tête des femmes pour nous diviser et nous empêcher de régner toutes ensemble, en unissant nos pouvoirs. La mère de Lionel fait partie d'un groupe de sorcières qui se sont exilées en France, après qu'on leur a fait croire qu'une des leurs avait été assassinée par l'une des nôtres.

C'est d'ailleurs la raison pour laquelle ma cousine ne m'adresse plus la parole.

Elle se tait un instant et serre le pendentif familial qu'elle porte, occasionnellement, autour de son cou. En effet, je me souviens très bien de Tia, la cousine germaine de Sedna. Nous avons passé notre enfance avec elle jusqu'au jour où elle a renié ma meilleure amie à cause de nos croyances divergentes. Elle a rejoint un Coven qui prie la déesse Ève, alors que le Noxa considère que Lilith est notre mère à toutes. Cela avait fait énormément de peine à Sedna de perdre sa sœur de sang pour une histoire de cultes ésotériques, alors qu'au fond d'elles elles partagent les mêmes valeurs.

— Ça me dépasse totalement d'apprendre qu'il existe des dizaines de Covens qui nous empêchent de nous rassembler, continue Sedna en secouant la tête. Tu m'étonnes que la mère de Lionel nous déteste. Elle est persuadée qu'on a sacrifié une de ses sœurs pour honorer la puissance de notre reine spirituelle.

Malgré tout ce que je pense de ma belle-mère, je me surprends à éprouver de la compassion pour elle, et à espérer qu'elle se rendra compte que nous défendons les mêmes causes.

— Cette pauvre femme a été endoctrinée dès son plus jeune âge. Elle était venue vivre en Belgique pour venger la mort de sa sœurcière et, finalement, elle est tombée amoureuse d'un chasseur de sorcières. Le comble !

Sedna lève les mais vers le ciel en s'agitant dans tous les sens. Son aura se met à rayonner, à la limite de m'aveugler. Je me demande comment elle fait pour avoir une telle énergie alors qu'elle n'a vraisemblablement pas fermé l'œil de la nuit.

— Elle a caché sa véritable nature à son mari et à ses fils pendant des années. Mais Gabriel semble avoir des dons de voyance similaires aux miens : il est extralucide. Il a très vite compris le double jeu que sa mère jouait et il a surtout découvert que notre Coven n'était pas responsable de la mort de sa sœurcière. C'est la secte de chasseurs de sorcières dont fait partie son père qui l'a tuée. Je savais que les ancêtres de la famille Dubois avaient fait du mal à certaines d'entre nous, mais pas seulement. Dans d'autres cercles des sorcières ont été impliquées… et maltraitées. Gabriel a écrit toute l'histoire et il a indiqué à Lionel où se trouvait son carnet de recherches avant qu'on arrive. Il lui avait confié son secret.

Je plisse les yeux et déglutit avec difficulté.

— Oh ! tiens, dit Sedna en me tendant une bouteille d'eau. Ça va te faire du bien.

— Merci, dis-je en ayant une désagréable sensation de déjà-vu.

Son téléphone sonne et la fait sursauter. Elle le coupe aussitôt.

— C'est Dorian. Il s'inquiète, comme toujours. Je lui ai dit qu'on allait bien mais, comme je ne suis pas rentrée de la nuit, il doit se poser des questions…

— La possessivité typique du Taureau ! dis-je en souriant. Pourquoi es-tu restée ?

— J'avais peur que mon antidote ne suffise pas. Je suis restée toute la nuit auprès de Gabriel. Il va mieux. J'ai eu si peur, admet-elle en baissant les yeux. Et puis, comme la mère de Lionel est persuadée qu'on est des démones qui sacrifions nos semblables, elle aurait très bien pu essayer de t'empoisonner. Surtout que tu as osé toucher à son fils aîné chéri et…

Je pose une main sur l'avant-bras de Sedna pour qu'elle cesse de parler.

— Sedna. Arrête.

— Quoi ? demande-t-elle en me regardant avec des yeux ronds.

— Arrête de t'en faire pour les autres.

— Mais…

— Tu es la sorcière la plus douée en magie que je connaisse. Je n'ai jamais douté un seul instant que tu parviendrais à guérir Gabi. Quant à moi, il est temps que j'assume les conséquences de mes actes. Tu ne seras pas toujours là pour me sauver. Tu es la meilleure grande sœur d'adoption. Je t'aime de tout mon cœur, mais tu as ta vie toi aussi.

Sedna pâlit d'un coup.

— Allez, rappelle ton homme et dis-lui que tu vas faire tes valises pour emménager avec lui ! Il sera fou de joie. Moi, j'ai du pain sur la planche. Il faut que j'arrange les choses avec Lionel, que je réussisse mes examens et que je décide ce que je veux faire l'année prochaine.

Des larmes roulent sur les joues de mon amie. Je saisis ses mains et les presse fort contre les miennes.

— Tout ira bien. On est sœurcières à vie. Pour toujours. Et par-delà la mort.

Chapitre 31

Passion

2 mois plus tard, lundi 13 janvier 2020

Je salue Mme Van de Rijf et me rue vers la sortie, les larmes aux yeux. Je pousse la porte et fais signe à mon camarade de classe qu'il peut entrer. Il me demande comment s'est passé mon examen oral mais je ne réponds pas. J'empoigne mon sac à dos noir, enfile ma veste en jean et me rue dans l'escalier du bâtiment principal de l'université. Prendre l'ascenseur aurait été plus rapide, mais j'ai besoin de me défouler. En ce 13 janvier, période de l'année où le Soleil est en Capricorne, dans l'aspect le plus désagréable possible (en carré parfait[1], comme on dit en astrologie) avec mon Soleil en Bélier du 13 avril,

1. Carré : Deux planètes aux énergies antagonistes forment un angle de 90 degrés sur une carte du ciel. C'est un aspect dit « négatif » car il confronte deux énergies zodiacales qui ne vont pas du tout ensemble. Cela crée généralement un tiraillement intérieur, de l'énervement ou encore de la fatigue, en fonction du thème d'une personne.

j'ai enfin compris ce que veut dire l'expression « sortir de sa zone de confort ».

La neige tient au sol et je frissonne en sortant, malgré mon épais pull à col roulé et mon écharpe en laine. Je n'ai jamais compris comment les hivers en Belgique pouvaient être aussi froids alors que le mercure n'affiche que -2 °C.

Mon téléphone sonne dans ma poche. Je dois fournir un effort surhumain pour ne pas glisser sur une plaque de verglas. Un groupe de filles ricane à ma droite. Je leur lance un regard noir et elles baissent aussi vite les yeux.

— Oui ? dis-je après avoir décroché.

— J'ai fini.

— Et ?

— Je t'attends à la cafétéria avec un chocolat chaud et un cookie au caramel et beurre salé.

— N'en dis pas plus.

Je me rue vers le point de rendez-vous, non sans bousculer trois étudiants sur le chemin, trébucher deux fois dans l'escalier et me cogner la hanche dans la porte de la cafétéria. Je finis par apercevoir les beaux yeux bruns de Lionel, qui ne peut s'empêcher de sourire en me voyant arriver en courant.

— Pas de commentaire sur mes cernes, merci. J'ai fait une nuit blanche.

— Et alors, ça valait le coup ?

Je relève fièrement le menton, bombe la poitrine et prends le chocolat chaud qu'il me tend pour le poser sur le rebord de la fenêtre.

— Je pensais que tu te jetterais dessus, dit mon amoureux en faisant mine de m'examiner de plus près pour voir si je suis fiévreuse.

Sans le prévenir, je me hisse sur la pointe des pieds et me jette sur lui pour l'embrasser. Il chancèle un peu et doit se cramponner au rebord de la fenêtre pour ne pas perdre l'équilibre.

— Tu es dingue !

— C'est pas d'aujourd'hui ça...

— Je suppose que ça veut dire que tu as réussi ?

— OUIIIIIIII ! crié-je en resserrant mon étreinte.

— Tu vois que ces heures de torture auront servi à quelque chose.

— Oui. Tu sais, si je me plaignais, c'était uniquement pour que tu me donnes des cours particuliers ! Je ne me lasserai jamais de t'avoir comme prof, susurré-je avant de lui donner un dernier baiser et de redescendre sur mes talons.

Je recule d'un bon mètre avant qu'un élève ou un prof nous gratifient du classique : « Vous savez qu'il y a des chambres pour ça ? » Je me recoiffe discrètement et bois une gorgée de mon chocolat chaud.

— Et toi ? Ton entretien ?

Lionel sourit puis il se penche en avant pour faire une révérence.

— Paraît que tu as devant toi le prochain chargé de communication du Green Party irlandais, dit-il avec tout son charisme d'ascendant Lion. D'ailleurs, tu savais que ton pays d'origine est le premier à s'être retiré des énergies fossiles ? ajoute-t-il en fronçant les sourcils.

Une bouffée de chaleur m'envahit d'un coup et le rose me monte aux joues.

— *Congratulations, baby !* m'exclamé-je en m'écartant davantage de lui. Je savais que tu allais *kill the game*. Tu peux le redire ? C'est tellement sexy.

Il rit doucement et se prête au jeu.

— Chère demoiselle, je me présente, Lionel Dubois, chargé de communication du Green Party irlandais. Et vous êtes ?

Je ne peux m'empêcher de me jeter dans ses bras une nouvelle fois en gémissant d'amour et de soulagement. Nous ne serons donc pas séparés durant les quatre prochains mois. C'était ma plus grande crainte ces dernières semaines, depuis que j'ai été acceptée comme stagiaire par une association féministe implantée à Dublin. Il faudra que je pense à remercier mon beau-père, car c'est grâce à ses nombreux contacts que Lionel et moi avons pu décrocher ces stages de rêve totalement en accord avec nos sujets de travaux de fin d'études.

J'embrasse Lionel avec fougue, puis je m'en détache aussi vite en me rappelant que nous sommes dans un lieu public et que je dois contrôler mes envies même si je ne rêve que d'une chose : faire la fête à mon amoureux, de toutes les manières possibles et dans toutes les positions imaginables.

— Bon, je pense que je devrais regarder où en est mon cycle car mes hormones sont incontrôlables, marmonné-je en rougissant et en prenant une gorgée de mon chocolat chaud en guise de consolation.

Lionel éclate de rire et passe une main dans mes cheveux bouclés.

— Je crois savoir comment calmer ta libido.

— Ah bon ?

— Ouaip. On sort ?

Son visage devient grave et il reprend soudain son sérieux. Je comprends qu'il va aborder un sujet délicat qu'il évite depuis le début de notre session d'examens.

Il pince les lèvres et me fait signe de le suivre dans le campus. Je le maudis intérieurement de me faire ressortir dans le froid glacial et le suis à contrecœur.

— J'ai appelé ma mère dès la fin de mon entretien avec l'assistant d'Eamon Ryan.

— Elle va bien ? ne puis-je m'empêcher de demander en me rappelant notre visite du week-end dernier.

Béatrice, que je surnomme désormais Béa, et qui me paraît bien plus sympathique depuis qu'elle a appris la vérité sur le passé de son Coven et qu'elle a retiré les horreurs dont elle nous accusait, mes sœurcières et moi, traverse une période difficile. Elle a entamé une procédure de divorce.

Lionel allume une cigarette et se pose sur un banc près d'un arbre. Il me fait signe de m'asseoir à ses côtés.

— Ça peut aller. Je n'en reviens toujours pas de ce que mon père a fait. Profiter des baptêmes étudiants pour s'en prendre aux sorcières.

Je tressaille. C'est la première fois qu'il aborde le sujet avec moi, de manière aussi directe, en l'espace de deux mois. Cela fait des semaines qu'il fait l'autruche. J'ai bien essayé à maintes reprises de le faire parler mais il reste aussi muet qu'une tombe.

— Je comprends mieux pourquoi il m'a autant poussé à faire mon baptême étudiant. Pourquoi il me demandait si je n'y avais jamais rencontré de jeunes filles étranges. Pourquoi il semblait tenir tant à ce que je fasse partie du comité d'organisation… Je me sens tellement coupable.

Je pose ma main sur la sienne, pour tenter de lui apporter du réconfort et de la force.

— Je me rappelle encore, murmure-t-il, les yeux perdus dans le vague, l'an dernier quand des idiots ont rasé la tête de ces filles. Je comprends mieux pourquoi il y a eu tant de violence et aussi peu de limites ce soir-là. Elles devaient sûrement appartenir à un Coven.

Mes poils se hérissent et mon cœur se brise. En effet, l'une d'entre elles faisait partie de notre cercle. Elle a quitté l'université après cette soirée et a été suivie pendant quelques semaines par une thérapeute.

— Si je suis un fils de chasseur de sorcières, je ne suis sûrement pas le seul, dit soudainement Lionel en levant les yeux vers moi.

Je sursaute à ces mots.

Je comprends mieux pourquoi je n'ai jamais été attirée par tout ce folklore estudiantin et pourquoi nos Aînées faisaient tout pour nous en tenir éloignées. Certaines d'entre nous cédaient, par curiosité ou par simple envie de faire comme tout le monde et de tisser des liens avec les autres étudiants, non praticiens de la magie. Il n'était pas rare que celles qui étaient à la fois baptisées par le Coven et par leur comité universitaire nous racontent des histoires assez flippantes.

— Je ne comprends pas comment mon père a pu participer à la noyade d'une jeune fille, sous prétexte que c'était un rituel de passage. Et je n'en reviens pas que ce soit Gabi qui soit tombé sur les articles de journaux qu'il avait cachés dans le grenier.

Lionel s'interrompt, étouffe un sanglot et tire sur sa cigarette.

Une enquête de police a été ouverte à l'encontre de son père, qui risque d'écoper d'une peine de prison de quinze ans pour féminicide involontaire. C'est dur, même si à mes yeux cette peine n'est pas suffisante et que je déteste l'appellation « féminicide involontaire ». Ces hommes savaient très bien ce qu'ils faisaient à l'époque – malgré leur jeune âge. Ils étaient peut-être étudiants et soûls mais ça n'excuse rien. Ils ont profité des baptêmes étudiants pour humilier les sorcières… et les tuer.

— Ton père a été victime d'un endoctrinement féroce. Tu n'es pas responsable de ses actes. Tu n'as jamais rien fait de tel, tu as au contraire tout fait pour briser votre karma et ce cercle de violence.

— Hum, oui…

Nous restons silencieux durant un moment.

— Merci de faire partie de ma vie, conclut-il en plongeant son regard dans le mien.

Je souris et passe mon pouce sur sa joue pour empêcher une larme de couler.

— Je t'aime aussi, lui dis-je pour la toute première fois.

Dorian se détache de Sedna aussi vite qu'il le peut dès qu'il me voit apparaître sur le pas de la porte.

— Oh ! vous êtes là ? dis-je en déposant mon sac à dos sur le sol.

— C'est bien aujourd'hui que tu finissais tes examens, non ? demande Sedna.

— Exact ! J'oublie toujours que tu as une mémoire d'éléphant.

En guise de réponse, elle m'offre son plus beau sourire.

— Vous êtes juste venus pour fêter la fin des exams ? demandé-je en me mettant à grignoter des olives qui traînent dans un bol sur la table.

Dorian hausse les épaules, l'air innocent, et tourne la tête vers sa fiancée.

— Je voulais aussi te demander ton avis sur la nouvelle identité de mon blog féministe et collaboratif. Tu penses quoi du nom Witch Games ? En mode : « On va jouer selon nos règles de sœurcières maintenant ! »

— *It's wonderful !*

Le visage de ma meilleure amie se fend d'un large sourire radieux. Si la table ne nous séparait pas, je sais qu'elle m'aurait sauté dessus pour me prendre dans ses bras. Je lui souris en retour et sens la pression des examens redescendre. C'est la fin de la course effrénée. Enfin. Je réalise que j'étais plus que tendue ces dernières semaines. Entre le blocus, son déménagement chez Dorian, l'officialisation de ma relation avec Lionel et tout ce qu'on a appris sur le passé de la famille Dubois, j'ai eu mon compte en termes d'émotions.

— Bon, tu as raison, mon chou, déclare-t-elle subitement. Je ne suis pas là uniquement pour ça, même si je tenais à ce qu'on fête la fin de tes examens ensemble, avant que tu profites pleinement de ton don Juan cette nuit.

Elle s'interrompt d'un coup et écarquille les yeux, l'air de se rappeler quelque chose d'important.

— Au fait, j'ai invité Artie et Isis. Elles devraient débarquer d'une minute à l'autre. Ça ne te dérange pas ?

— Ai-je vraiment le choix ?

— On va bien s'amuser, j'ai appelé les mecs aussi ! lance Lionel, qui tente de me rassurer.

— Tu es dans le coup aussi ?

Mon petit copain se gratte la nuque, l'air coupable.

Sedna se lève, contourne la table du salon et me saisit affectueusement par les épaules.

— Il me semble que tu n'as jamais offert à Lionel son second cadeau d'anniversaire. Et on a une surprise, nous aussi !

— Lio, dis-je en me tournant vers lui. Je sais que tu es inquiet pour tes parents et que tu veux être présent pour tes frères.

Il plisse les yeux, l'air de ne pas comprendre.

— Il s'est passé tellement de choses ces dernières semaines que je ne t'ai rien dit mais... Mes parents ont tenu à nous offrir des billets d'avion pour Dublin et un logement pour une semaine. C'était censé être un petit voyage pour ton anniversaire. Mais finalement, comme on a tous les deux décroché un stage là-bas, ça tombe bien. Ce sera l'occasion de prendre nos repères avant de s'installer.

Ses yeux se mettent à briller. Il prend son verre d'eau et boit une gorgée pour masquer, comme il le peut, ses émotions.

— Et c'est pas tout ! C'est le moment de notre annonce ! s'écrie Sedna en sautillant.

Je m'attends au pire, comme au meilleur. Mon amie se met à frapper dans ses mains tout en lançant un regard complice à son cher et tendre, qui s'amuse à faire un roulement de tambour sur la table. Ils s'immobilisent tous les deux, et Sedna ouvre les bras comme si elle allait annoncer l'arrivée d'un invité de prestige.

— Dorian a été sélectionné par l'entraîneur du Shamrock Rovers, les champions de la coupe d'Irlande ! On hésite à acheter une maison au bord de l'eau à Howth ou à louer une résidence près de Phoenix Park.

— *Wait… WHAT ?* hurlé-je en me levant d'un coup.

— On vient avec vous en Irlande, annonce-t-elle, l'air ravi. Vous pourrez venir habiter chez nous si vous ne trouvez rien qui vous plaît ou…

Je ne laisse pas ma meilleure amie terminer sa phrase. Je la serre dans mes bras de toutes mes forces et me mets à pleurer à chaudes larmes.

— Dans tous les cas, il y aura toujours de la place pour vous. C'est juste une proposition, bien sûr. On vous laisse le temps de réfléchir.

Je reste muette et je me remets à pleurer de plus belle lorsque j'entends Dorian et Sedna rire de bonheur.

— Je t'avais bien dit que je n'avais pas fini de te jouer des vilains tours, glisse-t-elle en me serrant à son tour dans ses bras.

Lionel se joint à notre étreinte et invite Dorian à prendre part à notre câlin collectif.

Je ne me suis jamais sentie aussi heureuse et entière qu'à ce moment précis.

Soudain, la sonnette de l'appartement retentit.

— Oh ! le reste de la famille est arrivé, dis-je en reniflant.

— Allez, viens, on va les accueillir ! fait Sedna en prenant Dorian par la main.

Je me retrouve seule, toujours dans les bras de Lionel.

— Ça va ? demande-t-il en faisant un pas de recul.

Je hoche la tête. Il se penche vers moi et embrasse mes deux joues mouillées de larmes.

— Je… j-je… J'aimerais te montrer quelque chose.

— Oui ?

— C-c'est dans ma chambre.

— D'accord.

Quelques instants plus tard, nous nous retrouvons dans ma chambre après avoir rapidement salué Artie, Isis, Cédric et quelques camarades de l'université.

Je sors mon plus beau rouge à lèvres, celui qui est rouge pétant et avec lequel j'adore écrire des petits mots réconfortants sur mon miroir avant de me maquiller avec. Je le décapuchonne, sors ma liste d'interdits d'un tiroir puis je raye la ligne « ne jamais tomber amoureuse » sous les yeux amusés de Lionel, qui dépose un baiser dans ma nuque. Je prends ensuite la feuille de papier et murmure un sortilège. Des flammes orange jaillissent de mes mains et consument le papier. En quelques secondes, mes plus grandes peurs se transforment en un tas de cendres sur le parquet de ma chambre. Je soupire de soulagement puis je me tourne vers Lionel et pose mes mains sur ses épaules.

— Voilà une bonne chose de faite.

— Quel honneur de t'avoir assistée pour ce rituel.

Je souris, me hisse sur la pointe des pieds et l'embrasse tendrement.

— Tu peux me faire une promesse ?

— Dis-moi.

— Fais-moi perdre pied cette nuit. Fais-moi tourner la tête, gémir, crier « je t'aime » à m'en faire perdre la raison.

— On n'est pas obligés d'attendre ce soir pour ça.

Il me défie du regard en s'approchant dangereusement de moi et pose ses lèvres dans le creux de mon cou.

— Mais on a des invités !

Au même moment, j'entends Sedna mettre de la musique dans le salon. Je lève les yeux au ciel et souris malgré moi. Elle a dû « voir » ce qui allait se passer et elle fait tout pour préserver notre moment d'intimité.

— Tu vois. Ils ont compris qu'ils ne doivent pas nous attendre, reprend Lionel qui a déjà une main glissée sous mon pull et l'autre sur la braguette de mon jean.

— OK, dis-je en l'embrassant. Prouve-moi que tu es le meilleur des amants.

Je le pousse d'un coup pour le faire tomber sur mon lit et enlève d'un geste théâtral mon pull que je laisse tomber au sol.

— La sorcière a décidé de m'ensorceler, déclare-t-il en admirant le spectacle.

— Et tu n'as encore rien vu, dis-je en m'asseyant sur lui.

Il me lance un regard amusé.

— Il paraît que tu as droit à une farce… mais aussi à une gâterie, ajouté-je.

Puis je fonds sur lui et l'embrasse avec cette *passion* unique qui est la nôtre.

Épilogue

Cher Mimir, futur prodige du Noxa et justicier de l'équilibre magique, comment te portes-tu depuis le nouvel an des sorcières ?
Si tu te rappelles bien, je t'avais promis d'essayer de comprendre pourquoi il y a si peu de garçons dans notre Coven. Si je trouvais des pistes ou des réponses, je devais te les transmettre par télépathie ou tout autre moyen de communication. Après avoir hésité à te téléphoner ou à t'envoyer un message sur WhatsApp, j'ai finalement décidé de t'écrire une lettre à l'ancienne. J'ai aussi glissé dans l'enveloppe une carte postale représentant la belle île émeraude. J'ai nommé l'Irlande, mon pays d'origine. En effet, je viens d'emménager à Dublin et je t'écris actuellement assise près de la fenêtre qui m'offre une vue imprenable sur la côte de Howth. Les vagues s'écrasent sur la plage de galets et m'inspirent ces quelques mots qui, j'espère, te réchaufferont le cœur.
À côté de moi, Lionel gratte sa guitare et joue l'air de la chanson Ode to My Family *du groupe The Cranberries. Vu ton jeune âge, tu ne connais*

sûrement pas cette chanson, mais, si tu le peux, demande à tes parents de te la faire écouter ! J'aurais aimé te présenter Lionel, en chair et en os, avant qu'on s'envole pour Dublin, mais le temps m'a manqué. Tu serais ravi de le rencontrer car c'est un sorcier, tout comme toi. Il l'ignorait encore il y a trois mois, ainsi que ses deux petits frères. Je pense qu'ils ne sont pas les seuls et que très (trop ?) peu de garçons et d'hommes ont connaissance de leurs pouvoirs spirituels. Depuis des années, on leur fait croire que la magie est un « truc de fille » alors que c'est faux. Toi comme moi, nous avons eu l'occasion à plusieurs reprises de l'observer durant les rituels et les cérémonies du Coven. Les garçons eux aussi peuvent cultiver une profonde intuition, des dons médiumniques et des capacités de guérison.

Depuis que je suis ici, je me suis donné comme objectif de retrouver mon père, qui est originaire d'Irlande du Nord, près de Belfast. J'aimerais le rencontrer et le confronter à ces pouvoirs magiques. Si j'en crois tout ce que Gabriel et Sedna ont découvert, les chasseurs de sorcières seraient en vérité eux-mêmes des sorciers qui ont simplement oublié qui ils étaient et qui ont utilisé leur magie à mauvais escient. Tous ces garçons et ces hommes qui nous font du mal depuis des années sont en réalité nos semblables. Je me suis donc donné pour mission de nous réunir et de rétablir la paix pour que nous n'ayons plus jamais à nous battre ou à nous faire du mal.

L'amour doit triompher.

Enfin, c'est mon point de vue. Qu'en est-il du tien, mon petit Mimir ? J'ai hâte de lire ta réponse. J'ai noté mon adresse au dos de la carte postale.
Ce que je te confie dans cette lettre est un grand secret. Tu ne dois donc jamais en parler à qui que ce soit, pas même à ta maman ou à ton papa. C'est ton seul et unique interdit à ne pas braver. Motus et bouche cousue. *Je te fais confiance. Si le monde entier l'apprenait, alors la magie déferlerait sur le monde… Je plaisante, bien sûr ! Raconte donc ce secret à la terre entière si le cœur t'en dit.*
Que l'amour soit le seul et unique guide de notre vie. Pour toujours.

Sœurcièrement tienne,

Freïa

Remerciements

À toi qui lis ces mots, M-E-R-C-I d'avoir accepté l'invitation. Merci de t'être laissé porter par l'univers des Sorcières du Noxa. J'espère que le trio Freïa-Sedna-Artémis t'a tenu bonne compagnie et que tu rangeras ce livre auprès de tes nombreux grimoires et autres trésors.

À travers ce roman, mon premier roman, j'avais envie de rendre aux femmes leur pouvoir – sous toutes ses formes.

Pouvoir d'attraction et de séduction, bien évidemment.

Mais je voulais aussi parler de leur résilience, de leur courage et de leur force.

J'avais également envie de montrer à toutes les femmes qu'elles méritent d'être aimées, inconditionnellement, même lorsque la société patriarcale leur crie qu'elles ne méritent pas un amour sain et épanouissant.

Pour en revenir aux remerciements, je souhaite remercier, du plus profond de mon âme, Luana et Camille. La première parce qu'elle m'a obligée à envoyer mon manuscrit à mon éditrice – sous peine de me lancer un mauvais sort. La seconde parce qu'elle m'a apporté de nombreuses critiques constructives sur ce texte, sans parler des belles discussions autour de l'amour et de sa place dans la société actuelle. P.S. : Lionel t'en veut toujours de ne pas être ton personnage masculin favori !

Ensuite, un immense merci à Sophie, mon éditrice un peu sorcière, qui a tout de suite cru au potentiel de ma plume, de mon univers et de la romance électrique entre Freïa et Lionel. Elle a accepté de me faire confiance au-delà d'Astrolove et d'Am(e)our, ce qui vaut de l'or à mes yeux. Sans le savoir, elle a réalisé mon rêve de petite fille : celui de voir mon premier roman publié. Après tout, il fallait bien en finaliser un, après la panoplie de romans non terminés qui dormaient dans mon ordinateur.

Merci à Marie, qui est devenue ma seconde éditrice grâce au bon alignement des étoiles. Merci d'avoir accepté de sortir de ta zone de confort. Je sais que tu t'es doublement trouvée en terres inconnues ; en te plongeant à la fois dans un monde fantastique peuplé de sorcières de la wicca, mais également dans un texte truffé de belgicismes. Oups ! Mais le jeu en valait la chandelle, non ?

Merci à ma famille, à mes cousines tout particulièrement qui me soutiennent du mieux qu'elles peuvent dans le processus d'écriture de chaque livre. Merci à mon papa de m'avoir inspiré en partie l'histoire de ce premier roman. Merci à ma belle-famille, pour tout, et particulièrement à ma belle-maman qui me trouve toujours plein de nouvelles lectrices.

Merci à mes super copines qui sont mon inspiration numéro un pour tous les romans (achevés ou inachevés) que j'ai à mon compteur ! Sans vous, je n'aurais rien à raconter, haha ! Mais vous avez déjà une super dédicace au début du livre, donc ce sera tout pour ici. Le reste sera conservé pour les backstages.

Ah, oui ! Et merci à ma thérapeute, que j'ai bassinée pendant plus d'un an avec l'écriture de ce livre. On y est ! Promis, je te l'offrirai de bon cœur.

Le meilleur pour la fin : merci à mon Vincent, mon

âme sœur de cette vie et d'une autre. « L'homme de l'ombre » comme tu aimes le dire, toujours là pour m'écouter parler de mes idées de romans pendant des heures et me filer des conseils pour fluidifier la lecture ! Sans hasard, ce livre sortira pour ton anniversaire. Je m'en réjouis d'avance. Car 2022 est *notre* année. Je t'aime, signé ta future femme.

Bonus

Fiches astrologiques des personnages

Freïa

Notre sorcière « nulle en magie » est une vaillante Bélier, ascendant Verseau, Lune en Poissons. Son Soleil en Bélier lui confère une grande énergie, un optimisme sans faille, une volonté de fer, mais également un sang chaud qui la fait souvent basculer du côté sombre de l'impulsivité et de la colère. C'est une gaffeuse qui n'a pas sa langue dans sa poche et qui fonce (trop) sans réfléchir au préalable. Elle est très sensible, pour ne pas dire hypersensible, avec sa Lune en Poissons, d'où ses nombreuses angoisses et ses pouvoirs qui se manifestent uniquement sous le coup de l'émotion. Enfin, sa personnalité est toute en contradiction, car Saturne (la planète de la discipline et de la restriction) est en conjonction avec son Soleil en Bélier (son énergie vitale), tandis que, de l'autre côté de son thème, Uranus (la planète de la liberté et l'indépendance) est conjointe à son ascendant. Au cours du récit, on voit clairement les deux aspects de son caractère s'opposer : d'un côté, elle souhaite se « conformer », se fondre dans la masse et suivre les règles et, de l'autre, elle a cette envie d'être libre, de s'affranchir des contraintes et de briller par son unicité.

Lionel

Ténébreux, mystérieux, séduisant, mais très sensible, notre héros est l'archétype de l'homme Scorpion. Ses émotions régissent chacun de ses actes. Loyal jusqu'à la mort, il donne tout à ceux qu'il aime et attend qu'on lui rende la pareille. Son ascendant Lion vient lui apporter un côté « solaire », chaleureux et généreux qui lui vaut d'être remarqué positivement par ceux qui le croisent sur leur chemin. Il est charismatique et il en joue pour s'attirer des bonnes faveurs. Dans ses périodes sombres, il a une tendance à l'autodestruction et l'autosabotage qui est typique de son signe astrologique, sans parler de son petit côté obsessionnel ou encore son entêtement à outrance qui lui vaut l'honneur de savoir tenir tête à Freïa. Sa Lune en Cancer accentue sa sensibilité et son intuition. Cette planète indique également que c'est un homme pour qui la famille, les traditions, les coutumes et les racines sont importantes. On comprend mieux pourquoi faire son baptême étudiant (coutume belge) était important à ses yeux et pourquoi être loin de ses frères le tiraille plus que ce qu'il ne le montre réellement.

Sedna

Deuxième native du Scorpion de notre histoire, Sedna est une vraie passionnée qui se donne corps et âme pour ce qu'elle estime être juste. Spirituelle, intuitive, magnétique et sensuelle, elle dégage une aura mystérieuse qui lui vaut l'attention des plus mortels d'entre nous. Ambitieuse et carriériste, elle trouve tout de même le temps d'être aux côtés de ceux qu'elle aime et à qui elle voue une totale loyauté. En revanche, derrière son humour noir et sarcastique se cache une grande anxiété et beaucoup de nervosité héritée de son ascendant Vierge. En effet, Sedna souhaite être « Madame Parfaite ». Elle s'efforce de maîtriser parfaitement sa magie, d'être parfaitement digne de ses Aînées, d'être parfaitement à sa place au niveau professionnel. Sans parler de tout le mal qu'elle se donne pour être l'amie parfaite pour Freïa ou la femme idéale pour Dorian. La pression qu'elle se met sur les épaules lui vaut souvent des petits retours de karma. Sa Lune en Bélier fait d'elle une femme extrêmement indépendante, guerrière et toujours parée pour le combat, mais qui a une peur bleue de devenir maman (conjonction Lune-Saturne sur son thème).

Dorian

Fier représentant du signe du Taureau, Dorian est un épicurien qui aime les belles et les bonnes choses de la vie. Rien de plus, rien de moins. Romantique, patient et affectueux, il ne rêve que du jour où « sa beauté » acceptera d'être enfin toute à lui, pour de bon. Il est très possessif, jaloux et près de son argent. Il peut même se montrer rancunier dans ses mauvais jours. Son ascendant Poissons lui offre une sensibilité particulière qui lui permet de rapidement comprendre les émotions de ceux qui l'entourent et/ou de les mettre à l'aise lorsqu'il les rencontre. On pourrait ajouter que ce signe ascendant (très spirituel) est un peu la raison pour laquelle il a si vite compris le secret des filles lorsqu'il a été mis au parfum. Sa Lune en Capricorne fait de lui quelqu'un de très « traditionnel » qui souhaite faire les choses dans l'ordre, professionnellement ou sentimentalement parlant. Il est plus ambitieux que ce qu'il n'y paraît, mais il va devoir apprendre à trouver le juste équilibre entre sa carrière de sportif professionnel et son désir de fonder une famille.

Artémis

Rayonnante Gémeaux ascendant Sagittaire, Artémis, Artie pour les intimes, est le rayon de soleil de la *team* de sorcières ! C'est une vrai communicante qui déborde d'énergie, de spontanéité et d'enthousiasme. Elle a un franc-parler qui ne lui vaut pas que des amis et elle est incapable de garder un secret plus de trois heures, mais on l'aime pour sa joie de vivre, son extravagance et sa naïveté palpable. Son double jeu lui convient parfaitement, du moment qu'elle peut y gagner sa liberté en fin de compte. À ses yeux, chaque jour est une nouvelle occasion de vivre mille et une aventures les plus folles. Elle est curieuse de tout et très ouverte d'esprit. Sa Lune en Balance la rend indécise, parfois même instable émotionnellement avec autant d'élément air dans son thème, mais grâce à ce placement elle sait se montrer impartiale. Ce n'est pas pour rien qu'avec sa mère, Aphrodite, elle est la garante de la paix au sein du Coven. Elle aime voir les gens s'aimer et être heureux.

SHANA LYÈS
AM(e)OUR
Le guide des outils de développement personnel pour s'aimer, aimer et être aimé·e

SHANA LYÈS
Astro LOVE
MIEUX SE CONNAÎTRE GRÂCE À L'ASTROLOGIE POUR UNE VIE AMOUREUSE ÉPANOUIE
Harper Collins POCHE

Composé et édité par HarperCollins France.

Achevé d'imprimer en avril 2022.

FIRMIN-DIDOT

à Mesnil-sur-l'Estrée (Eure)

Dépôt légal : mai 2022.

Pour limiter l'empreinte environnementale de ses livres, HarperCollins France s'engage à n'utiliser que du papier fabriqué à partir de bois provenant de forêts gérées durablement et de manière responsable.

Imprimé en France